Christian Weise

Die drey ärgsten Ertz-Narren
in der gantzen Welt

Christian Weise

Die drey ärgsten Ertz-Narren in der gantzen Welt

Sammlung Zenodot

Christian Weise: Die drey ärgsten Ertz-Narren in der gantzen Welt.

Veröffentlicht in der Zenodot Verlagsgesellschaft mbH
Berlin, 2008
http://www.zenodot.de/
Gestaltung und Satz: Zenodot Verlagsgesellschaft mbH
Druck und Bindung: Books on Demand GmbH, Norderstedt

ISBN 978-3-86640-491-5

Erstdruck: Leipzig (Fritsch) 1672. Der Text folgt der Ausagbe: Christian Weise: Die drei ärgsten Erznarren in der ganzen Welt. Abdruck der Ausgabe von 1673, Halle an der Saale: Max Niemeyer, 1878 [Neudrucke deutscher Literaturwerke des XVI. und XVII. jahrhunderts, No. 12–14].

Inhalt

Hochwehrter Leser	9
Eingang	12
CAP. 1	16
CAP. 2	26
CAP. 3	31
CAP. 4	38
CAP. 5	43
CAP. 6	47
CAP. 7	58
CAP. 8	63
CAP. 9	66
CAP. 10	74
CAP. 11	79
CAP. 12	84
CAP. 13	95
CAP. 14	97
CAP. 15	106
CAP. 16	108
CAP. 17	110
CAP. 18	113
CAP. 19	117
CAP. 20	124
CAP. 21	129
CAP. 22	137
CAP. 23	143
CAP. 24	147
CAP. 25	150
CAP. 26	154
CAP. 27	158
CAP. 28	167

CAP. 29 172
CAP. 30 178
CAP. 31 183
CAP. 32 187
CAP. 33 193
CAP. 34 197
CAP. 35 200
CAP. 36 204
CAP. 37 210
CAP. 38 214
CAP. 39 219
CAP. 40 227
CAP. 41 233
CAP. 42 237
CAP. 43 242
CAP. 44 245
CAP. 45 251
CAP. 46 256
CAP. 47 258
CAP. 48 265
CAP. 49 270
CAP. 50 272

Christian Weise

Die drey ärgsten Ertz-Narren
in der gantzen Welt

Auß vielen Närrischen
Begebenheiten hervorgesucht, und
Allen Interessenten zu besserem
Nachsinnen übergeben,
durch
Catharinum Civilem.

Hochwehrter Leser.

Dieß Buch hat einen närrischen Titul, und ich halte wohl, daß mancher meinen wird, er wolle seine Narrheit daraus studiren. Doch es geht hier wie mit den Apothecker Büchsen, die haben auswendig *Satyros* oder sonst Affengesichte angemahlt, inwendig aber haben sie Balsam oder andre köstliche Artzneyen verborgen. Es siehet närrisch aus, und wer es obenhin betrachtet, der meint, es sey ein neuer *Simplicissimus* oder sonst ein lederner Saalbader wieder auffgestanden. Allein was darhinter versteckt ist, möchte ich denenselben ins Hertz wünschen, die es bedürffen. Uber Fürsten und Herren haben andere gnug geklaget und geschrieben: hier finden die Leute ihren Text, die entweder nicht viel vornehmer sind, als ich, oder die zum wenigsten leiden müssen, daß ich mich vor ihnen nicht entsetze. Den Leuten bin ich von Hertzen gut: daß aber etliche Laster so beschaffen sind, daß ich sie weder loben noch lieben kan, solches geht die Leute so eigentlich nicht an. Es ist auch keiner gemeint, als wer sichs annehmen will. Und diesem wünsch ich gut Glück zur Besserung, vielleicht wirckt diese Possierliche Apothecker-Büchse bey etlichen mehr, als wenn ich den *Catonem* mit grossen *Commentariis* hätte auflegen lassen. *Plato* hat gesagt: *Imperare est legi timè fallere populum.* Es scheint als müste man die Tugend auch *per piam fraudem,* der kützlichten und neubegierigen Welt auf eine solche Manier beybringen, drum wünsche ich nichts mehr, als die Welt wolle sich zu ihrem Besten allhier betriegen lassen. Sie bilde sich lauter lustige und zeitvertreibende Sachen bey diesen Narren ein: wenn sie nur unvermerckt die klugen Lebens-Regeln mit lesen und erwegen will. Und wer will die Satyrische Art zu schreiben der ietzigen Zeit verbieten, da solches bey den klugen Griechen und Römern mit sonderbahrer Beliebung erhalten worden? Ich mache es ja so unhöfflich und unchristlich nicht, daß ich mich befahren müsse, als würden sich mehr daran ärgern als bessern. Vielmehr will ich die schreibsüchtigen Papierverderber beschämen, welche unter dem Deckmantel der Satyrischen Freyheit, solche unverantwortliche Zoten vorbringen, darvor der Himmel verschwartzen möchte. GOtt der unbetrogene Hertzenkündiger bringe den leichtfertigen Menschen zum Erkäntniß, der unlängst den verfluchten und Henckermäßigen Klunckermutz in die Buchläden eingeschoben hat: gleich als wolte er die Abscheuligkeit der Unzucht allen erschrecklich machen, da er doch mit seinen leichtfertigen und unverschämten Umständen so viel junge unschuldige Gemüther geärgert hat, daß man ihm tausend Mühlstein an seinen Hals wünschen möchte. In Franckreich ist vor wenig Jahren eine Jungfer-Schule natürlich und ärgerlich gnug heraus kommen. Doch nun haben wir auch ein Buch, dabey wir den Frantzosen nichts vorwerffen können. Eine Schande ist es, daß solche Gewissenlose Drucker und Buchhändler gefunden werden, welche sich so viel mehr dieser Sünden theilhafftig machen, so viel mehr sie die Schand-Possen unter die Leute bringen. Nun ich wünsche noch einmal, GOtt bringe die Liecht-scheuende Fleder-Maus zum Erkäntniß, damit ihm die verdammten Bogen nicht einmahl auf der Seele verbrennen, und die böse Brunst, die er bey vielen erwecket, auf seinem Kopfe zu Pech und Schwefel werde. Er mag seyn wer er will, so weiß ich, daß ihn sein Gewissen eher verdammet hat, als die ehrbare Welt davon hat urtheilen können. Nun wie dem allen, hier lege ich dem Kerlen mit der Sauglocke was anders vor, daran er mag zierlicher schreiben lernen. Eines ist mir leid, daß ich die Sachen, welche meistentheils vor acht Jahren mit flüchtiger Feder auffgesetzet worden, weder übersehn noch leserlich abschreiben kan. Und dannenhero versehe ich mich unterschiedener Druckfehler. Inmittelst hätte ich Lust mich zu nennen, würde ich wegen meiner Verrichtungen leicht entschuldiget seyn, wofern einige Nachlässigkeit an meinem Orte mit unterlauffen solte. So ist dieß meine Bitte, es wolle ein iedweder die Erinnerungen mit so gutem Hertzen annehmen, als gut meine Intention ist einem iedweden zu dienen. Erhalte ich den Zweck nicht, so soll mich doch der gute Willen ergetzen, welchen ich hierbey gehegt habe. Im übrigen habe ich dieß lange bedacht, gleich wie ein Schneider auß schlimmen Tuche kein gut Kleid machen kan; also würde ich von bösen Sachen kein köstlich Buch schreiben. Doch weil es einmahl geschrieben ist, so bleibt es bey der guten *recommendation,* lebe und urtheile wohl.

Eingang.

Teutschland hatte nunmehr den dreissig-jährigen Krieg beygeleget, und der angenehme Friede fieng allbereit an seine Früchte außzustreuen, als ein grosser Herr, dem das Leben in den verschlossenen Festungen bißher gar verdrießlich gefallen war, sich wiederumb auf seine Herrschafft begab und daselbst sein zerströtes Schloß auf eine neue und schönere Manier anlegen ließ. Das Werck gieng wohl von statten, die Mauern wurden aus dem äussersten Grunde wohl auffgeführt, die Dächer fügten sich zierlich zusammen, die Losamenter hatten ihre ordentliche Abtheilung, und die Sache kurtz zu geben, ein ieder freuete sich schon, den Pallast in würcklicher Vollkommenheit anzuschauen. Doch wie es in den Menschlichen Sachen pflegt herzugehen, daß sich die Hoffnung allzeit weiter erstreckt, als die That selber: also befunden sich die Leute in ihrer Freude, wo nicht betrogen, doch sehr lange auffgehalten. Denn obgedachter Herr fiel in eine plötzliche Kranckheit, ward auch von dem hereinbrechenden Tode übereilet, daß er kaum Zeit hatte seinen letzten Willen zu erklären, und in Ermangelung eigener Leibes-Erben, die nächsten Freunde im Testament ordentlich zu bedencken. Was geschach? Die Leiche wurde prächtig beygesetzt, und weinten dieselben am trotzigsten, die sich der Erbschafft wegen am meisten freueten, daß man also wol in die Trauer-Fahne hätte schreiben mögen: *NULLI JACTANTIUS MOERENT, QUAM QUI MAXIME LÆTANTUR.* Endlich bey Eröffnung des Testaments fand sichs, daß dem jenigen, der des Hauses Besitzer seyn würde, die Beschwerung, doch ohne seinen Schaden aufferleget war, den angefangenen Bau nicht allein zu vollenden, sondern auch in allen Stücken so wohl in grossen als in kleinen dem auffgesetzten Verzeichniß zu folgen. Nun war gedachtes Verzeichniß so *accurat* eingerichtet, daß fast nicht ein Balcken vergessen war, wo er solte eingeschoben, wie er solte bekleidet oder gemahlet, wie er solte behobelt und beschnitzet werden. Was solte der Erbe thun? wolte er den Pallast haben, muste er die beygefügte Condition eingehen. Und also ließ er in dem Bau gar sorgfältig fortfahren, vergaß auch nichts in Obacht zu nehmen, wie es vorgeschrieben war. Nach langer Müh kam er auf die Gemächer, die er mit allerhand Schildereyen außputzen solte, wie denn alle *Inventiones* schon vorgeschrieben waren. Und da war ein Saal, bey dem die Verordnung geschehen, es solten in den drey grossen Feldern der Thüre gegen über die drey ärgsten Narren auf der Welt abgemahlet werden. In diesem Stück ereigneten sich nun grosse Scrupel, indem niemand gewiß sagen konte, welches denn eben in der grossen und weitläufftigen Narrenschule der Welt, die 3. grösten und vornehmsten Narren seyn müsten, und ob nicht auf allen Fall, wenn ein Schluß solte getroffen werden, man einen *præceden*tz Streit um die Narren-Kappe, oder wohl gar einen *injurien-process* möchte an den Hals bekommen, nach dem bekanten Sprichwort: *Quo stultior, eò superbior*. Es fiel auch dieses *inconveniens* mit ein, daß einer, der ietzund ein kleiner Narr wäre, in kurtzer Zeit mit einer höhern *Charge* möchte versehen, und vielleicht über die Obersten gesetzet werden. Denn weil heute zu Tage die Ehre nichts ist als ein blosser Titel, so könte man leicht verstehen was das heist, *Seniores ludunt titulis, ut pueri astragulis*. Zwar der Sache muste endlich abgeholffen werden, und kamen zu dem Ende die klügsten desselbigen Orts zusammen, ob sie nicht in der zweifelhafftigen Frage könten einen richtigen Schluß treffen. Einer machte den Handel sehr schwer, vorgebende, er hätte auf seiner Reise durch Ober-Sachsen, in einem vornehmen Adelichen Hause einen Saal gesehn, da neun und neunzig Narren wären abgemahlt gewesen, und wäre noch ein ledig Feld gelassen worden, wann sich unversehns irgend einer angegeben, den der Mahler vergessen hätte. Dannenhero würde die Wahl unter so vielen nicht gar zu leicht seyn. Ein ander gab vor, der wäre der gröste Narr, welcher die grösten Schellen hätte: Aber er muste sich berichten lassen, daß die meisten Schellen heimlich getragen würden, sonderlich nach der Zeit, da man unter den *Baruquen* und breiten Hüten viel verbergen könte. Nach langem Berathschlagen, fing ein alter Grüllenfänger, der bißhero gantz still geschwiegen, also an: Ihr Herren, was wolt ihr in dieser Stube die grösten Narren der gantzen Welt außsuchen, ihr kommt mir vor als wie Peter Sqventz, der meinte, weil er im Dorffe keinen Pfarherr hätte und derowegen als Schulmeister der oberste zu Rumpels-Kirche wäre, so müste er unfehlbar der Höchste in der gantzen Welt seyn. *Magnum & parva sunt relata.* Will einer nun wissen, was in diesem oder jenem Stücke das Gröste in der gantzen Welt sey, der muß auch einen Blick in die gantze Welt thun. Und ich halte, der selige Herr habe einen klugen Besitzer seines Hauses dadurch bestätigen wollen, indem solcher Krafft der Bedingung, sich in der Welt zuvor versuchen, und also in Betrachtung vielfältiger Narren, desto verständiger werden müste. Diese Rede wolte dem jungen Fäntgen nicht zu Sinne, daß er sich so viel Meilen hinter den Backofen verlauffen solte: absonderlich war ihm dieß zuwider, daß er seine Liebste so lange verlassen müste, mit welcher er sich, nach der Gewonheit aller reichen Erben, verplempert hatte. Aber es halff nichts, wolte er nicht, so war schon ein ander da, der es umb dieß Geld thun wolte. Derhalben weil wider den Tod kein Kraut gewachsen war, so ward unverzüglich zu der Reise geschickt, und freuten sich die andern, wenn dieser auf dem langen Wege umbkäme, in seinen Gütern zu bleiben. Es machte ihm auch einer ein *Propempticum,* und setzte diese Worte mit dazu:

I decus i nostrum, melioribus utere fatis.

Er meinte aber, das wären die *meliora fata,* wenn er bald stürbe und in den Himmel käme. *Sit divus modo non vivus.* Nun wäre viel zu gedencken, mit was vor nassen Augen der Abschied genommen worden, und was ihm die Liebste vor Lehren mit auf den Weg gegeben, wenn es nicht das Ansehen gewinnen möchte, als wäre dieser Narren Außkoster der erste in dem Register gewesen. Darumb sey nur kürtzlich diß gesagt, er reisete fort und nahm niemand mit sich als drey Diener, einen Hofmeister, einen alten Verwalter, der die Quartiermeister-Stelle vertreten solte, und einen Mahler, daß man das Ebenbild alsobald haben könte, wenn sich der gröste Narr sehen liesse. Lichter und Laternen bedurfften sie nicht, denn sie meinten, sie wolten die Narren eher im Finstern finden, als *Diogenes* die Menschen am hellen Mittage. Nun wir wollen die andern zu Hause, und absonderlich die Ubelauffseher, bey ihrer *administration* lassen, und wollen der schönen *Compagnie* zu allen wunderlichen und närrischen Begebenheiten das Geleite geben.

CAP. I.

Florindo der Herr selbst, *Gelanor* der Hoffmeister, und *Eurylas* der Verwalter, zogen mit ihrem Mahler und drey Dienern von dannen, traffen auch innerhalb acht Tagen wenig denckwürdiges an. Weil es doch allzeit die Art mit den Leuten hat, daß sie nur das jenige hoch halten, was weit entlegen ist; und hingegen ihre eigene Sachen verachten oder hindan setzen, nach dem Sprichwort: *Asinus peregrinus majori venit pretio, quàm eqvus domesticus.* Also eileten sie von ihrem Vaterlande hinweg, und meinten nicht in der Nachbarschafft viel merckwürdiges anzutreffen. Als sie aber etliche funffzig Meilen hinter sich hatten, kamen sie auf den Abend sehr müde in das Wirthshaus. Der Wirth war allem Ansehen nach ein feiner höfflicher Mann, der sich gegen fremde Gäste sehr wohl anlassen konte. Absonderlich wuste er sich in Gesprächen mit iederman sehr annehmlich aufzuhalten, daß die *Compagnie* vermeinte, es würde nun einmahl Zeit seyn, etwas genauer in die närrische Welt zu gucken. Fragten derowegen, ob nicht etwas sonderliches in selbiger Gegend zu sehen wäre? der Wirth gab zur Antwort, es wäre ein schlechter Ort, da man viel Raritäten nicht antreffen würde: Doch könte er dieses rühmen, daß eine Meile von dar ein Warmes Bad sey, da nicht allein die Natur viel vortreffliche Wunderwercke zu erweisen pflege: Sondern da auch allerhand Gattung von grossen und geringen Leuten, sich häuffig antreffen liessen. Sie baten, weil sie des Weges nicht kündig, möchte er ihnen das Geleite geben, und solte er vor gute Belohnung nicht sorgen. Er bedachte sich etwas; doch nach wiederholter Bitte sagte er ja, und ward also noch den Abend zu der Reise gewisse Anstalt gemacht. Hierauff wurden sie in ihre Schlaff-kammer gewiesen, und hatte sich *Florindo* schon außgekleidet, als der Mahler geschwind gelauffen kam, mit dem Bericht, wofern sie wolten einen Ertznarren finden, solten sie ihm folgen. Sie waren froh, und liessen sich nicht auffhalten, kamen auch in aller Stille vor des Wirthes Kammerthür, da höreten sie, wie die Frau mit dem Manne expostulirte. Was, sagte sie, du ehrvergessener Vogel, wilstu wieder aus dem Hause lauffen, und mir die schweren Haussorgen allein auf dem Halse lassen? Hätten dich die kahlen Schüffte vor 2. Jahren gemiethet, so möchten sie dich heuer vor einen Boten gebrauchen. Jetzt bistu mein Mann, und dessentwegen hab ich dich in die Güter einsitzen lassen, daß du mir pariren sollst. Oder hättestu wollen ein Landläuffer werden, so hättestu eine Marcketener-Hure mögen aussuchen, ich hätte doch wohl so einen nackichten Bernheuter gekriegt. Daß dich botz Regiment! mache mir es nicht zu bund, sonst werden meine Nägel mit deinem Hurenspiegel treffliche Cameradschafft machen. Gelt! du hast Blaubeltzgen im warmen Bade lange nicht besucht? du elender Teufel, wenn du deine Haußarbeit recht versorgen köntest! Hier fiel ihr der Mann in die Rede; ach hertzallerliebste Frau, sagt er, warumb erzürnet ihr euch doch ümb so eine geringe Sache, ihr wisset ja, daß ihr allzeit darauff kranck werdet. Soll ich nicht mitreisen, so sagt mir es nur mit guten, ich will von Hertzen gern zu Hause bleiben, thut nur eurer Gesundheit keinen solchen Schaden. Ach du Hunds- etc. fing sie hingegen an, du hast es wohl verdient, daß ich dir viel gute Worte geben soll, wie lange hat das lauffen nun gewähret, und wielange soll ich dein Schaubhütgen seyn, der Hencker dancke dirs, daß ich mir deinetwegen das Hertze und das Leben abfressen muß, und rede mir nur kein Wort darzwischen, sonsten wollen wir sehen, wer Herr im Hause ist. Du Bettelhund, wer warestu, als du in deinem lausichten Mäntelgen angestochen kamest, da dir das Hemd zu den Hosen herauß hieng, und da dir der Steiß auf beyden Seiten herauß guckte, hättestu auch einen blutigen Heller gehabt, wenn man dich hätte zu Boden geworffen? Wer hat dich denn nun zum Manne gemacht, du Esel, als eben ich? Und wer hat dir bessere Macht Ohrfeigen zu geben, als eben ich? Der Mann wolte etwas reden, aber es fing abscheulich an zu klatschen, daß die Zuhörenden geschworen hätten, der gute Kerle bekäme Maulschellen, da da, du Berenhäuter, rieff sie, da hastu Geld auf die Reise, du verlauffener Schelm, da hastu die Lauge zum warmen Bade, warte, ich will dir den Kopff mit der Mandel-Keule wieder abtrocknen. Der Mann muckste kaum dargegen, nur bißweilen murmelte er diese Worte: o meine güldene hertzallerliebste Frau, was hab ich denn gethan? Endlich als das Gefechte lange genug gewähret, und viel leichtfertge Worte vergossen worden, sagte die Frau: das soltu wissen, du eingemachter Eselskopff, daß ich dich nicht weg ziehen lasse, und damit du zu Hause bleiben must, siehe so wil ich dir Schuh und Strümpfe verstecken, und solstu morgen den gantzen Tag zur Straffe barfuß gehn. Hiermit kam sie an die Thüre, und wolte die Strümpfe herauß tragen, da riß die *Compagnie* wieder aus, und verfügte sich in die Schlaffkammer. Nun hätten sie sich gerne über den Narren verwundert, aber ümb den Schlaff nicht zu verstören, versparten sie solches biß auf den andern Tag, gaben unterdessen dem Mahler Befehl, sich mit den Farben fertig zu halten, wenn er unversehens den elenden Siemann abmahlen müste.

Früh morgens gieng der gute Mann mit seinen Grillen zu Rahte, wie er sich doch gut genug entschuldigen möchte, wenn er von den Gästen zur Reise gefordert würde, vornemlich schämte er sich vor den fremden Leuten mit nackichten Beinen zu erscheinen, und gleichwol kunte er die Sache nicht ändern, doch zu seinem Glücke saß der Mahler in der Stube, und machte die Farben zu rechte, der hatte nun etwas in der Kammer oben vergessen, und wolte es holen, indessen wischet der Wirth über die schwartze Farbe, und bestreichet sich die blossen Beine über und über, daß zehen Blinden hätten sollen vorüber gehen, und nicht anders dencken, es wären rechte nette Englische Strümpfe. In solchem Ornat steckte er die Füsse in die Pantoffeln, und sprach seinen Gästen zu, fragte wie sie geschlaffen, und ob sie gesonnen, nach dem warmen Bade zu reisen. Es sey ihm hertzlich leid, daß seiner Liebsten diese Nacht ein schwerer Fluß auf die Brust gefallen, und er selbst gezwungen würde hier zu bleiben, und der annehmlichen Gesellschafft zu entrathen. Solche entschuldigung wurde leicht angenommen, und nachdem das Frühstück verzehret, und der Wirth bezahlet, namen sie einen andern Wegweiser, und reiseten auf erwehntes warmes Bad zu. Unterwegen fieng *Florindo* an: Ist dieses nit ein Anblick von einem rechtschaffenem Haupt-Narren, daß ein Mann, der doch wohl in der Welt fort kommen könte, üm einer eiteln und verdrießlichen Nahrung willen, sich mit einer solchen Vettel verkuppelt, und sich zu einem ewigen Sclaven macht. Und ist es nicht ein gedoppelter Narr, daß er sich so eine matte krancke Frau lässet Ohrfeigen geben, und schmeist die alte Hexe nicht wieder, daß ihr alle drey Zähne vor die Füsse fallen, da geht nun der arme Donner, in seinen geschwärtzten Beinen, und wer weiß, wie ihm das Mittagsmahl bekommen wird. Der Hoffmeister gab sein Wort auch dazu, doch war dieses seine Erinnerung, man solte sich über den ersten Narren nicht zu sehr verwundern, es möchten noch grössere kommen, bey welchen man die Verwunderung noch mehr von nöthen hätte. Es währete auch nicht lange, so kamen sie an ein Dorff, da sahen sie, daß ein grosser Zulauff von Leuten war, sie eileten hinzu, und befunden, daß ein Mann, der sonst, den Kleidern nach, erbar genug war, seine Frau bey den Haaren hatte, und ihr mit einem Brügel den Rücken mit aller Leibes-Macht zerklopffte. Sie liessen die zween ungleiche Federfechter von einander reissen, und fragten, was er denn vor Ursache hätte, mit seiner Frau so unmenschlich umzugehen. Ach ihr Herren, sagte der Kerle, ich bin ein Spitzen-Händler, da hab ich bey einem vornehmen Junckern einen guten Verdienst gehabt, und soll mir nur die Frau, die lose Bestie, den Gefallen thun, daß sie spräche: nun Gott Lob und Danck, daß die Spitzen verkaufft sind. Aber der Hencker hohlte sie, ehe sie mir zu Liebe das Wort sagte, und doch muß sie noch so sagen, und solt ich ihr den Hals in zehen Stücke brechen. Hierauff fragte *Eurylas* die Frau, warum sie so widerwärtig wäre, da sie doch mit leichter Müh diesem Unglück entlauffen könte. Ach! sagte sie, es wäre viel davon zu reden, wer alles erzehlen solte, wenn mein thummer Haus-Elephant den Narren in Kopff bekommt, so muß er was zu zancken haben, und wenn er die Ursache vom Zaune brechen solte. Es ist ihm nicht ümb die liebe Gottesfurcht zu thun, hätte ich so gesagt, so wäre was anders herauß kommen. *Gelanor* versetzte, gleichwohl hätte sie das Wort leicht nachsprechen können, und also wäre sie desto mehr aus der Schuld gewesen, wenn ihr hernach etwas ungebührliches wäre zugemuthet worden. Ja wohl, sagte sie, hätte ich es nachsprechen können, wenn ich nicht wüßte, was er vor ein liebes Hertzgen wäre; das ist der Männer Gebrauch, sie fordern so viel von den Weibern, biß es unmöglich ist alles zu thun, und derhalben ist diese am klügsten, die im Anfange sich nicht läst zum Narren machen. Wer a. spricht, soll auch b. sprechen, und das will ich meinem Kerl nimmermehr weiß machen, daß er mich das gantze A.b.c. durchführen soll. Hierauff ritte *Florindo* fort, und sagte zu seinen Gefährten, es verlohne sich nicht der Müh dem Lumpen-Gesinde zuzuhören, doch gab *Gelanor* diese Anmerckung darzu, es wäre nicht eine geringe Narrheit mit untergelaufen: denn, sagte er, solte der Mann nicht mit dem schwachen Werckzeuge Geduld haben, und wann er in der Weiber Gemüthe einige Verdrießligkeit befünde, solte er nicht vielmehr auf Mittel und Wege dencken, sie zu begütigen, als daß er einen Teufel heraus und zehen hingegen wieder hinein schlägt. Er muß sie doch einen Weg wie den andern umb sich leiden, und wer wird mit ihrer Bosheit ärger gestrafft, als der Mann selber. Eine geringe Schwachheit wolte er nicht vertragen, nun muß er eine übermäßige Boßheit einfressen, und kommt so zu reden auß dem Staube in die Mühle, aus dem Regen in die Trauffe. Es ist nicht ohn, *Alexander M.* beim *Curtio* hat es auch vor gut erkannt, daß ein Mann seine Frau schlagen möchte: allein es bleibet doch dabey, was ein vornehmer *Consistorial*Rath gesagt: wer die Frau schlägt, der ist ein elender Mann; wer sie aber aus geringen Uhrsachen schlägt, der ist gedoppelt elende.

In dergleichen Discursen hielt sich die *Compagnie* auf biß sie vor das Städtgen gelangeten, allwo des Wirthes Aussage nach das warme Bad anzutreffen war: Nun hatten sich eben viel Leute eingefunden, welche die Frülings-Cur daselbst gebrauchen wolten, daß also wegen der *Quartiere* grosse Ungelegenheit war. Nach vielen Bemühungen kamen sie bey einem Priester in das Losament, und funden einen vornehmen *Cavallier,* der sich mit seiner Liebste etliche Stunden zuvor eben in selbigem Hause einquartieret hatte. Sie machten bald Bekandschafft, und beschlossen, die Mahlzeit beysammen einzunehmen, inzwischen ließ *Florindo* einen Becher Wein langen, und brachte dem unbekannten *Cavallier* eins auf Gesundheit zu: Allein wie er darnach greiffen wolte, kam die Liebste darzwischen, ach mein Engel, sagte sie, was will er mit dem ungesunden Wein in dem Leibe, er gedencke doch, daß er durch einen jedweden Becher etliche Tage von seinem Alter, und noch einmahl so viel Bluts-Tropfen von meinem Hertzen absauffen muß. Ach er thu den Becher weg! Er schüttelt den Kopff, und gab zur Antwort: meine Frau, das ist kein überfluß, wenn man vornehmen Leuten zu bestätigung fernerer Bekandschafft einen erleidlichen Ehren-Becher bescheid thut, ich werde darum weder eher noch langsamer sterben, ob ich den Becher trincke oder auf die Erde giesse. Gleichwohl dieser Worte ungeacht, grieff sie noch härter zu, und bat ihn, er solte doch seine Liebste bedencken, welche seine Gesundheit so genau und sorgfältig in Acht nehme. Kurtz von der Sache zu reden, sie brachte ihm so viel bewegliche Worte für, fing auch ein bißgen an zu weinen, daß der gute Herr sich muste gefangen geben; und solches that sie ohn unterlaß, wenn er einen Bissen wider ihren Willen essen oder sonst was vornehmen wolte, das ihr nicht annehmlich war. Recht lächerlich stund es, als in währender Mahlzeit ein Mahler kam, und allerhand Schildereyen zu verkauffen hatte. Denn als die andern etwas von ihrem Gelde anlegten, und die ser eines Stückes gewahr wurde, auf welchen die Einnehmung der grossen Chinesischen Mauer abgebildet war, beliebte er es zu kauffen. Es mag seyn, daß er sich in das Bild verliebte, oder auch, daß er in der Gesellschafft nicht wolte vor karg angesehen werden. Doch schlug sich die Liebste bald ins Mittel, und beredete ihn wunderliche Händel. Er solte doch sehen wie die Farben so unscheinbar auffgetragen, wie es hin und wieder schon auffgesprungen, es wäre gewiß etliche Jahr ein Ladenhüter gewesen, nun käme er und suchte einen Narren, der es über der Mahlzeit in voller Weise behalten möchte. Sie wüste einen Mahler, der hätte Stücke, denen nichts fehlte als das Leben, und welchen andre Taffelkleckereyen nicht das Wasser reichten. Uber dieß wäre es Schande, daß er seine schöne Ducaten und Reichsthaler vor solchen Lumpenzeug solte hinschleudern, wenn es noch Doppel-Schillinge oder küpfferne Marien-Groschen wären, deren man ohn dieß gern wolte loß seyn. Summa Summarum, er durffte das Bild nicht kauffen. Nach verrichteter Mahlzeit zog *Gelanor* den *Florindo* auf die Seite, und fragte ihn, ob er auch den abscheulichen Narren in Acht genommen. Ach, sagte er, ist das nicht ein Muster von allen elenden Sclaven. Das Weib stehet in solcher Furcht, daß sie im Ernste nichts begehren darff, und gleichwol kan sie unter dem Schein einer demütigen und unterthänigen Bitte ihre Herrschafft glücklich *manuteni*ren. Von grossen Herren ist das Sprichwort, wenn sie bitten, so befehlen sie: aber es scheint, als wolte solches auch bey dieser Frau wahr werden, und also ist ein schlechter Unterscheid, ob sich der Mann befehlen läst, oder ob er in alle Bitten willigen muß. *Florindo,* der allezeit die Helffte von den Gedanken bey seiner Liebsten hatte, fiel ihm in die Rede, und wolte erweisen, daß alles aus reiner und ungefärbter Liebe geschehen, und also der Mann wäre straffwürdig gewesen, wenn er solch freundlich Ansinnen durch rauhe und unbarmhertzige Minen von sich gestossen hätte. Allein *Eurylas* fing hefftig an zu lachen, und fragte, ob er nicht wüste, daß keine Sache so schlimm wäre, die sich nicht mit einem erbahren Mäntelgen bedecken liesse. Man dürffe denselben nicht alsobald vor einen Engel des Lichts ansehen, welcher dem äusserlichen Scheine nach also verstellet wäre. Die Liebe bestünde in dem, daß beyderseits ein gleicher Wille in gleicher Freyheit gelassen wäre: nun aber sey der gute Mann mit seinem Willen dermassen gebunden, daß man nothwendig schliessen könte, dem Weibe sey es nicht darum zu thun, daß sie dem Manne viel nach seiner *Inclination* machen wolte. Bey diesen Worten kam der Priester, dem das Hauß gehörte, in das Zimmer hinnein getreten, und legte seine *Complimente* ab, sie solten in der wenigen Bequemlichkeit vorlieb nehmen, und nur befehlen was sie begehrten. Hierauff geriethen sie in ein Gespräche, und fragte *Florindo,* wer denn der unbekante Gast sey? Der Priester gab zur Antwort, es wäre ein vornehmer Mann, habe sich vor diesem in hohen Fürstlichen Diensten auffgehalten, es sey ihm aber der Neid zuwider gewesen, daß er nun von seinen Renten leben müsse. Itzt sey er mehrentheils wegen seiner Liebsten in das warme Bad gezogen, als welche verhoffte hiedurch fruchtbar zu werden. *Florindo* fragte in seiner Einfalt, ob denn das Wasser solche Krafft hätte, doch halff ihm *Gelanor* bald auß dem Traume, indem er sagte, thuts das Bad nit, so thuns die Badgäste. Der Priester stellte sich, als verstünde er die Rede nicht, und nahm bald Abschied, mit wiederholter Bitte, das Losament nach ihrem Willen zu brauchen. Da gieng es nun an ein Lachen, über die Fruchtbarkeit des Weibes, die nicht viel anders außsah, als ein alter Meeraffe, und konte man fast errathen, warum der Mann seine hertzallerliebste Gemahlin nicht gern erzürnen wolte, indem er ohn allen Zweifel die Beysorge haben muste, als möchte sich die angefangene

Fruchtbarkeit durch den Zorn wieder zerschlagen. Absonderlich wuste *Eurylas,* der alte durchtriebene Susannenbruder, viel Historien auf diesen Schlag beyzubringen. Es habe einmahl eines Schiffers Frau an ihren Mann so hertzinniglich gedacht, und in solchen Gedancken habe sie einen Eißzapffen vom Röhr-Kasten abgebrochen und verschluckt, also daß sie bloß von dieser Einbildung durch Hülffe des Eiszapffens schwanger worden, und ein artiges schönes weißhäriges Knäbgen an die Welt gebracht. Eine andere habe nur auf ihres abwesenden Mannes Gesundheit getruncken, und alsobald hätte sie den Segen ihres Leibes empfunden. Wieder eine andere hätte sich an Hechts-Lebern, und noch eine andre an Heringsköpffen fruchtbar gegessen. Endlich kam die *application,* die gute Frau müste gewiß solcher Mittel nicht kundig seyn, daß sie alles auff so eine weitläufftige Reise hätte spielen müssen, und würde genau ein Trinckgeld zu verdienen seyn, wenn iemand ein solches *probatum est* dem alten Herren eröffnen wolte. Mehr dergleichen Händel kamen vor, als der Mahler dem *Florindo* einen *project* vorstellete, was er auf seine ledigen Tafeln vor Narren wolte mahlen lassen. Im ersten Bilde war eine Frau, die ritte auf einem Mann, dem Esels-Ohren angeheftet waren, mit dieser Uberschrifft:

Das ist ein grosser Narr, der ümb das liebe Brot
Deß Weibes Esel wird, und leidet solche Noth.

Auf der andern war ein Mann, der ritte auf der Frauen, und stach ihr die Sporn weidlich in die Ribben, mit dieser überschrifft:

Das ist ein grösser Narr: er legt die Sporen an,
Da er sein treues Pferd mit Güte lencken kan.

Auf der dritten war ein Reuter, der keinen Zaum in der Hand hatte, mit dieser überschrifft:

Das ist der gröste Narr, er reitet zwar sein Pferd,
Doch kommt er nur dahin, wohin der Gaul begehrt.

Florindo sahe die Kunststücke mit sonderlichen Freuden an, und vermeinte nun, es wäre seine mühsame Reise glücklich abgelauffen, und würde er nun innerhalb 14. Tagen seine Liebste zu sehen bekommen. Aber *Gelanor* halff ihm bald aus dem Traume, es wäre noch lange nicht an dem, daß er von dem ärgsten Narren in der Welt urtheilen könte, ob er schon etliche Proben von rechtschaffenen Weiber-Narren angetroffen hätte. Er müßte noch weiter dran, ehe er die Zahl auf neun und neunzig brächte. Ja *Eurylas* brachte einen artigen Possen zu Marckte. In Warheit, sagte er, *Mons. Florindo,* wo er sich seine Liebste zu sehr einnehmen läst, so müssen wir über die drey Felder noch eines bauen, da er hinein gemahlt wird. *Gelanor* lachte und bot sich an die Uberschrifft zu machen: Der Mahler selbst trat ihm ins Gesichte, als wolte er schon auf den Grund-Riß studiren. Mit einem Worte, der Händel wurden so viel, daß *Florindo* zusagte, er wolte die Liebste zu Hause des ihrigen gern warten lassen, sie solten ihn nur nicht in das Narren-Register mit einschreiben, wegen der Reise möchte es nach ihrem Gefallen lang oder kurtz währen.

CAP. II.

Folgenden Tag wolten sie zur Kurtzweil sich des Bades gebrauchen, und gingen also etliche Stunden vor Mittage fein gemach dahin. Nun meinte *Florindo*, weil in seinem Dorffe alle Baurn-Jungen den Hut vor ihm abgezogen, so müßte ihm die gantze Welt zu Fusse fallen, derhalben als ihm eine bequeme Stelle gefiel, welche aber allbereit von einem andern eingenommen war, begehrte er von ihm, er solte doch auffstehen. Dieser gab ihm eine hönische Mine, und sagte nichts mehr als: *Monsieur,* kan er warten? *Florindo* blieb stehen und vermeinte auf so eine gute Stelle wäre noch wohl zu warten; allein wie ihm die Zeit etwas lang ward, fragte er noch einmahl, wie lang er warten solte, der sagte nichts darauf, als: er warte so lang es ihm beliebt, *Florindo* schüttelte den Kopff und beteurte hoch, er hätte sich dergleichen Unhöfligkeit nicht versehen. Indem kam der Hoffmeister darzu, und hielt ihm verweißlich vor, warum er mit aller Gewalt in das Narren Register wolle gesetzt seyn, es wäre hier ein freyer Ort, da die Ersten das beste Recht hätten, und da niemand des Andern Unterthan wäre. Was? sagte *Florindo,* soll einer von Adel nicht besser respectirt werden, als auf diese Weise? wer weiß ob der lausigte Kerle so viel Groschen in seinem Vermögen hat, als ich 1000. Thaler? *Gelanor* schalt ihn noch härter, mit der Bedrauung, er wolle gleich nach Hause reisen, und sein Bildniß dreyfach abmahlen lassen, er wüste nicht, was hinter dem unbekandten Menschen wäre, und solte er sich gegen der Freyheit dieses Ortes bedancken, daß jener nicht Gelegenheit zu fernerer *action* gehabt. Was geschach, *Florindo* war mit dem Hoffmeister übel zufrieden, und stellete sich, als hätte er schlechte Lust zu baden, gieng auch mit einem *Pagen* hinauß. Der Unbekante, der von ihm so übel angelassen war, und sich nur vor dem Orte gescheuet hatte, Händel anzufangen, folgete ihm auff dem Fusse nach, *rencontrirte* ihm auch in einen Gäßgen, da wenig

Leute zu gehn pflegten; da gab es nun kurtze Complimenten, sie griffen beyde zum Degen, und machten einen abscheulichen Lermen, daß das Geschrey in das Bad kam, es wären zween frembde Kerlen an einander gerathen, die wolten einander die Hälse brechen. *Gelanor* fuhr geschwind in seine Kappe, und eilte hinauß, da er denn sich eyfrichst bemühete, Friede zu machen. Jedennoch weil der andere auch seinen Beystand erhielt, konte die Sache anders nicht vertragen werden, als daß sie zusammen auf einem Platz vor dem Thore *revenge* suchten. Was wolte der Hoffmeister thun, der Karren war in den Koth gestossen, und ohne Müh konte man nicht zurücke. Derhalben blieb es bey der *Resolution,* und hatte *Florindo* das Glück, daß er im dritten Gange dem unbekanten Eisenfresser eines in den Arm versetzte. Darauff ward die Sache vertragen, und ob zwar der Beschädigte sich vorbehielt weitere *satisfaction* zu suchen, gab ihm doch *Gelanor* höfflich zu verstehen, er würde nicht begehren, daß sie als reisende Personen seinetwegen etliche Wochen verziehen solten: sie würden inzwischen niemahls vor ihm erschrecken, und allezeit *parat* seyn ihm auffzuwarten, hiermit verfügte sich ein ieder nach Hause, und gieng *Florindo* mit seiner Gesellschafft wieder in deß gedachten Priesters Losament. Nun hatte der Priester von dem gantzen Handel schon Nachricht bekommen, und als sie zu der Mahlzeit eilten, und den Wirth gern bey sich haben wolten, hatte er gute Gelegenheit davon zu reden. *Florindo* zwar ließ sich, als ein tapfferer *Cavallier* herauß, er sey noch sein Tage vor keinem erschrocken, wolle auch ins künfftige in kein Mäuseloch kriechen. *Gelanor* gieng etwas gelinder, und vermeinte es wäre eine schlechte Ehre nach Streit und Schlägen zu ringen, doch hätte es bey denen von Adel die Beschaffenheit, daß sie auch wider ihren Willen sich offt einlassen müssen, denn, sagt er, es glaubt kein Mensch, wie weh es thut, wenn man aus einer ehrlichen *Compagnie* gestossen, oder zum wenigsten in derselben schlecht *respectirt* wird. Und gleichwohl ist es leicht geschehen, daß einer zur *ac tion* genöthiget wird, und also entweder auf dem Platz erscheinen, oder den garstigsten Titel von der Welt davon tragen muß. Hierauff kam die Reih an den Priester, der bat, sie möchten ihm zu gute halten, wofern er seine Gedancken etwas freyer eröffnen würde. Ich vor meine Person, sprach er, halte diß vor die höchste Thorheit, daß einer nicht anders als im *duelliren* seine *Revenge* suchen will, denn ich will nicht gedencken, wie gefährlich man Leib und Leben, ja seiner Seelen Seligkeit in die Schantze schlägt; indem ich wohl weiß, daß viel *Politici* dergleichen Pfaffen-Händel nicht groß achten, und ist mir ein vornehmer *Officirer* bekant, welcher von einem Geistlichen gefragt, ob er nicht lieber auf dieser Welt wolte ein Hunds etc. seyn, als daß er ewig wolte verdammet, und also, in erwegung der unendlichen Schmach ein ewiger und hundert tausentfächtiger etc. werden. Dennoch die vermessene Antwort von sich hören lassen, er wolle lieber verdammt seyn, als solchen Schimpff ertragen. Nun darff ich vielweniger auf die scharffen *Edicta* trotzen, welche numehr fast in allen Ländern und Königreichen wider die *Duellanten promulgirt* seyn. Angesehn, heutiges Tages die beste Freyheit ist, wider die Gesetze zu streben. Und über diß alles Fürsten und Herren selbst, ob sie schon die Sache verbieten, dennoch von einem Edelman am meisten halten, der sich brav *resolvirt* erwiesen hat. Es komme nur einer, und klage über eine *affront,* die er sonst mit dem Degen außführen solte, und sehe darnach, ob er zu Hofe werde sonderlich *respectirt* werden. Nur dieses scheinet wider die klare und helle Vernunfft zu lauffen, daß derjenige, welcher sich rächen will, seinen Gegner so viel in die Hände gibt, als er selbst kaum hat, dannenhero es offt geschicht, daß der Beleidigte mit einer drey- oder vierfachen Beleidigung wieder zu Hause kömmt. Man sehe das gegenwärtige Exempel an, *Mons. Florindo* hat ohne Zweifel Ursach genug gegeben, in solchen Streit zu gerathen: aber wäre der gute Kerl mit seiner kleinen *Injurie* zufrieden gewesen, so dürffte er ietzt nicht etliche Wochen in des Barbierers Gewalt liegen. Bey den alten Teutschen, welche noch im blinden Heidenthum lebten, war es kein Wunder, daß dergleichen *Duell* gehegt wurden; denn sie stunden in dem Aberglauben, als müste bey der besten Sache auch nothwendig das beste Glück seyn. Nun aber wir Christen aus der hellen Erfahrung vergewissert sind, daß offt die ärgsten Zäncker und Stäncker denen unschuldigsten und frömsten Leuten überlegen seyn, und daß mancher an statt gesuchter *satisfaction* sein Leben in die Schantze geschlagen, so scheinet es ja wunderlich, daß man noch ferner in seine eigene Gefahr hinein rennen will. Da wäre es eine Sache, wenn der *provocant* seine drey Kreutzhiebe auf gut Schweitzerisch dürffte vorauß thun, als denn möchte es zu gleichen Theilen gehen. *Gelanor* fing ihm diese Rede auf, und sagte, ihr Herren Geistlichen, ihr habt gut reden, indem ihr auf euren Hartzkappen das *privilegium* habt, daß ihr euch nicht wehren dürfft, und man hat es nun erfahren, daß es grossen *Doctoribus* nichts am Handwerck schadet, wenn sie sich gleich unter einander Schelm und Diebe heissen. *Tu, si hic esses, aliter sentires.* Es muß wohl mancher mit machen, der sonst schlechte Lust darzu hat. Die Gewonheit ist ein starcker Strom, dem ein schlechter Baum nicht widerstehen kan. Der Priester sagte, er wisse wohl, daß solches die allgemeine Entschuldigung wäre, aber wenn gleichwol einer darüber zum Teufel führe, was würde ihm solche hergebrachte Gewonheit helffen. *Gelanor* ließ sich hierauff in die recht Christlichen Worte heraus: Freylich ist mancher in dieser Gefahr umkommen, und sieht dannenhero ein Edelmann, was ihm für Netz und Stricke gestellet werden, darunter ein gemeiner Mann leicht hinkrichen kan. Doch der Gott, der uns zu solchen Leuten gemacht hat, kan auch alle Gefahr abwenden, wol dem, der sich mehr auf ein fleißig Gebet, als auf eine lange Spanische Klinge verläst. Und hätte ich an des obgedachten *Officirers* Stelle die Frage sollen beantworten, ob ich lieber zeitlich oder ewig wolte ein etc. seyn, so hätte ich gesagt, ich wolte Gott bitten, daß er mich vor beyden behüten, und mir dort das ewige Leben, hier aber einen ehrlichen Namen, als das beste Kleinod, geben wolle. Kaum waren die Worte geredet, als ein Diener gelauffen kam, mit Vermeldung, der im Duell beschädigte Mensch gehöre einem Graffen zu, welcher diesen Schimpff nicht leiden wolle, auch die Obrigkeit schon ersucht habe, sie mit allen Helffers-Helffern in Arrest zu nehmen; was solte *Florindo* machen, er erschrack, und hätte seinen Hoffmeister gern umb Rath gefragt, wenn er nicht alles wider sein treuhertzig Vermahnen verübet hätte. Der Priester wuste den besten Rath, der sagte, sie solten unverwandtes Fusses durchgehen, und an einem Orte sich versichern, da der Graffe wenig schaden könte. Also packten sie über Hals über Kopff zusammen, und eilten durch des Priesters Garten heimlich zum Städtgen hinauß. Ob nun die Obrigkeit nach ihrem Abschied den Arrest angekündiget, oder nicht, darum hat sich niemand von unsern reisenden Personen biß auf diese Stunde im geringsten nicht bekümmert.

CAP. III.

So reiset nun die Narrenbegierige *Compagnie* dahin, und wußte sich sehr viel, daß sie ein *Recommendation*-Schreiben von dem Priester mit nehmen kunten, an einen vornehmen Mann, welcher in der nechsten Stadt vor den Gelehrtesten im gantzen Lande gehalten wurde. Sie sahen sich auch unterwegens ümb, aus Furcht, die Häscher und Landknechte möchten hinten nach *galloppirt* kommen; und legten also die vier Meilen glücklich zurücke, daß sie vor der Sonnen Untergang in die Stadt gelangten. Sie fragten nach dem besten Wirthshause, und als sie ein Losament gefunden, auch die Abend-Mahlzeit bestellen lassen, kam ein fremder Kerle, der von aussen Ansehens genug hatte, einen *Candidatum Juris,* oder wohl gar einen Gräfflichen Gerichts-Verwalter zu bedeuten, diesen hieß der Wirth alsobald wilkommen seyn, fragte ob er nicht seinen Verrichtungen so viel abbrechen könnte, den vornehmen Gästen Gesellschafft zu leisten. Er wegerte sich anfangs, es wäre gleich Post-Tag, da er warten müsse, ob nicht Brieffe von seinem *Principalen* ankämen: Doch habe er seinem *Secretario* Befehl gegeben, im Posthause nach zufragen, und könne er endlich so lange, und nicht weiter verziehen. Hierauff bat der Wirth, sie möchten sich nicht lassen zuwider seyn, daß, in dem er selbst ab und zugehen müsse, er einen andern zum Wirth gemacht hätte. Nun schiene der Kerle anfangs trefflich *reput*irlich, daß dem Hoffmeister selbst angst war, ob er den stattlichen *qualific*irten Menschen hoch genug *respect*iren würde. Er schwatzte von lauter Staats-Sachen, und setzte zu allen Erzehlungen solche artige Politische Regeln, wuste darneben höffliche Schertzreden mit einzumischen, daß man gemeynet hätte, er müste einen Reichs-Rath in dem Leibe haben. Niemand aber hatte das Hertze zu fragen, was er vor eine *Charge* bediente, weil er alle seine Reden so einrichtete als solte man an seinem Maule ansehen, was er vor ein *Miraculum hujus seculi* wäre. Endlich als er etliche Becher Wein auf das Hertz genommen hatte, gab er sich bloß, daß er einen Sparren zu wenig, oder mehr als einen zu viel, haben müsse. Denn da ließ er sich in wunderliche *discursen* heraus. Ich lache, sagte er, wenn ich die Schwachheiten ansehe, die in den vornehmsten *Republiqven* vorgenommen werden. Zwar die Potentaten sind selbst Ursache daran. Einen Kerlen, der nicht weiß was vor ein Unterschied ist *inter Rempublicam Laconicam aut Æsymneticam,* und der nicht einmal *speculirt* hat, *an Aristocratia prævaleat Monarchiæ,* den setzen sie oben an geben ihm Geld über Geld, daß sie ihn nur gewiß behalten, hingegen wenn sie ein *qualificirt Subjectum* meines gleichen nur mit geringer Bestallung begnadigen sollen, so ist kein Geld vorhanden. Es tauret mich; daß ich dem Könige in Engeland so viel Ehre angethan, und ihm einmal auffgewartet habe, weil ich nun befinde, daß meine guthertzige Meynungen so liederlich verworffen worden. Was gilts, hätte er mir gefolget, Holland und halb Franckreich solte sein seyn, ich rieth, man solte einen Damm durch den *Canal* machen, und nur bey der Insul Wicht eine kleine Durchfarth lassen, etwan so groß als der Sund in Dennemarck. Zwar die Narren lachten darüber, und gaben also ihren Verstand an den Tag; daß sie nicht gelesen, wie der *Cardinal Richelieu* eben auf solche Masse die unüberwindliche Stadt *Rochelle* bezwungen. Ach ihr stoltzen Hamburger, hättet ihr mich zu eurem Bürgemeister gemacht, jetzt wäre die Farth von Lübeck bis in die Elbe fertig, und solten die Polnischen Korn-Schiffe den Zoll, der sonst im Sunde abgeleget wird, bey euch bezahlen. Was hilffts? *Serò sapiunt Phryges.* Ich wolte euch nun nicht kommen, wenn ihr mir die vier Lande darzu schencken wolltet. Der *Marquis Caracena,* das war ein braver Herr, der wuste was hinter mir war, hätten mich seine *Pagen* nicht bey ihm verkleinert, ich wolte jetzt Niederländischer *præsident* seyn: Es solte auch ein bißgen besser umb die Spanische Armee stehen. Denn ich weiß, daß die Catholischen und Calvinischen Kinder ohne dieß nicht in den Himmel kommen, drumb hätte ich dieselben nicht tauffen lassen, sondern hätte das gewöhnliche Patengeld an die Soldaten verwendet. O Franckreich! wo hättestu bleiben wollen. Aber ô ihr Christen wie glückselig seyd ihr, daß ich ein Gewissen habe, sonst, wann ich auf vielfältiges Ansuchen deß Türckischen Käysers wäre *Grandvezier* worden, so wolte ich in der Stephans Kirche zu Wien dem Mahomet zu Ehren die künfftige Pfingst-Predigt halten lassen. Doch der Hencker hat die Jesuiten erdacht, die mich keinmahl vor ihre Käyserliche Maj. gelassen haben. Ich wolte ein Mittel vorgeschlagen haben, daß dem Bluthund in *Constantinopel* solte angst und bange worden seyn. Denn wie leicht wäre es gethan, daß ein Befehl ausbracht würde, alle Mönche und Nonnen solten etliche mal beysammen schlaffen, und Kinder zeugen, darauß in 20. Jahren eine vollständige *Armee* könte *formirt* werden. Es schiene, als könte der possierliche Sausewind kein Ende finden, so sehr hatte er sich im *discurse* vertieffet, doch machte *Gelanor* einen Auffstand, welcher einen Boten wegen aussenbleibendes Wechsels noch vor Tages abfertigen solte. Inzwischen machte sich *Florindo,* nach dem er etwas freyere Lufft bekommen, über den *Politicum* her, verwunderte sich über die sonderbahre Weisheit, und wünschte ihn zum Hoffmeister zu haben. Dem Kerln wackelte das Hertz vor Freuden und weil er ihn vor einen jungen Fürsten hielt, ließ er sich desto eher zu solcher *Charge* behandeln. Da gieng es nun an ein Vexieren, er muste etliche grosse Humpen auf deß Fürstlichen Hauses Wohlergehen außsauffen, und dabey mit dem Mahler und etlichen *Pagen* auf den Tisch steigen, biß es endlich auf Nasenstüber und Kopffstösse hinaus lieff, welche der Auffschneider schwerlich würde vertragen haben, wenn ihm *Florindo* nicht ein paar Reichsthaler an den Hals geworffen hätte. Doch schnitten ihm die Jungen unterschiedene Löcher in die Kappe, pinckelten ihm in die Degen-Scheide, heffteten ihm Hasen-Ohren an die Krempe, mit einem Worte, sie thaten alles was man bey einem *perfec*ten Hof-Narren nicht zu vergessen pflegt. Mit solchen *Ceremonien* schafften sie auch die volle Sau von sich, und meynte *Florindo*, er würde bey seinem Hoffmeister grossen Danck verdienen, wenn er ihm früh Morgens die artige *Action* erzehlen würde. Aber er muste wider sein Verhoffen einen dichten Filtz mitnehmen. Was meynt ihr wohl! sagte *Gelanor,* welcher die gröste Thorheit begangen. Der gute Mensch hat freylich in das Hasen-Fett tieff genung eingetütscht; aber wer klug seyn will, hat billich mit dessen Unglücke Mitleiden, daß er seine Vernunfft nicht besser anwenden kan. So habt ihr das Widerspiel erwiesen, und habt euch von diesem Narren selbst lassen zum Narren machen. Und dazu was wollet ihr euch einer solchen Vexiererey berühmen, da ein schlechter und einfältiger Gümpel durch gute Worte berücket worden. Diese Kunst hätte der schlimste Handwercks-Junge gleich so gut zu *practiciren* gewust: wer Auffzüge machen will, der wage sich an verständige Leute, die vor übriger Klugheit das Gras wachsen hören; und hat er da was erhalten, so will ich helffen mit lachen, und wil sagen, daß die Probe gut abgeleget sey. Diese Predigt hätte ohn allen Zweiffel noch länger gewähret, wenn *Eurylas* nicht erinnert hätte, ob sie bald ihr *recommendation*-Schreiben an den vornehmen gelehrten Mann übergeben wolten. *Gelanor* war willig darzu, allein *Eurylas* gedachte, er hätte den Priester bey Vollendung des Brieffes lachen sehen, und zweifelte also nicht, es müste was lächerliches darinn enthalten seyn. Wenn es ihnen gefiele, er wolte durch ein sonderliches Kunststücke den Brieff auff und wieder zumachen, daß niemand etwas daran mercken solte. Nun wolte sich *Gelanor* schwerlich darzu verstehen, wenn er nicht diß zum Stichblat behalten, auf allen Fall, Wenn der Brieff verderbet würde, könte man ihn ohne Schaden gar zurücke laßen. Also befanden sie folgends:

Vir Clarissime.

Mitto tibi vulpem; mitto tibi leporem; utriusque curam sic habueris, ut intelligant, meam apud te valere recommendationem. Cura ut valeas.

Gelanor ruffte hierauff den *Florindo* auff einem Ort allein, hielt ihm den Brieff vor, er solte nun sehen, ob sein Thun von allen Leuten gebilliget würde, und ob es eine sonderbahre Ehre geben würde, wenn er mit einem solchen prächtigen Hasen-Titul aufgezogen käme: bat ihn darneben inständig, er solte sich der übermässigen Künheit entschlagen, und vielmehr in *mode*sten und höflichen Sitten seine Ehre suchen: Zwar die rechte Warheit zu bekennen, *Florindo* hätte den geistlichen Vater gerne auf die Klinge fordern lassen, wenn er gekunt hätte. Also fraß er die kurtze *Lection* mit aller Gedult in sich, und begehrte nur, man möchte den Brieff zurücke lassen. Nein, sagte *Gelanor,* wie hätten wir thun müssen, wenn der Brieff uns nicht wäre geöffnet worden, und über dieß wird er weder klüger noch närrischer, ob ihm ein ander einen verächtlichen Titul auf solche Weise anhängt, er trachte vielmehr dahin, daß er den übel informirten Brieffsteller zum Lügner mache. Diese Zurede nun würckte so viel, daß sie den Brieff durch einen Diener hinschickten, mit vermelden, es wären etliche frembde Leute im Wirthshause, welche inständig bitten liessen eine Stunde zu benennen, an welcher sie ihm ohn grosse verhinderniß auffwarten könten. Der Gelehrte Mann nahm so wol den Brieff, als die beygefügte *Complimente* mit aller Höffligkeit an, und sagte, es wäre ihm allezeit gelegen vornehmen Leuten dienstfertig auffzuwarten, doch solte es ihm lieber seyn, wenn sie nach Tische umb 1. Uhr sich einstellen wolten. Solche Stunde nahmen sie in Acht, und gieng *Gelanor* mit dem *Florindo* allein dahin, da sie denn mit vielfältigen Ehrbezeigungen in die wolangelegte Studierstube geführet worden, und mit Verwunderung ansehen müssen, wie alle Wände mit den schönsten *repositoriis* bekleidet, die Bücher in lauter Frantzösischen Bänden mit vergüldten Rücken außgebutzet, und sonst alles so zierlich außgeführet war, daß man vermeynte, wenn *Apollo* selbst da *residiren* wolte, so würde ihm das *Quartier* nit schimpflich oder geringe seyn. Dazu wuste der ruhmräthige Besitzer die *curieusen* Gäste in ihrer Verwunderung wohl zu unterhalten, denn da zeigte er auf seine Bücher: dieses habe ich erst vor 8. Tagen aus Franckreich bekommen: dieses ist in Irrland gedruckt, und bin ich versichert, daß nur zwey *Exemplaria* davon in Teutschland gebracht worden. Dieses ist aus Rom verschrieben worden, und kömmt mich ein iedweder Bogen auf einen halben Reichsthaler zu stehen. Hier hab ich etliche unbekante Rabinen, die in Amsterdam gedruckt sind. etc. Diese *demonstration* währete länger als eine Stunde, und vergnügte sich *Gelanor* an den kostbahren und gelehrten Raritäten, welche er als einen Kern von allen Weltberühmten Büchern heraus strich. Ach sagte er, ist es auch möglich, daß in einem solchen Gemach etwas kan verdrießlich seyn. Ach wohl dem, der mit so schönem Zeitvertreib sein Leben geruhig und selig durchbringen kan. Hierauff begunten sie des herum Spatzirens müde zu werden, und satzten sich an eine kleine Tafel nieder, da brachte nun *Gelanor* etliche Fragen auf die Bahn, welche dem grossen *Bibliothecario* gnug zu schaffen machten. Und erkennete dieser schlaue Fuchs endlich, daß der Mann alle seine Kunst in dem erwiese, wie er *Historicè* von diesem oder jenem Buche reden könte, was vor ein *Autor* solches hervorgegeben, wo er gelebet, in was vor einem Ehren-Stander gesessen, wo es gedruckt worden, ob einer darwider geschrieben etc. hingegen befand er in dem *fundament* selbst so einen Mangel, daß wenn man ihm die Pralerey mit der grossen und abscheulichen *Bibliothec* benommen hätte, er kaum einem Dorff-Schulmeister wäre ähnlich gewesen. Drum als *Gelanor* wieder ins Wirths-haus kam, und *Florindo* sich über den weltberühmten Mann trefflich verwunderte, bat ihn der Hoffmeister, er möchte seine Verwunderung biß auf andere

Gelegenheit lassen versparet seyn. Denn, sagte er, ist das nicht eine hauptsächliche Thorheit, daß einer mit etlichen 1000. Büchern die *Erudition* erzwingen will, gleich als wenn dieser ein *perfecter Medicus* seyn müste, der seine Simse mit lauter Apothecker-büchsen besetzet hätte. Die Bücher sind gut, aber von den außwendigen Schalen wird kein *Doctor.* Ich weiß auch, daß der Türckische Keyser viel Gelt hat, aber darum bin ich nicht reich: Also kan ich wohl wissen, wer von dieser oder jener Sache geschrieben; unterdessen folgt es nicht daß ich die Sach selbst verstehe. Ach wie wahr wird das Sprichwort: *Mundus vult decipi.* Denn wo die Frantzösische Bände gleissen, da fallen die *Judicia* hin: Ungeacht, ob mancher vielmehr mit seinem papiernen Hausrath außrichte als ein Esel, der einen Sack voll Bücher auff dem Rücken hat. Diese Leute gehören *inter claros magis, quàm inter bonos.* Wie *Tacitus* redet, oder wie *Salustii* Worte sind. *Magis vultum quàm ingenium bonum habent.*

CAP. IV.

Solche Anmerckungen hatte *Gelanor* über diesen vermeynten gelährten Wunder-Mann. Inmittelst aber, als diese beyde sich in der *Bibliothec* umsahen, satzte es im Wirthshause einen lächerlichen Possen. Der Mahler hatte gesehen, daß *Gelanor* den Brieff eröffnen lassen, und den *Florindo* stracks darauff allein zu sich gezogen, dahero muthmassete er, es müste was sonderliches darinnen gewesen seyn, und weil *Eurylas* noch immer sein bester Patron war, fragte er ihn in allem Vertrauen, was denn in dem Brieffe vor Heimligkeiten gestanden. *Eurylas,* dem nichts mehr zu wieder war, als wenn sich jemand ümb frembte Händel bekümmerte, machte alsobald den Schluß, er wolte dem vorwitzigen Kerln einen artigen Wurm schneiden. Sagte derowegen, er hätte zwar den Inhalt gesehen, doch würde er bey dem *Florindo* grosse Verantwortung bekommen, wenn er nicht reinen Mund halten wolte. Endlich fügte er mit leiser Stimme dieses hinzu, ach ihr guter Mensch euch betraff das meiste, ich darff nur nicht schwatzen, wie ich will. Dieses machte den einfältigen Gesellen noch begieriger, daß er nicht allein viel hefftiger anhielt, sondern auch bey allen Engeln und Heyligen sich verschwur, im geringsten nichts davon zu verrathen. Auf solche Versicherung führte *Eurylas* den Mahler in eine Kammer, und bat nochmahls er solte ihm durch eine unzeitige Schwätzerey keine ungelegenheit machen, vertraute ihm darbey, der Priester in dem warmen Bade habe an den gelehrten Mann geschrieben, er solte den *Florindo* um seinen Mahler ansprechen, denn er habe eine schöne Stimme zu singen, und könne im Schlaffe einmahl capaunet, und hernachmahls bey der Music sehr schön gebrauchet werden. Was? sagte der Mahler, soll ich vor meine Treu so unmenschlich und Türckisch belohnet werden, so sey der ein Schelm, der noch eine Stunde hier bleiben will. *Eurylas* berufte sich auf die gethane Versicherung er solte sich nichts mercken lassen, sonst würde er wissen, wie er mit einem solchen Verräther umgehen wolte; also war nun der gute Kerle in tausend Aengsten, und wuste nicht auf welcher Seite er es am ersten verderben solte. Den *Eurylas* mochte er nicht verrathen, und gleichwol schien es auch nicht rathsam seine zeitliche Wohlfahrt also zu verschlaffen: Er gieng auf dem Boden hin und wieder, und fing unzehlig viel Grillen, biß der Kopff voll ward, da kam ihm *Florindo* und *Gelanor* gleich in den weg, bey denen er seine Boßheit außlassen wolte. Ihr Herren, sagte er, wollet ihr einen Narren haben, so schafft euch einen, der sich wallachen läst, ich mag euch nit mehr dienen. *Gelanor* meynte der Brandtewein wäre ihm in das Gehirn gestiegen, und bat also, er möchte doch schlaffen gehen, sonst würde sein Gehirne und Verstand noch trefflich gewallachet werden. Aber der Kerle befand sich noch mehr *offendirt,* und begehrte gleich weg seinen Abschied. *Florindo* fragte wer ihm denn zuwider gelebt, oder was ihm in der *Compagnie* mißfallen, daß er nun so bald wolte durchgehen. Allein es blieb dabey, er wolte kein Hammel seyn. Endlich kam es herauß, daß *Eurylas* ihm den Affen geschleiert, und zu dergleichen schrecklichen *impression* Ursache gegeben. Da verwieß nun *Gelanor* zwar dem Mahler seinen Vorwitz, welcher Gestalt derselbe keinen geringen Platz im Narren-Register verdienet hatte, der sich um solche Sachen gerne bekümmerte, die ihn doch im geringsten nichts angehen. Denn vor eins gäbe er seine Schwachheit an den Tag, daß er sich selbst nicht erkenne, sondern was anders erkennen wolle, das ihm nichts nütze wäre. Darnach müste er gewärtig seyn, daß ihm allerhand Narren-Schellen angehenckt, und er mit einem unrechten Bericht abgewiesen würde. Da gienge darnach ein Fantast mit seiner ungereimten Einbildung, und hätte dieß zum Profit, daß ihn die Leute außlachten. Das war nun die Lection vor den Mahler: Aber *Eurylas* konte sich bey dem *Gelanor* nicht so gar entschuldigen, daß er nicht hätte hören müssen: Ein kluger, der sich eines andern Einfalt mißbrauchte, machte sich muthwillig mit zum Narren, alldieweil es schiene, als gäbe er Ursach zur Narrheit, und hätte an einem thörichten Menschen Lust, den er leicht könne klüger machen. Wiewohl *Eurylas* lachte, und meynte, zum wenigsten würde auß dieser Thorheit der grosse Nutz zu gewarten seyn, daß der Mahler ins künfftige nach keinen frembden Zeitungen fragen würde. Endlich machte *Florindo* den besten Außschlag, und spendirte dem Mahler ein paar Ducaten, damit war die Sache verglichen. Nun war es noch zu zeitlich zur Abendmahlzeit, darum meynten *Gelanor* und *Florindo* es würde am besten seyn, daß sie durch einen kleinen Spatziergang sich einen Appetit zum Essen erweckten. Als sie aber an die Thüre kamen, sahen sie in dem Hause gegen über einen jungen Menschen, der allen ümbständen nach wolte vor einen Stutzer angesehen seyn, er war etwas subtil und klein von Person, doch hatte er eine Parucke über sich hencken lassen, die fast das gantze Gesichte bedeckte, daß man eine artige *Comœdie* vom Storchsneste hätte spielen können. Uberdiß waren in den Diebs-Haaren wohl ein Pfund Buder, und etliche Pfund *Pomade* verderbet worden, und auß solchem Gepüsche guckte das junge Geelschneblichen mit einem paar rothen Bäckgen herfür, als wenn er das Gesichte mit rothem Leder oder mit Leschpappier gestrichen hätte. Die Lippen bies er bald ein, bald ließ er sie wieder auß, nicht anders als wie die Schiffer, wenn sie zu Hamburg das Vier außkosten. In der Krause steckte ein schöner Ring, der mit seinen hertzbrechenden Stralen die *Venus* selbst überwunden hätte, wenn nicht ein bund Band im Wege gestanden. Auf den Ermeln, absonderlich auf den Lincken, der von Hertzen geht, war ein gantzer Kram von allerhand liederlichen Bändergen aufgehefft, welche, weil sie keine *Accordire*nde Farben hatten, sich ansehen liessen, als wären sie von bändersüchtigen Personen zum Almosen spendiret worden. Zur Kappe baumelten wohl sechs Trodelchen vom Schnuptuche herauß, die Schuh waren mit so viel Rosen besetzt, daß man nicht wuste, ob sie von Corduan, oder von Englischen Leder waren. Der Degen gieng so lang hinauß, daß sieben Dutzent Sperlinge drauff hätten Platz gehabt, und im Gehen schlug er so unbarmhertzig an die Waden, daß, wenn die Kniebänder nicht etwas auffgehalten, er ohn Zweiffel in acht Tagen hätte den *Vulcanum agiren* können. Und welches vor allen dingen zu mercken war, so lieffen die artigen und verliebten Mienen dermassen nett, als wolte er die *Circe* selbst bezaubern. Mit den Händen legte er sich in so schöne *positur,* daß er gleichen Weg in den Schiebsack und auf den Hut haben könte. Die Füsse setzte er so außwerts, daß man augenscheinlich abnehmen muste, der Mensch wäre über vier Monden zum Tantzmeister gegangen. Mit einem Worte, das Muster von allen *perfecten Politicis* stund da. *Gelanor* sahe ihn wohl an endlich fragte er den *Florindo* was er von dem Kerln hielte. Dieser gab zur Antwort, wenn er es zu bezahlen hätte, könte man ihn nicht viel tadeln, ein iedweder brauchte das Geld nach seinem Belieben. Und darzu stünde es reputirlicher, wann ein Mensch etwas von sich und seiner Schönheit hielte, als daß er auffgezogen käme, wie die fliege auß der Buttermilch. Ey versetzte *Gelanor,* gefällt euch das schöne Kartenmänngen, fürwar wer diesen hätte und drey Scharwentzel darzu, der könte 50. Thaler besser bieten. Sehet ihr nicht, daß er mit der höchsten Thorheit von der Welt schwanger geht. Wem zu Gefallen butzt er sich so? Die Männer achten es nicht, und wo es der Weiber halben geschicht, so verlohnt sichs nicht der Müh. Aufft er solches vor sein Geld, so solte man ihm einen *Curatorem furiosi* oder *prodigi,* wolt ich sagen, bestellen, der ihm die *Regulas parsimoniæ* etwas beybrächte: ist er aber allen Leuten schuldig, so solte man seine *Laus Deo* die er zu hause liegen hat, mit unter die Favörgen hefften, daß das Frauenzimmer wüste, was vor Sorgen und Ungelegenheit er ihrentwegen einfressen müste. Reinlich und nett soll ein junger Mensch gehen, denn an den Federn erkennet man den Vogel, an den Kleidern das Gemüthe. Allein es ist ein Unterscheid unter erbaren und närrischen Kleidern. *Æstimirt* man doch einen fahlen Papagoy höher, als einen bundscheckigten. Drumb ist es nicht die Meynung, wenn man solche Kleider verspricht, als möchten sie nun kein Hemde mehr waschen lassen, die Hosen möchten hinden und forn offen stehn, und alle *Grobianismi* möchten nun frey *practicirt* werden. Sondern gleich wie der sündiget, der in der Sache zu wenig thut, also ist ein ander in gleichem Verdamniß, der sich der Sache zu übermässig annimmt. Hierauff spatzirte der Teutsche Frantzose die Gasse hin, und ließ die Augen an alle Fenster fliegen, sahe sich auch bißweilen um, ob iemand oben oder unten sich über den schönen Herrn verwunderte. *Gelanor* sagte, wir wollen eine kleine Thorheit begehen, und dem Kerlen nachfolgen, er wird ohn Zweifel in solchem Ornat an einem vornehmen Ort erscheinen sollen. Nun gieng er so langsam und gravitätisch, als wäre er darzu gedingt, daß er die Fenster und die Dachziegel zehlen solte, und in Warheit, hätte man ihm einen Besem hinden hinein gesteckt, so hätte ein Ehrnvester Rath derselben Stadt etliche Gassenkehrer ersparen können. Wann sich etwas an einem Fenster regte, es möchte gleich eine Muhme mit dem Kinde, oder ein weisser Blumen-Topff, oder gar eine bunte Katze seyn, so muste der Hut vom Kopffe, und hätte er noch so fest gestanden. Und solches geschah mit einer unbeschreiblichen Höffligkeit, daß man nicht wuste, ob er sich auf die Erde legen, oder ob er sich sonsten seiner Bequemligkeit nach, ein bißgen außdehnen wolte. Nach vielen weitläufftigen Umschweiffen kam er wieder vor das Haus, darauß er gegangen war, und *Gelanor,* als ein Unbekanter selbiges Orts, kam vor sein Wirtshaus, ehe er es war inne worden. Sie wunderten sich, wie es zugienge, und hätten sich leicht bereden lassen ein Wirtshaus wäre dem andern ähnlich, wann nicht der arme Mahler in dem Hause auf einem Steine gesessen, und die Sorgenseule unter den Kopff gestützet hätte.

CAP. V.

Gelanor fragte was er neues zu klagen hätte, ob ihm die Capaun-Angst noch nit vergangen wäre. Der gute Kumpe seuffzete ein wenig, endlich fieng er an, ich wolte daß der Hencker das Spielen geholt hätte, ehe die Kartenmacher wären jung worden. Denn da hatte ich eben ein paar Ducaten vom Herrn geschenckt kriegt, die wolt ich nun gar zu gut anlegen, und meynte, wenn ich im Spiele noch etliche Stücke darzu bekäme, so könte ich einen alsdenn mit besserm Gewissen vertrincken. Aber ich meyne ich habe sie kriegt. Ich halte es sind gar Spitzbuben gewesen, so meisterlich zwackten sie mir das Geld ab. Im Anfang hatte ich lauter Glücke, aber darnach machten sie mich auf *tertia major* Labeth. O hätte ich das Geld versoffen, so hätte ich noch was dafür in den Leib bekommen; so muß ich mit dürrem Halse davon gehen, und habe nicht so viel darvon, daß die losen Vögel mir gedanckt hätten. Nun das heist in einer halben Stunde bald reich, bald arm, bald gar nichts. *Gelanor* hätte mit dem unglückseligen Tropffen gern Mitleiden gehabt: Doch war der *Casus* gar zu lächerlich, und *Eurylas,* der ihm auch Trost zusprechen wolte, machte es so hönisch, daß es das Ansehn hatte, als wäre alles Unglück dem guten Mahler allein über den Hals kommen. Das schlimste war, daß *Gelanor* den *Actum* mit einer ziemlichen Straff-Predigt beschloß. Ihr thummen Strohstepsel, sagte er, ist es auch möglich, daß ihr einen Tag ohne Narrheit zubringen könnet. Da sitzt ihr nun und klagt über eine Sache, die nicht zu ändern ist. Vor einer Stunde war es Zeit; nun macht ihr den Beutel zu, da die gelben Vögelgen außgeflogen sind. Wißt ihr nicht, was vor ein Erwerb bey dem Spielen ist? Einen Vogel, den ihr in der Hand habt, lasset ihr fliegen, und greiffet nach zehen andern, die auf dem Zaune sitzen. Uber diß, warumb habt ihr Lust zu gewinnen? wisset ihr nicht, daß, wann einer gewinnet, ein ander nothwendig verspielen muß? Gedencket nun, so weh als euch der

Verlust ietzund thut, so weh hätte es einem andern auch gethan: und dannenhero seyd ihr werth, ihr Unglücksvogel, daß euch die andern außlachen, gleich wie ihr sie vielleicht außgelachet hättet. Behaltet ein andermal, was ihr habt, und verschlaudert nicht in einer halben Stunde so viel, als ihr in einem halben Monat und länger kaum verdienen könnet, sonsten sollet ihr euch selbst mitten unter die Ertz-Narren abmahlen: hiermit giengen sie zur Mahlzeit, und hatte *Eurylas* noch manche Stockerey mit dem armen Schächer; da fragte er ihn, ob er sich bald in den Wechsel finden könte, und ob er nicht eine Ost-Indianische Compagnie wolte anlegen, weil er sich auf die Handlung *cento pro cento* so glücklich verstünde; er solte ein andermahl die Scharwentzel bekneipen, daß er wüste, wo sie lägen, und dergleichen. Bey Tische fragte *Gelanor* den Wirth, wer dann der junge Mensch wäre, der sich gegenüber auffhielte, da bekam er die Nachricht, es wäre ein Bürgerskind, sein Vater hätte diesen eintzigen Sohn, und wolte ihn künfftig zum Studiren halten, daß er in zwey jahren könte *Doctor* werden, er wüste nur nicht, welche Facultät ihm und seiner Liebsten am besten anstehen würde. Unterdessen müste er sich in Politischen und höflichen Sachen üben, daß er nicht so Schulfüchsisch über den Büchern würde. So so, sagte *Gelanor,* wird mir nun auß dem Traume geholffen. Ich meynte der Kerl wäre ein Narr, daß er die lange Weile auf der Gasse vertrödeln müste: so sehe ich wohl der Vater ist noch ein ärger Narr. So wird er einen *Doctorem utriusque Juris* bekommen, *qui tantum sciverit in uno, quantum in altero.* Die Leute meynen gewiß, so leicht als man die Kinder *deponirt,* so leicht sind sie auch zum *Doctor* gemacht, und sey es nur darumb zu thun, daß man ein gedruckt *testimonium* darüber habe. Die Bauren *judici*ren sonst von den Zeitungen, wann sie gedruckt seyn, so müste alles wahr seyn. Nun scheint es, als wolte die Albertät unter den Bürgern auch aufkommen. Zwar der liebe Mensch tauret mich, wo er das Frauenzimmer mit so tieffen Reverentzen grüssen wird, möchte ihm das *testimonium* auß dem Schiebsack fallen; Und wann also der Wind die Herrligkeit einmahl wegführete, so wäre es mißlich, ob iemand berichten könte, in welcher Facultät er *Doctor* worden. O du blinde Welt, bist du so nachlässig in der Kinderzucht, und siehstu nicht, daß, welcher vor der Zeit zum Juncker wird, solchen Titul in der Zeit schwerlich behaupten kan. Es bleibet wohl darbey, wann die jungen Rotzlöffel sich an den Degen binden lassen, oder die Beine über ein Pferd hencken, ehe ihnen die Thorheit und das Kalbfleisch vom Steiße abgekehret worden, so ist es mit ihnen, und sonderlich mit ihrem Studiren geschehen. Die Jugend ist ohn diß des Sitzens und der Arbeit nicht viel gewohnt, man darff ihr nur einen Finger bieten, sie wird gar bald die gantze Hand hernach ziehen. Doch meinen die klugen und übersichtigen Eltern, welche sonst alle Splitter zehlen können, es sey eine sonderbahre Tugend, wann sich die Knaben so hurtig und *excitat* erweisen können, und bedencken nicht, daß die Magd in der Küche klüger ist, die läst die Fische nicht sieden biß sie überlauffen, sondern schlägt mit allen Kräfften drauff, daß die Hitze nicht zu mächtig wird. Solche und andre dergleichen Reden führete *Gelanor,* biß er merckte, daß der Wirth mit solchen *discurs*en übel zu frieden war; doch ließ er sich die Ungnade nichts anfechten, sondern fragte, was er darvon hielte, der Wirth antwortete, er wäre zwar zu wenig, von an dern zu urtheilen, die offtermals ihre gewisse Ursachen hätten, diß oder jenes zu thun. Unterdessen meynte er, daß man eben von allen so grosse Gelehrsamkeit nicht fodern dürffte, die schon so viel im Kasten hätten, daß sie sich mit Ehren erhalten könten, die Eltern sehen mehrentheils dahin, daß sie ihr Kind zu einer ansehnlichen Ehrenstelle, und also fort zu einer anständigen Heyrath bringen möchten. *Gelanor* wolte antworten, aber eben zu der ungelegenen Zeit kam die Wirthin in die Stube, und rieff dem Mann, er solte hinunter gehen und die vornehmen Gäste empfangen, damit ward das köstliche Gespräch verstört, und weil sie alle wissen wolten, wer dann in der Kutsche sässe, blieben die schönen Anmerckungen zurücke.

CAP. VI.

Als die Kutsche in das Haus gebracht worden, stiegen drey alte Herren herauß. Einer hatte einen altväterischen Sammet-Peltz an, mit abscheulich grossen Knöpffen. Der ander hatte ein ledern Collet an, und trug den Arm in einer Binde. Der dritte hatte dicke dicke Strümpfe angezogen, als wann ihm Lunge und Leber in die Waden gefahren wären. Der Wirth führete sie in ein absonderlich Zimmer, und weil es ziemlich spät, trug er ihnen etwas von kalter Küche für, mit Versprechen, das Frühstück besser anzurichten. *Gelanor* fragte zwar den Wirth, was dieses vor Gäste wären; aber es wuste einer so viel als der ander, drumb giengen sie auch zu Bette. Auf den Morgen kam *Florindo* und weckte den *Gelanor* auf, mit Bitte, er solte doch hören, was die drey alten Herren in der Kammer darneben vor Gespräche führeten. Nun war die Wand an dem Orte ziemlich durchlöchert, und jene gebrauchten sich auch einer feinen männlichen Außsprache, daß man wenig Worte verhören durffte. Ach! sagte einer, bin ich nicht ein Narr gewesen, ich hatte meine köstlichen Mittel, davon ich herrlich leben kunte: Nun hab ich zehen Jahr in frembden Ländern zugebracht, liege auch schon zwanzig Jahr zu Hause, und sehe nicht, wer mir vor mein Reisen einen Pfifferling giebt. Ach hätte ich die Cronen und die Ducaten wieder, die ich in Franckreich und Italien vor unnutze Comödien gegeben, oder die ich in den vornehmen Compagnien liederlich verthan habe. Anno 1627. hatte ich die Ehre, daß ich mit dem Hn. *Claude de Mesme* Abgesandten auß Franckreich nach Venedig, und von dar nach Rom gehen dürffte, da lernte ich viel Staatsgriffe, welche zwischen Venedig und Spanien, ingleichem zwischen Venedig und dem Pabste vorgenommen wurden, aber ach hätte ich mein Geld wieder, das mir dabey zu schanden gieng. Mein Herr schickte mich endlich vor seiner Abreise wieder in Franckreich, da hieng ich mich an den Herrn *Claude de Buillion,* als er anno 1631. nach Beziers reisete, und den damahligen Hertzog von Orleans mit dem Könige vergleichen wolte; aber alles auf meinen Beutel, wie es in Franckreich zu gehen pflegt, da man solche *Volontiers* die ohne sonderliche Kosten den Staat vermehren, gar gerne leiden kan. Nachmahls reisete ich mit obgedachtem *de Mesme* in Holland, da gieng das Geld geben erst recht an, daß ich seit dieser Zeit offt gedacht, die Holländer müsten die Zehen Gebote in eines verwandelt haben, das heisse: gieb Geld her. Ferner gieng dieser Abgesandte Anno 1634. in Dennemarck, von dar in Schweden und Pohlen, den damahligen Stillstand Anno 1635. zu befördern. Endlich als die Wexel bey mir nicht zulangen wolten, und gleichwohl keine *Fortun* in Franckreich zu hoffen war, begab es sich, daß offterwehnter *de mesme* Anno 1637. zu den *Præliminar* Friedens-Tractaten in Teutschland geschickt ward, da danckte ich GOtt, daß ich Gelegenheit hatte in mein Vaterland zu kommen. Aber der schlechte Zustand, und die übergrosse Kriegs-Unruh verderbten mir alle Freude. Mein Geld, das ich bey gewissen Kauffleuten in Hamburg stehen hatte, war verzehrt; die geringen Feldgütergen erforderten mehr Unkosten, als ich davon nehmen kunte: und welches mich am meisten schmertzte, ich hatte nichts gelernet, davon Geld zu nehmen war. Meine gantze Kunst bestund in dem, daß ich von grossen Reisen, von Balletten, Comedien, Masqueraden, Banqueten und ander Eitelkeiten auffschneiden kunte: und meine *Bibliothec* war von zehen Frantzösischen Liebes Büchern, sechs Italiänischen Comödien, zwey geschriebenen Büchern voller Lieder und *Pasquille:* Mehr durffte mir kein Mensch abfordern. Ich hatte Anschläge ansehnliche Hoffmeistereien anzutreten, aber zu meinem Unglück traffe ich lauter solche Leute, die ihre Söhne deßwegen in die Welt schickten, daß sie solten klüger werden, und also musten sie sich an meiner Person ärgern: Ich aber muste meinen Stab weiter setzen. Was ich nun vor Mühseligkeit, Noth und Verachtung außgestanden, werde ich die Zeit meines Lebens nicht erzehlen. Doch war Gottes Gnade so groß, daß endlich Friede ward. So habe ich meine Feld-Güter nach vermögen angerichtet, bringe mein Leben kümmerlich hin, wüste auch diese Stunde meinen Leiden keinen Rath, wenn nicht mein Bruder vor 6. Jahren gestorben, und mir etlich hundert Gülden Erbschafft verlassen hätte. Ach wer dreißig Jahr zurücke hätte, ach bin ich nicht ein Narr gewesen; Ach was vor ein gediegener Mann könte ich ietzund seyn, ach wie habe ich mir selbst im Liechte gestanden.

Hierauff fing der ander seine Klaglieder an. Ach sagte er, das ist noch eine schlechte Thorheit, ich bin erst ein Narr gewesen. Mein Vater war ein wolhabender Kauffmann, und hätte mich gern bey der Handlung erhalten, aber ich verliebte mich in das Soldaten Wesen, daß ich wieder meiner Eltern Wissen und Willen mit in den Krieg zog. Und ich abscheulicher Narr, hätte ich mich nur in Teutschland unterhalten lassen: so zog ich mit Frantzösischen Werbern fort, und meynte, nun würde ich in Schlaraffen-Land kommen, da würden mir die gebratenen Tauben ins Maul fliegen. Ich meyne aber, ja, ich hatte es wohlgetroffen. Ich muste mit vor *Rochelle,* da lagen wir über ein Jahr wie die Narren, und wusten nicht ob Krieg oder Friede war. Die Stadt solte außgehungert werden, und fürwar wir Soldaten im Läger halffen bißweilen weidlich hunger leiden, daß die in der Stadt desto eher fertig worden. Endlich übergab sich die Stadt, damit war der Krieg zu Ende, keine Beute wurde gemacht, die *Gage* blieb zurücke, und ich war ein stattlicher Cavallier. Ach wie gerne wär ich darvon gewischt; aber weil ich sahe, wie der Galgen hinden nach schnappte, mochte ich meinen Hals auch nicht gern in dergleichen Ungelegenheit bringen, und ließ mir lieber den Tag zweymal prügelsuppe, und einmal zu fressen geben. Nun fieng der Cardinal *Richelieu* wunderliche Possen an, und wolte *Mantua* entsetzen, da solten die armen Soldaten über Hals über Kopff, durch Frost und Schnee die Schweitzer-Gebürge hinnan klettern. Alle Welt sagte es wäre unmüglich, die Soldaten würden nur auffgeopffert, und wüste man auß allen Exempeln, daß solche Anschläge wären zu Schanden worden. Aber der Starrkopff fragte nichts darnach, wir musten fort, und da hätte ich vor mein Leben nicht drey Heller gegeben. Etliche hundert musten voran, und den Schnee auf beyden Seiten weg schauffeln, darauff folgete die Armee. Doch war an etlichen Orten die Arbeit gantz vergebens, denn wir musten die Klippen hinauff klettern, als wann wir dem Monden wolten die Augen außgraben. Mancher dachte, er wäre bald hinauff, so verstarten ihm die Hände, daß er herunter portzelte, und der Schnee über ihm zusammen schlug. Wer sich nun nicht selber helfen kunte, der mochte sich zu Bette legen. Da war Elend. Und man dencke nur, mitten zwischen den höchsten Bergen, lag oben ein Schloß, das solten wir einnehmen. Nun hätten die thummen Kerlen uns mit Steinen oder mit Schneeballen abwenden können, daß wir des kletterns und des Einnehmens weiter nicht begehrt hätten. Aber ich weiß nicht, ob die Leute bezaubert, oder sonst verblend waren, daß sie uns hinein liessen, darauff hatten wir in Italien guten Fortgang. Doch werde ichs keinem Menschen sagen wie mich nach meines Vatern Küche verlangte. Ich dachte die Frantzosen wären Hungerleider; aber nun schien es, als wär ich zu Leuten kommen, die gar von der Lufft lebten. Ich halte auch nicht, daß ich dazumal auf meinem gantzen Leibe ein Pfund Fleisch hätte zusammen bracht, so sehr war ich außgepöckelt, darum freuete ich mich, wie die Kinder auf St. Martin, als wir in Franckreich zurück commendirt wurden. Da überließ nun der König denen Schweden etliche Völcker, damit kam ich in Schwedische Dienste gleich zu der rechten Zeit, daß ich in der Schlacht vor Nördlingen die Schläge mit kriegte. Da hatte ich vollends des Krieges satt, denn eine Musqueten-Kugel hatte mich am dicken Beine gestreifft, daß mir die Haut einer Spanne lang abgegangen. Ins Fleisch konte sie nicht kommen, denn ich hatte keines. Nun war der Schaden nicht gefährlich: allein wie es brennte, und wie mir das Außreissen so sauer worden, laß ich dieselben urtheilen, die dergleichen Bockssprünge versucht haben. Hiermit eilte ich nach meinem Vater zu, und verhoffte, er werde sich wohl begütigen lassen, wann er nur mein außgestandenes Elend sehen und behertzigen solte. Aber ich kam zu langsam, er war vor acht Wochen gestorben, und hatte mich meines Ungehorsams halben außgeerbet bis auf hundert Gülden, was solte ich thun, der letzte Willen war nicht umbzustossen, meine zwey Schwäger wolten mir nichts einräumen, ich hatte nichts gelernet; drumb muste ich wieder an den Krieg gedencken. Und war dieß mein Trost, wenn ich mich von den 100. Gulden außmundirt hätte, so würde ich als ein Cavallier besser fort kommen. Ich begab mich unter die Bannirische Armee, gleich als sie in Meissen und Thüringen herum hausete. Und gewiß, dazumal gefiel mir das Wesen gar wohl, so lange wir Beute machten, und kein Mensch da war, der uns das unserige wieder nehmen wolte: Allein als Hatzfeld hinter uns drein war, und wir bey Zerbst stehen musten, da wer ich lieber im Qvartier vor *Rochelle* gewesen: ich wurde an unterschiedenen Orten gequetscht, muste auch mit meinem Schaden fortreiten biß nach Magdeburg. Da lag ich in einem wüsten Hause, davon im Brande die Küche war stehen blieben. Und diß war meine Herrligkeit alle. Letzlich kam ich zu meiner Gesundheit, daß ich wieder auf die Parthey gehen kunte. Aber ich sehnte mich nach keiner Beuthe, ich verlangte vielmehr eine Gelegenheit, da ich nieder geschossen würde, und der Marter loß käme. Diese *Desperation* ward von vielen vor eine sonderliche *Courage* außgeleget, daß ich endlich von einer *Charge* zu der andern kam, biß ich Rittmeister ward. Wie nun der allgemeine Friede geschlossen war, hatte ich gleich zu meinem Glücke in Prag brav Beute gemacht, die nahm ich und kauffte ein wüst Gütgen vor 10000. Thaler, darauff hätt ich wohl außkommen können, doch war ich zum andernmahl so ein Narr, daß ich meynte, ich muste noch ein mahl versuchen, ob ich im Kriege 20000. Thaler darzu erwerben könte, und ließ mich in den Polnischen Krieg mit behandeln. Ich borgte auf mein Gütgen, so viel ich kriegen kunte, mundirte unterschiedene Soldaten auß, und gieng damit fort. Ich muß gestehn, daß ich so unangenehm nicht war, aber ich fand alsobald einen Knoten, daß in Polen keine Lust wäre, als in Teutschland. Es waren keine solche Dörffer die man exeqviren könte, und traff man ein Nest voll Bauren an, so waren die Schelmen so boßhafftig, daß sie sich eher das Hertz auß dem Leibe reissen liessen, ehe sie einem ehrlichen Manne etwas auf die Reise spendiret hätten. Doch daß ich es kurtz mache, so will ich mein hauptsächliches Unglück erzehlen. In Warschau wolte ich einmahl recht versuchen, wie die Thornische Pfefferkuchen zu dem Polnischen Brandtewein schmeckten, und mochte die Probe zu scharff gethan haben, daß ich gantz truncken worden. In solcher vollen Weise gerathe ich an einen Polnischen Edelman, der mit in Schwedischen Diensten war, der verstehts unrecht, und langt mir eines mit seinem Sebel über den rechten Arm, daß wenn mein Collet nicht etwas außgehalten hätte, ich unstreitig des Todes gewesen wäre. Da lag ich nun vor einen todten Mann, und ließ mich endlich nach Thoren führen, da ich durch einen Kauffmann einen Wechsel nach dem andern zahlen ließ, biß mein Gütgen hin war. Ich kam zwar wieder auf: doch ist mir die Hand geschwunden, und wenn schwere Monat kommen, so fühle ich grosse Schmertzen oben in der Achsel. Nun placke ich mich herumb und muß von blossen Gnadengeldern kümmerlich und elend gnug meinen Leib ernehren. Ach bin ich nicht ein Narr gewesen, ach hätte ich meinen Eltern gefolgt; Ach wäre ich das andermahl zu Hause blieben, ach solte ich ietzt die viertzig Jahr noch einmahl leben, ach ich wolte kein solcher Narr seyn.

Der Dritte hatte gedultig zugehöret, nun traff ihn die Reih, daß er reden solte, der sagte: ach ihr Herren, nehmet mich auch mit in eure Gesellschafft, ich bin ja so ein grosser Narr gewesen, als vielleicht keiner von euch. Mein Vater war ein vornehmer Advocat, der dachte, weil ich sein eintzig Kind wäre, müste er mich in sonderlicher Wartung halten, daß ich nicht etwan stürbe, und der Welt so eine angelegene Person entziehen möchte. Ich that was ich wolte, kein Nachbars Kind war vor mir sicher, ich schlug es an den Hals, die Informatores sassen wie Schaubhütgen vor mir, das Gesinde muste meinen Willen thun, er selbst der Vater muste sich von mir regieren lassen: Ich war kaum drey Jahr, so hatte ich einen Degen an der Seite: Im achten Jahre kauffte mir der Vater ein Pferdgen, etwan so groß als ein Windhund, das lernte ich nach aller Hertzens-Lust tummeln: Im zehenden Jahr hatte ich schon ein seiden Ehren-Kleid, darinn ich konte zur Hochzeit gehen. Im zwölfften Jahre dachte ich, es wäre eine Schande, wann ich keine Liebste hätte. Aber in der gantzen Zeit durffte ich nichts lernen oder vornehmen. Ein *Præceptor* muste deshalben von uns fort, daß er mich mit dem Catechismo so sehr gebrühet. Ein ander kriegte den Abschied, weil er behaupten wollen, ich müste in dem zehenden Jahre *Mensa conjugiren* können. Wieder ein ander ward mit der Thür vor den Hindersten geschlagen, weil er vorgab, ich solte nicht mehr bey der jungen Magd im Bette liegen, bey welcher ich doch von langer Zeit gewohnt war. Mit einem Worte viel zu begreiffen, wer mich anrührete, der tastete meines Vaters Augapffel an. Endlich schämte ich mich einen *Præceptor* zu haben, da kriegt ich einen Hoffmeister, der hieß mich *Monsieur,* der nahm mich mit zum Schmause, und *perfec tionirte* mich, daß ich *pro hic & nunc* ein vollkommener Juncker war. Im 18. Jahre starb mein Vater, da war Herrligkeit. Sie wolten mir einen *Curator* setzen, aber ich fieng Händel mit ihm an, und schlug ihm ein paar Pistolen um den Kopff. Ich dachte, ich wäre ὑπέρklug, meinen Stand außzuführen. Nun war es nicht ohne, mein Vater hatte so viel *Causen* gemacht, daß ich von den Capitalien wohl hätte leben können.

Aber ich meinte, ich müste dreymahl prächtiger leben als er, ungeacht ich nicht den zehenden Theil erwerben konte. Da fanden sich viel gute Freunde, die mir einen Schmauß nach dem andern außführten, und ich hatte alle Freude daran; ja ich ließ michs verdriessen, wann mir einen Abend weniger als 10. Thaler auffgingen. Alles gieng vom besten, wenn mir der Weinschencke 3. Nössel sechs Groschen Wein schickte, hätte ich mich geschämt, daß ich ihm nicht vor zwey Kannen zehen Groschen Wein bezahlet hätte; die Lerchen aß ich nicht eher, als biß eine Mandel im Weinkeller 20. Groschen galt, die Gänse schmackten mir ümb Pfingsten vor einen halben Thaler am besten, und ich weiß wohl eh, daß ich vor einen gebratenen Hasen 2. Gülden bezahlet habe. Ich wolte mich einmahl mit dem Gastwirthe schlagen, daß er vor mich und vier Gäste 9. Thal. forderte, da ich die guten Freunde gern vor 18. Thal. tractirt hätte. In Kleidern hielt ich mich polit, die daffete Wämser und Kappen ließ ich nicht füttern, es hätte sonst ein Töpffgen-Stutzer gemeynt, ich wolte es mit der Zeit wenden lassen. Wann das Band etwas zusammen gelauffen war, mochte es mein *Famulus* abtrennen. Dann der Kauffmann *crediti*rte schon aufs neue, und was der Eitelkeiten mehr seyn. Das wuste die gantze Stadt, daß ich ein *perfecter* Narr war, und ich werde es meine Lebtage nicht vergessen, was mein Beichtvater zu mir sagte: Ach Hänsgen, sprach er, wie will das ablauffen, ach bestellt den Bettelstab, weil ihr Geld habt, sonst werdet ihr einen Knittel von der ersten Weide abschneiden müssen. Ja wohl, ich habe ihn gar zu offt abschneiden müssen. Dann ob sich zwar die Obrigkeit ins Mittel schlug, und mir als einem verthulichen Menschen nichts folgen ließ, war es doch zu lang geharret, und ich hatte doch nichts anders gelernet, als böses thun. Uber diß kunten sie mir meine nothdürfftige Unterhaltung nicht wehren, daß ich also mein gantzes Reichthum durchbracht, biß auf 200. Gülden, ehe ich 23. Jahr alt war, darauff solte ich nun in der Welt fort kommen, und wohl gar eine Frau nehmen. Auf die letzt trat mich zwar die schwartze Kuh, aber zu spät, ich wuste nicht wohin, meine Freunde hätten mich gern befördert, aber ich hätte lieber einen Dienst gehabt, da ich einen Sammetpeltz alle Tage anziehen, und in sechs Tagen kaum eine Stunde arbeiten dörffen. Gewiß ich wunderte mich von Hertzen, daß so wenig Leute waren, welche Müßiggänger brauchten. Zwar ich begunt es allmehlig näher zu geben. Und wie die liebe Noth gar zu groß ward, ließ ich mich bey einem von Adel in Dienste ein. Er sagte zwar, ich solte sein *Secretarius* heissen, aber wann ich vom Pferde fiel, so stund ein Schreiber und Tafeldecker wieder auf, da ward mir wieder eingeschenckt, was ich an meinem Vater verschuldet hatte. Die Frau schickte mich bald da bald dorthin, die Kinder begossen mich mit Wasser, das Gesinde setzte mir Eselsohren auf, kurtz von der Sache zu reden, ich war der Narr von Hauß. Es that mir zwar unerhört bange: Aber was solt ich thun, ich wuste nirgend hin, ohne Unterhalt konte ich nicht leben, also hieß es mit mir lieber ein Narr, als Hungers gestorben. Doch daß ich auf meine rechte Thorheit komme, so hatte der von Adel 2. Pfarrs-Töchter bey sich, derer Eltern gestorben waren. Eine zwar ziemlich bey Jahren, zum wenigsten auf einer Seite 18. biß 19. Jahr, und allem Ansehen nach, mochte sie wohl wissen, was für ein Unterscheid zwischen einem gemeinen und einem Edelmann wäre. Die andere war kaum 16. Jahr alt, und hatte so ein niedlich Gesichte, und so freundliche Minen, daß auch ein steinern Hertze sich nur durch ihre Freundligkeit bewegen lassen. Weil ich nun des *courtoisi*rens schon lang gewohnt war, dacht ich, da würde auch ein Füttergen unter mein Beltzgen seyn. Ich fieng erstlich von weitläufftigen Sachen an zu reden, und gedachte, sie würde mit mir gewohnt werden, daß ich sie umb was anders desto kühner ansprechen dürffte, doch weiß ich nicht, wie sie so kaltsinnig gegen mir war. Endlich nach 9. oder 10. Wochen merckte ich daß sie lustiger ward. Sie grüste mich freundlich, sie brachte mir wohl ein Sträußgen, und fragte mich, wie mir es gienge. Ja was noch mehr ist, als ich sie küssen wolte, sagte sie, ich solte sie ietzt mit frieden lassen, ich wüste wohl wo die Possen hingehörten. Damit war ich gefangen, ich *præsentir*te meinen Dienst mit der gantzen Schule an, und befand, daß ich bey dem Mädgen noch weiter von solchen Sachen reden möchte. Kurtz, wir bestellten einander auf den Abend umb 10. in eine Gastkammer, und damit war es richtig. Ich versäumte die Zeit nicht, fand auch die Liebste schon in der Kammer, doch ohne Licht, dann sie gab vor, es möchte iemand des ungewöhnlichen Lichtes an dem Fenster gewahr werden. Und darzu bat sie mich, wir möchten nicht zu viel reden, weil der Schall leicht könte von übel paßionirten Personen auffgefangen werden. Ich ließ mir alles gefallen, und stelle es einem iedweden zu reiffem Nachdencken anheim, was darnach mag vorgelauffen seyn: Aber die Lust währete nicht lange, so kam der Edelmann mit mehr als 20. Mann in die Kammer hinein, und wolte wissen, was ich hier zu schaffen hätte: Ich war von Erschrecken eingenommen, daß ich nicht achtung gab, wer bey mir läge. Doch kont ich mit stillschweigen wenig ausrichten, weil der Juncker mit dem blossen Degen mir auf den Leib kam, da erschrak ich vor dem kalten Eysen, und wolte ein bißgen Trost bey meiner Liebsten schöpffen: sieh da so war es nicht das junge artige Mädgen, sondern die alte garstige Emerentze, die lachte mich über einen Zahn so freundlich an, daß man alle eylffe davon sehen kunte. Ey, ey, wer war elender als ich: Und fürwar, es hat mich offt getauret, daß ich mich nicht habe todt stechen lassen. Doch dazumahl war mir das Leben lieb, daß ich, alles Unglück zu vermeiden, mich gefangen gab, und auch in die Trauung einwilligte. Da saß ich nun mit meiner Gemahlin, und hätte mich gern zu frieden gegeben, wann ich nur, wie Jacob die Junge auch noch hohlen dürffen. So merckte ich, daß es mit mir hieß, O ho Bauer! laß die Rößlein stahn, sie gehören für einen Edelmann. Was solte ich aber für Nahrung anfangen, graben mocht ich nicht, so schämte ich mich zu betteln, drum muste ich mit einem geringen Verwalterdienstgen vorlieb nehmen, von welchem diß *accidens* war, daß ich die Mahlzeit bey Hofe mit haben solte. Ich ließ es gut seyn, und legte mich mit meiner alten Schachtel alle Abend zu Bette, als hätte ich die Junge nie lieb gehabt. Doch war diß meine Plage, daß ich allen Gästen Gesell schafft leisten muste, dann wer Lust zu sauffen hatte, dem solte ich zu Gefallen das Tannzapffen-Bier in den Leib giessen, davon ward ich endlich so ungesund, daß ich meinem Leibe keinen Rath wuste, zu grossen Glücke kam eine Rechts Sache zu Ende, davon ich 2000. Thl. *participirte,* und meine alte Kachel starb in Kindesnöthen. Also ward ich wieder frey, und behelffe mich nunmehr auf mein Geld so gut ich kan. Aber ach! bin ich nicht ein Narr gewesen, ach hätt ich einen *Curator* angenommen, ach hätte ich was rechtes gelernet, ach könte ich ietzt dreissig Jahr jünger werden!

CAP. VII.

Florindo hatte alle die Erzehlungen mit grosser Lust angehöret, *Gelanor* auch ließ sich die artlichen Begebenheiten nicht übel gefallen, doch hatte dieser etliche Lehren darüber abgefast welche dem *Florindo* gantz in geheim *communicirt* worden, also daß kein Mensch solcher biß auf diese Stunde habhafft werden kan. Derhalben wird der geneigte Leser auch zu frieden seyn, daß hier etwas mit Stillschweigen übergangen wird. Es möchten sich etliche Leute der Sache annehmen, die man nicht gern erzürnen will: Und wer will sich an allen alten Gasconiern das Maul verbrennen. Wir gehen in unserer Erzehlung fort, und geben unsern narrenbegierigen Personen das Geleite. Diese hatten sich auf des Wirths Einrathen in einen berühmten Lustgarten verfügt, und wolten die Herrligkeit desselben Ortes auch mitnehmen. Aber *Gelanor* sagte den halben Theil von seinen Gedanken nicht, dann so offt der Gärtner mit seinen frembden Gewächsen herpralte, wie eines 10. das andere 20. das dritte 50. das vierdte gar hundert Thaler zu stehen käme, hielt er allzeit eine schlechte Feldblume dargegen, die an vielen Stücken, sonderlich in Medicinischer Würckung weit besser war, und machte den Schluß: *STULTITIAM PATIUNTUR OPES*. Doch sagte er nichts laut, weil ihm als einem Narren-Probirer wol bewust war, daß kein ärger Narr in der Welt sey, als der alles sage, was er dencke. Immittelst erblickte er einen Mann, welcher in der Galerie spatzieren gieng, und dem äusserlichen Ansehen nach vor einen stattlichen *Minister* bey Hofe passiren möchte, zu diesem verfügte er sich, und fieng von einem und dem andern an zu reden, vornehmlich verwunderten sie sich über die arbeitsame Natur, welche dem Menschlichen Fleisse sich so unterthänig macht, daß alle Rosen, Nelcken und andere Blumen, welche sonst mit wenig Blättern hervor kommen, durch fleißiges und ordentliches Fortsetzen leicht vollgefüllt, und zu einer ungemeinen Grösse gebracht werden.

Von solchen natürlichen Dingen geriethen sie auf Politische Fragen, und Weil sich *Gelanor* in dieses unbekandten gute Qualitäten etwas verliebete, giengen sie zusammen in das Garten-Haus, und setzten sich in den Schatten, da druckte dieser frembde Gast loß, wer er wäre, und führte folgenden Discurs. Es ist eine wunderliche Sache, daß man dem Glücke in dieser Welt so viel nachgeben muß; wie mancher zeucht von einem Orte zum andern, und sucht Beförderung, doch weil er den Zweck nicht in acht nimmt, darauff sein Glücke ziehlt, geht alles den Krebsgang. Hingegen wer dem Glücke gleichsam in die *prædestination* hinein rennt, der mag es so närrisch und so plump vornehmen, als er will, so muß er doch erhoben, und vielen andern vorgezogen werden. Wie viel habe ich gekennt, die wolten entweder auf ihrer Eltern Einrathen, oder auch wol auf ihr eigen *plaisir Theologiam studi*ren: allein es gerieth ins Stecken, biß sie das *Studium Juris* vor die Hand nahmen, darzu sie von dem Glücke waren gewidmet worden. Und alsdann muste man sich verwundern, wie alles so glücklich und gesegnet war. Andere haben die *Medicin* ergriffen, welche bey der Juristerey verdorben wären, und was ist gemeiner, als daß ein Mensch, der mit Gewalt will einen Gelährten bedeuten, sich hernach in das Bierbrauen, in die Handlung, in den Ackerbau und in andere Handthierungen stecken muß, welcher ohn allen Zweiffel besser gethan hätte, wann er Anfangs dem Glücke wäre entgegen gangen. Und gewiß, ist iemand auf der Welt, der solches an seiner eigenen Person erfahren hat, so kan ich wohl sagen, daß er mir nicht viel nehmen soll. Ich war von Lutherischen Eltern gebohren und erzogen, vermeynte auch, ich wolte bey eben derselben Religion leben und sterben. Allein wie mir das Glücke dabey zuwider gewesen, kan ich nicht sagen. Numehr als ich auf Zureden vornehmer und verständiger Leute zu der Catholischen Religion geschritten bin, hab ich noch nichts unter die Hände bekommen, daß mir nicht mehr als erwünscht wäre von statten gangen. Ich habe mein reichlich und überflüßig Außkommen, ich sitze in meinem Ehrenstande, und welches das beste ist, so darff ich nicht befürchten, als möchte die Zeit schlimmer werden. Solches alles nun muß ich dem blossen Glücke zuschreiben, welches mich bey keiner andern Religion wil gesegnet wissen. *Gelanor* wolte auch etwas darbey geredt haben, drumb sagte er: Es wäre nicht ohne, der Menschen Glücke hielte seinen verborgenen Lauff, doch meynte er, man müsse die endliche *direction* solcher wunderbahren Fälle GOtt zuschreiben, welcher das Gemüthe durch allerhand heimliche *inclinationes* dahin zu lencken pflegte, daß man offtermahls nicht wisse, warumb einer zu diesem, der andere zu jenem Lust habe. Was aber die Religion betreffe, meynte er nicht, daß man mit so einem göttlichen Wercke gar zu liederlich spielen solte. Ey, versetzte der Weltmann, was soll man spielen, die Sache ist noch streitig, und so lange nichts gewisses erwiesen wird, bleibt die Cathol. als die älteste, noch immer *in possessione*. Und darzu, man sehe nur was die Lutherische Lehre denen von Adel vor Herrligkeit macht. Sie heyrathen alle und vermehren sich wie die Ameißhauffen, und gleichwohl vermehren sich die Güter nicht, ich lobe es bey den Catholischen, da gibt es stattliche *præben*den, die werden denen von Adel eingeräumt, und bleiben indessen die Lehngüter unzertrent; dürffen die Geistlichen nicht heyrathen, so haben sie andere Gelegenheit, dabey sie die Lust des Ehstandes geniessen, und der Plage überhoben seyn. So höre ich wohl, antwortete *Gelanor,* man lebt nur darumb in der Welt, daß man wil reich werden. Mich dünckt, das ist ein starck Argument wider die Catholischen, daß sie gar zu groß Glücke haben. Und er wird ohn Zweifel den Spruch Christi gelesen haben: **wäret ihr von der Welt, so hätte die Welt das ihre lieb, weil ihr aber nicht von der Welt seyd, so hasset euch die Welt.** Derhalben schätze ich die vor glückselig, welche durch viel Trübsal in das Reich Gottes eingehen, und also nach Christi Befehl am ersten nach demselben Reich Gottes trachten. Es hat sich wohl getracht, fieng jener hingegen an, wann man seinen Stand führen soll, und hat nichts darzu. *Gelanor* fragte, welche Lutherische von Adel hungers gestorben wären? sagte darbey, er könne nicht läugnen, daß etlichen das liebe Armuth nahe genug wäre: doch wolte er hoffen, die Catholischen Edelleute würden auch ihre Goldgülden nicht mit lauter Kornsäcken außmessen, es wäre eine andere Ursache, dadurch die Meisten in Armuth geriethen. Dann da hielte man es für eine Schande, auf bürgerliche Manier Geld zu verdienen, und wann ja etliche das Studiren so hoch schätzten, daß sie dadurch meinten empor zu kommen, so wären hingegen etliche hundert, die nichts könten als Fische fangen und Vogel stellen. Derhalben wäre auch die *Republic* nicht schuldig, ihnen grössere Unterhalt zu schaffen, als den Fischern und Vogelstellern zukäme. Mit dem Geschlechte und dessen fortpflanzung hätte es ja seinen Ruhm: doch würden die Ahnen nur geschimpfft, wann man ihre Wappen, und nicht ihre Tugenden zugleich erben wolte. Man solte auch nur in andere Republicqven sehen, wie sich die von Adel weder der Kauffmanschafft noch der Feder schämeten, der Hertzog von Churland, der Groß-Hertzog von Florentz, ja die Venetianisch- und Genuesischen *Patritii* würden durch ihre Kauffschiffe im minsten nicht geringer; Und sie selbst, bey den Catholischen, machten auß ihren Grafen und Hn. *Doctores* und *Professores*. Dem guten Herrn wolte die Rede nicht in den Kopff, stund derhalben auf, mit vorgeben, er müsse nothwendig einem andern hohen Prælaten auffwarten, *recommendi*rte sich in seine Gunst, bat alles wohl auffzunehmen, und gieng hiermit zum Garten hinaus. Da ließ nun *Gelanor* seine Gedancken etwas freyer herauß, ach sagte er, ist diß nicht Blindheit, daß, ehe man sich etwas drücken und bücken wolte, man lieber Gott und Himmel vor eine Hand voll Eitelkeit versetzen und verkauffen darff. Gesetzt die Catholische Lehre wäre so schlim nicht, daß alle in derselben sollen verdammt seyn: so frage ich doch, ob ein solcher abgefallener

Sausewind nicht in seinem Gewissen einen Scrupel befinde, der ihm die Sache schwer mache. Dann die Lehre, darinn er gelebt hat, kan er nicht verdammen. Und gleichwohl gehört ein grosser Glaube darzu, zwey gegenstreitende Sachen gleich gut zu heissen, *Conscientia dubia nihil est faciendum.* Endlich was den Handel am schlimsten macht, so nehmen sie ja die Enderung nit etwan vor, Gottes Ehre zu befördern, oder ihre Seligkeit gewisser zu machen: sondern weil sie meynen, ihre zeitliche Glückseligkeit bestens außzuführen, das ist mit derben deutschen Worten so viel gesagt, weil sie an Gottes Vorsorge verzweiffeln, als sey er nicht so Allmächtig, daß er einen in der armseligen Religion ernehren könte, nun überlege man den schönen Wechsel. Ein Kind wird außgelacht, wann es nach einem Apffel greifft, und einen Rosenobel liegen läst. Eine Sau ist darum eine Sau, weil sie den Majoran veracht, und mit dem Rüssel in alle weiche *materie* fährt. Aber der wil vor einen klugen und hochverständigen Menschen gehalten seyn, der das Ewige verwirfft, und auf das Zeitliche siehet, welches in lauter kurtzen Augenblicken besteht, die uns eher unter den Händen entwischen, als wir sie recht erkennet haben. Doch wer will sich wundern, Christus hat die Thorheit alle zuvor gesehen, drum sagt er auch: das Evangelium sey den Unmündigen offenbahret, aber den Klugen und Weisen verborgen.

CAP. VIII.

Hierauf giengen sie wieder nach Hause, und als sie kaum in ihr Zimmer kommen, fragten etliche Kerlen von geringem Ansehen, ob sie nicht könten beherberget werden, sie wolten gern eine Mahlzeit essen; der Wirth satzte sie an einen Tisch bey der Hauß-thür, und gab ihnen so lang etliche Kannen Bier, biß sie etwas zu essen kriegten. *Gelanor,* der mit Verlangen auf die Mahlzeit wartete, sahe von oben auf sie hinunter, und hörete, was sie vor Gespräche führen würden. Ja wohl, sagte einer, ist es eine stattliche Sache, wer viel baar Geld hat, ich wolte, ich fände einmahl einen Schatz von zehn bis zwölff tausend Thalern. Ja Bruder, sagte der ander, was fängt man ietziger Zeit mit dem baaren Gelde an? Hoho, antwortete jener, da laß mich davor sorgen, sind nicht wächselbäncke genug, da man es hinlegen kan. Ja fragte der, wo kömmt man also bald unter, und es ist ungewiß, ob sie dritthalb *pro cento* geben. Es scheinet auch, als wann die Bäncke wolten ihren *credit* allmehlig verlieren, was hätte man darnach, wann das schöne Capital auf einmahl vor die Hunde gienge. Dieser Axt weiß ich schon einen Stiel, *replicir*te der erste, man darff nicht so ein Narr seyn, und alles an einen Ort stecken, hie Tausend Thaler, dort tausend Thaler, so müste es S. Velten gar seyn, daß man allenthalben auf einmahl geschnellt würde. Aber wie wäre es, sagte der ander, wann du es an was anlägest, wann ich an deiner Stelle wäre, ich kauffte ein Stücke gut, gäbe ein starck Angeld, liesse mir hernach die Tagezeiten desto gnädiger machen, daß ich sie halb und halb von dem Gute nehmen könte. Ach Bruder, gab der zur Antwort, man sieht ja, was itzo die Güter abwerffen, der Ackerbau trägt nichts, die Viehzucht ist auch gar ins Abnehmen gerathen, hätte ich Teiche, und käme mir der Fischotter hinein, so hätte ich auch drey oder vier Jahr ümbsonst gehofft, zwar wenn trockene Zinsen dabey wären, so wäre es gut; aber wer findet flugs ein Gut, das solche

Pertinentz-Stücke hat. Mit Holtzungen ists auch ein eben Thun, wann ein grosser Wind käme, und risse die Helffte von den Bäumen auß, so hätte ich meinen Nutz. Oder wenn ich einen bösen Nachbarn hätte, der mir sein Vieh auf die jungen Bäumgen triebe, und liesse mir die Lohden wegfressen, so solte ich wohl funffzig Jahr warten, biß ich wieder Holtz kriegte. Das solte mir der Nachbar wohl bleiben lassen, sagte der ander, ich wolte ihm einen Advocaten über den Hals führen, daß er des Hütens vergessen solte: oder genauer davon zu kommen, ich wolte ihn pfänden, daß er nicht einen Kälberfuß solte zurück bekommen: was solten die Possen, wann einer möchte dem andern zu Schaden handthieren wie er nur selber wolte. Nein das muß nicht seyn, es ist noch Gerechtigkeit im Lande, dahin man appelliren kan. Solche Worte stieß der gute Mensch aus allem Eifer herfür, und gewißlich, wenn der Kühhirte ihm wäre in den Wurff kommen, er hätte sich an ihm vergriffen. Doch war es umb einen Trunck Bier zu thun, damit war das ungeheure Zorn-feuer gelöscht, und der Discurs hatte seinen Fortgang: denn da sagte eben dieser: höre Bruder, was mir einfällt, ein Landgut stünde dir doch am besten an, ich weiß wie du es köntest nutzbar machen. Laß eine grosse Grube graben, darein schütte allen Unflat, der im Hause gesamlet wird: Und sieh in etlichen Jahren darnach, ob nicht lauter Salpeter wird da seyn. Da laß nun eine Salpeter-Hütte bauen, und verlege etliche Materialisten, es ist darum zu thun, daß du das Pfund umb 4. Pfennige wolfeiler gebest. Ey, sagte jener, was fragte ich nach dem Dreckhandel, ich lasse mich doch zu keinem Landgute bringen, du magst reden was du wilst, es ist allzeit in der Stadt bequemer, da will ich mir lassen ein Haus bauen, mit schönen Erckern, mit grossen Sälen, mit zierlichen Kammern, Summa Summarum, es soll sich kein Fürst schämen darinnen zu wohnen, nur einen grossen Kummer hab ich, darvor ich bißweilen die Nacht nicht schlaffen kan: Ich weiß nit, wo ich die Feuermauer und das Secret recht anbringe.

Nun es wird sich schon schicken, sagte dieser, ich wolte das Haus wäre fertig, und du hättest mir eine Stube drinnen vermiethet; du würdest doch *discret* seyn, und würdest mich mit dem Zinß nicht zu sehr forciren. Dis gefiel dem andern nit, der wandte ein, der Zinß müste alle Ostern und Michaelis gefällig seyn, sonst möchte er es nicht einmal thun. Und in solchem Streit geriethen die guten Leute von Worten zu Schlägen, daß dem Wirth angst und bange war, wie er Friede machen könte, daß der Richter nichts davon kriegte. *Gelanor* hatte inzwischen treffliche Ergötzligkeit gehabt, und erzehlte bey Tische, woher sich der gantze Streit entsponnen, fügte so dann diese Anmerckung hinzu. Sind das nicht Narren, die auf eine ungewisse und wohl gar unmögliche Sache so grosse Lufft-Schlösser bauen? Da bekümmern sie sich umb den Schatz, den sie nimmermehr finden werden, und versäumen hingegen ihre eigene Sachen, darauff sie dencken solten. Zwar man solte nicht meinen, daß die Welt so gar blind wäre, wenn nicht die sichtbaren Exempel mit den Händen zu ergreiffen wären. Da heist es, ie hätt ich, ie dürfft ich, ie könt ich, ie solt ich. Und kein Narr sieht auf das jenige, was er schon hat, was er thun darff, was er kan und soll. Vielleicht müssen wir im Hause einen Tisch noch hinan schieben, wann alle solche Lufftspringer solten mitgespeiset werden. Dann die Welt ist solcher Wünsche voll, und dencket, ob mir es gleich nicht werden kan, hab ich doch meine Lust daran. Mit andern dergleichen Gesprächen ward der Tag zugebracht, also daß keine sonderliche Thorheit auffs neue vorlieff, welche man hätte hauptsächlich belachen sollen.

CAP. IX.

Den andern Morgen gieng *Gelanor* in seiner Stuben hin und wieder, und weil ein Schubkästgen unten am Tische war, trieb ihn seine Curiosität zu sehen, was drinnen wäre. Nun waren allerhand Rechnungen und andere *Acta* drinnen verwahret, an welchen man schlechte Ergetzligkeit haben kunte, daß auch *Gelanor* den Kasten wieder hinein schieben wolte. Allein *Florindo* ward eins Seitenkästgens gewahr, und als er solches öffnete, lagen etliche Brieffe mit Bändergen und bunter Seide bewunden, daß man leicht schliessen mochte, es würden Liebes Brieffe seyn. Sie waren auch in solcher Meinung nicht betrogen, denn also lauteten die hertzbrechende Complimentir-Schreiben:

Der erste Brieff.

Mein Herr etc.

Sein Schreiben habe ich wohl gelesen; ersehe, daß er auß seiner überflüßigen Höflichkeit mir solche Sachen zuschreibet, deren ich mich nicht anmassen darf: Doch nehme ich alles an, nicht anders, als eine günstige Erinnerung, wie nehmlich dieselbe solle beschaffen seyn, welche sich dermahl eins seiner *Affection* werde zu rühmen haben. Ich verbleibe inzwischen in den Schrancken meiner Demuth, und verwundere mich über die Tugenden, welche ich nicht verdienen kan. Und zwar diß alles in Qvalität.
Seine
getreue Dienerin
Amaryllis.

In Wahrheit sagte *Florindo,* mit diesem Frauenzimmer möchte ich selbst Brieffe wechseln, so gar zierlich und kurtz kan sie ein Complimentgen abstechen, also daß man weder ihre Höflichkeit tadeln, noch auß ihrer Freymütigkeit einige Liebe öffentlich schliessen kan.

Der andre Brieff.

Mein Herr, etc.

So offt ich seine Hand erblicke, so offt muß ich mich über meine Gebrechligkeit betrüben, welche mir nicht zuläst, daß ich seinen Lobes-Erhebungen statt geben kan. Und in Warheit, ich zweifle offt, ob der Brieff eben mich angehe, und ob nicht eine andere mich eines unbilligen Raubes beschuldigen werde, welche diese angenehme Zeilen mit besserem Rechte solte gelesen haben. Geschicht diß, so leb ich der gewissen Hoffnung, er werde mich helffen entschuldigen und den Irrthumb der Außschrifft das Versehen beschützen lassen, alsdenn werde ich mit doppelter Schuldigkeit heissen
     Seine
         N.N.

Das heist bey der Nasen herumb geführt, sagte *Gelanor,* man mag die Worte außlegen wie man will, so heist alles, wasche mir den Peltz und mache mir ihn nicht naß. Ich halte davor, daß sie eine von den qualificirtesten Personen seyn muß.

Der dritte Brieff.

Mein Herr, etc.

Nunmehr will ich zugeben, daß auf dieser Welt nichts vollkommen ist, nachdem ich in seiner vollkommenen Tugend, diese Unvollkommenheit befinde, dadurch er veranlasset wird, mich höher zu loben, als ich verdient habe. Ob ich aber solche Würckung der Liebe zuschreiben soll, kann ich eher nicht urtheilen, als biß ich durch seinen außführlichen Bericht erfahre, was Liebe sey. Inzwischen lasse er sich meine Kühnheit nicht mißfallen, daß ich mich nenne

Meines unvollkommenen Herrn
unvollkommene Dienerin
Amaryllis.

Scheint doch der Brieff als ein halber Korb, sagte *Florindo,* ich wolte mir dergleichen Zierligkeit nicht viel wünschen. Dem guten Menschen muß gewiß viel daran gelegen seyn, daß er Brieffe außgewürckt, die nichts geheissen.

Der vierdte Brieff.

Mein Herr, etc.

Ob sein Glück auf meiner Gunst beruhe, kan ich dannenhero schwerlich glauben, weil er schon vor langer Zeit glückselig gewesen, ehe er das geringste von meiner Person gewust. Doch trag ich mit seinem betrübten Zustande Mitleiden, daß er mich umb etwas zu seiner Hülffe ansprechen muß, welches ich alsdenn geben könte, wenn ich es verstehen lernte. So weiß ich nicht, was Gunst oder Liebe ist, und sehe auch nicht, welcher Gestalt man solche den Patienten beybringen muß. So lange ich nun der Sachen ein Kind bin, muß ich wieder meinen Willen heissen

Seine
Dienstbegierig-ungehorsame
Dienerin

Amaryllis.

Gelanor sagte, wir kommen nicht auß dem Handel, wir müssen suchen, ob nicht ein Concept vorhanden, welches der unglückselige Liebhaber stylisiret. Und zu allem Glücke fanden sie etliche Bogen Papier, darauff die hertzbrechende *inventiones* gestellt waren. Und sahe man wohl, daß der gute Gümpel alle Worte etlichemahl auf die Goldwage gelegt, weil hin und wieder etliche Zeilen mehr als dreymahl außgestrichen waren. Also brachten sie auch mit genauer Noth folgendes zu wege.

Schönste Gebieterin.

Glückselig ist der Tag, welcher durch das glutbeflammte Carfunckel Rad der hellen Sonnen mich mit tausend süssen Strahlen begossen hat, als ich in dem tieffen Meere meiner Unwürdigkeit, die köstliche Perle ihrer Tugend in der Muschel ihrer Bekandschafft gefunden habe, dazumahl lernte ich der Hoffart einigen Dienst erweisen, in dem ich die schöne Himmels-Fackel mit verächtlichen Augen ansah, gleich als wäre sie nicht würdig, bey dem hellblinckenden Lustfeuer ihrer liebreitzenden Augen gleichscheinend sich einzustellen. Die *Venus* hat ihr vorlängst den güldenen Apffel geschickt, und durch ihr eigenes Bekäntniß den Ruhm der Schönheit auf sie geleget. Juno eiffert nun wieder mit ihrem Jupiter, als möchte er sich auffs neue in etwas anders verwandeln und ihrer theilhafftig werden. *Diana* will nicht mehr nackend baden, weil sie weiß, daß sie das Lob ihres schneeweissen Leibes verlohren hat. *Apollo* wünschet sie unter den Musen zu haben, wenn das Verhängniß nicht den Schluß gemacht hätte, daß sie solte lieben und geliebet werden. Inzwischen freuen sich die *Gratien,* daß in ihrer angenehmen Persohn alle Lieblichkeit gleichsam als in einen Mittelpunct zusammen läufft. *Minerva* schämet sich, daß sie in Tugendhafften

Treffligkeiten nicht mehr die vortrefflichste ist. Ach wertheste Schöne, sie vergebe meinem Kiel, daß er die Feuchtigkeit seines Schnabels an ihrem Ruhm wetzen will. Hier ward *Gelanor* ungeduldig, und warff das Papier an seinen Ort. Es verlohnt sich nicht der Müh, sagte er, daß wir über dem Ratten-Pulver die kalte Pisse kriegen. Nun muß ich erst das Frauenzimmer loben, daß sie dergleichen abgeschmackte Narrenpossen mit so einer höflichen Freundligkeit hat auffnehmen und beantworten können. Ich hätte so einen höltzernen Peter gleich in den Kuhstall gewiesen, da hätte er seine Liebes-Gedancken in die Pflaster-Steine eindrücken mögen. Doch ist es nicht eine Thorheit, sagte er weiter, daß ein junger Mensch mit solchen Eitelkeiten kan schwanger gehen. Da fressen sie den Narren an einer Person, und wissen darnach nicht, was sie haben wollen; sie lauffen und wissen nicht wohin, drum ist es auch kein Wunder, daß solche schöne Brieffe an den Tag kommen, die keinen Verstand in sich haben. Ich weiß nicht wer der verliebte Schäferknabe seyn muß: aber das will ich mich verwetten, er soll selbst nicht verstehen, was der Brieff heissen soll. Und also wird es wahr; *Stultus agit sine fine. Florindo* hörete es mit an, und furchte sich, der Hoffmeister möchte eine *Application* machen auf das Liebes-Brieffgen, welchen er neulich von seiner Liebsten erhalten. Drum machte er eine *division* und suchte das Papier wieder hervor, begehrende, *Gelanor* möchte doch weiter nachsuchen. Es war aber so untereinander geschmiert, auch so offt verändert, daß man schwerlich etwas daraus nehmen konte. Eines war noch mit Müh und Noth zu lesen, welches auch *Gelanor* mit seinen Glossen vermehrte, wie folgt:

Schöne Grausame, deswegen heist sie grausam, weil sie aus seinen *confusen* Schreiben nicht errathen kan, was der Narr haben will: Es wundert mich, daß er nicht geschrieben: schönes Ungethüm oder schöne Bestie.

Nach dem ich in dem Spittal einer ungewissen Hoffnung kranck liege, und die Schmertzen der Verzweiffelung alle Tage zunehmen, wird es umb mich geschehen seyn, wo ich das Pflaster ihrer Gunst und ungefärbten Liebe nicht umb meine lächzende und durstige Seele schlagen darff. Hans spann an und führe den Kerl in den Narren-Spittal. Sind das nicht Worte, und wird die angefangene *allegorie* nicht schön außgeführt? Denn eben darumb wird ein Pflaster auffgelegt, daß man den Durst vertreiben will. O du elender Brieffsteller! wie viel Ursachen hast du zu verzweifeln? Es geht fast wie beym Poeten steht:

Ich weiß nicht was ich will, ich will nicht was ich weiß
Im Sommer ist mir kalt, im Winter ist mir heiß.

Denn was hast du zu hoffen, was wilst du verzweifeln, und was soll dich die eitele Einbildung der Gegenliebe helffen? Doch weiter in den Text. Die gehorsamsten Dienstleistungen welche ich ihrer Gottheit gewidmet habe, müssen in meiner verliebten Seele sterben, in dem mir die Gelegenheit ermangelt solche herauß zu lassen. Mich dünckt ich habe die hertzbrechende *Complimente* in einem Buche gelesen, darauß der Liebhaber seine *Invention* wird außgeschrieben haben. Sonsten halt ich davor, es wird trefflich umb den Menschen stincken, wo die Dienstleistungen alle in der Seele verfaulen sollen. Mein Rath wäre, er legte sich eine *Quanti*tät von Bisemküchlein zu, damit er den übeln Geruch bey der Liebsten verbergen könnte, daß es nicht hiesse, Jungfer riecht ihr was, es kömmt von mir her. Ach wie glückselig wolt ich mein Verhängiß preisen, wenn ich als ihr geringster Sclave, ihre Schuhbänder auffzuknüpfen gewürdiget, oder sonst durch ihren hochmögenden Befehl in dero würckliche (werckliche) Dienste angenommen würde. Pfuy über die Berenheuterey, ist dieß nun die Höffligkeit alle, daß ein Kerle, der den lieben GOtt dancken solte, weil er ihn zu einem Mannsbilde erschaffen, sich gleichwohl nicht schämet, einem schwachen Werckzeuge fußfällig zuwerden. Pfuy daß man dir nicht die Fleischsuppe über den Grind herab giessen soll. Ich liege vor ihren Füssen, habe ich durch meine Kühnheit gesündiget, so trette sie mich: hab ich Mitleiden verdienet, so erzeige sie nur durch ein sachtes Anrühren, daß ich Gnade erhalten habe. Ich will gerne sterben, ich will gerne leben, sie erwehle nur, welches sie mir am liebsten gönnen will. O du barmhertziger *Courtisan!* ist dir das sterben so nahe, und schreibst noch Brieffe? Mein Rath wäre, du stürbest, und liessest dich *per μετεμψύχωσιν Pythagoricam* in dasselbe Bret verwandeln, welches die Liebste täglich mit dem Hintertheil ihres Leibes zu beküssen pfleget. Sonst soltest du dich ehe zu tode *complimenti*ren, ehe du so weit kämest. Sie wolten weiter lesen: doch kam der Haußknecht und ruffte zur Mahlzeit, da legten sie die Sachen an ihre Stelle, und sagte *Gelanor* diese kurtze Lehre: Ach studiere davor, mein armer Kerle, als denn wirst du ohne dergleichen Weitläuffigkeit Liebsten genug finden. Wilst du aber jetzt lieb haben und die nothwendigen Sachen versäumen, so will ich wetten, du wirst einmal bey deinem Unverstande kein Mädgen antreffen, welches dir den Hindern weisete. Bey Tische brachte er es nun durch weitläufftige Fragen herumb, wer etwan vor diesem in der Stube gewohnet hätte, da sagte der Wirth, es hätte sie ein Tantz-Meister gehabt, und wäre der junge Stutzer gegenüber gleichsam als sein Stuben-Geselle gewesen, welcher auch unterschiedene Sachen, die seiner Groß-Mutter Erbschafft betreffen, annoch oben verwahret hätte, aus Beysorge, der Vater möchte ihm sonsten eine unangenehme *Visitation* anstellen. Damit hatte *Gelanor* genug, und wunderte sich nicht mehr, warum der elende *Galan* die Gassen auf und nieder gestutzt, ohn daß ie einer Jungfer würcklich zu gesprochen wäre. Doch wolte er gerne das Frauen-Zimmer kennen, welche unter dem Nahmen *Amaryllis* sich so manirlich bezeuget hatte. Drumb brachte er den Wirth besser auf die Sprünge, und erfuhr nicht allein die Person, sondern hörte auch, es würde ehistes Tages eine Zusammenkunfft ihrenthalben angestellet werden. Hiermit ließ er es gut seyn, und sagte nur dieses darzu, er hoffe alsdenn das Glücke zuhaben, mit so vornehmen Leuten bekand zu werden.

CAP. X.

Nun war diese *Compagnie* niemahls müssig, sondern gebrauchten sich aller Zeitvertreibung, welche an selbigem Orte frembden Personen zugelassen war Sie unterliessen auch nicht alle närrische *Actiones* wohl zu *observi*ren, doch würde der geneigte Leser mit unserer Weitläufftigkeit nicht zufrieden seyn, wenn wir alle *minutias* allhier hätten einmischen wollen. Dannenhero wir auch verhoffen entschuldiget zu seyn, wofern wir das jenige nur kürtzlich erwehnen, welches unserm Bedüncken nach, das merckwürdigste seyn wird. Und daher wird die obgedachte Jungfer Zusammenkunfft nothwendig müssen berühret werden, wenn wir nur nur etlicher Händel, so vorhergangen, werden gedacht haben. Einmahl traff *Gelanor* in der Kirche einen alten Bekandten an, mit welchem er vor diesem auf *Universi*täten gantz vertraulich gelebt hatte. Von diesem ließ er sich in ein ander Wirths-haus nöthigen, da er auch seinen *Florindo* Ehrenhalben mit nehmen muste. Sie satzten sich, und liessen sich die Mahlzeit wohlbekommen. Unter andern war ein Kerle bey Tische, der noch einen Fuchspeltz von Winters her am Leibe hatte, und meinten die andern alle, er möchte gern ein Sommerkleid angezogen haben, wenn es eines gehabt hätte. Nun wolten die an dern Wein trincken, und weil der Wirth keinen selbst im Keller hatte, legten die Gäste zusammen und liessen hohlen. Als aber die Reih an den frostigen Peltz-Stutzer kam, gab er vor, es wäre ihm von den *Medicis* verboten, Wein zu trincken, doch damit sie nit meinten als wolte er sich der *Compagnie* entbrechen, so wolte er gern sein *Contingens* mit beytragen, sie möchten es in Gottes-Namen außtrincken, damit warff er ein Goldstück von zehen bis zwölff Thalern auf den Tisch, und begehrte man solte ihm herauß geben, aber die andern merckten bald, wie viel es bey dem guten Menschen geschlagen, daß er leicht schliessen kunte, niemand würde so unhöfflich seyn, und irgend eines Ortsthalers wegen, das schöne Stücke zu wechseln begehren: drumb sagten sie, ein iedweder bezahle was er trincket, beliebt einem nicht mit zutrincken, so wäre es auch nicht von nöthen, Geld zugeben, sie hätten schon so viel bey sich, daß sie die Unkosten tragen könten. Damit grieff der Stutzer gar willig zu, und steckte den Goldfünckler wider in seine Tasche, daß er dadurch ins künfftige noch etliche mal möchte vom Geldgeben erlöset werden. Der Wein ward in dessen gebracht, sie truncken herumb; doch wolte der im Winterkleide nicht Bescheid thun, sondern nachdem er sich etliche mahl bedancket, gieng er davon. *Gelanor* fragte den Wirth, wer dieß gewesen wäre, der gab ihm diesen Bericht, es wäre ein reicher Kerle, der von seinem Vater mehr als 30000. Reichs-Thaler geerbet: Allein er wäre so karg und knickerhafftich, daß er sich eher ein Haar auß dem Barte, als einen Zweyer auß dem Beutel vexieren liesse. Der Peltz were in der Erbschafft mit gewesen, diesen trüge er nur, daß er kein Geld an ein Sommer-Kleid wenden dürffte. Ja er würde nimmermehr so viel auf seinen Leib spendieren, daß er die Mahlzeit im Wirthshause esse. So habe er eine Schuld auf dem Hause stehen, die also ver*accordi*ret worden, daß er sie abfressen müste: doch sey er so genau, daß, wenn er einen andern haben könne, der ihm 4. Groschen gäbe, er indessen zu Hause vor einen Pfenning Brot in Bier brockte, und das Essen darbte. Es käme offt, daß, wenn er Hoffnung hätte, die Fresserey zu verhandeln, er die Mahlzeit zuvor etliche Stücke Brod einsteckte, daß er das Brod zum einbrocken nicht bezahlen dürffte. Den vergangenen Winter habe er sein Holtz verkaufft, und sey biß gegen Mittag im Bette gelegen; hernach habe er den Tag in fremden Stuben zugebracht. Man könte auch seiner nicht loß werden, als biß man Geld herumb geben wolle, da liesse er sein Goldstück sehen, und wenn niemand wieder zu geben hätte, so suchte er Gelegenheit wegzugehen. Er habe nicht weit auf dem Lande eine Schwester, die schickte ihm bißweilen etwas von kalter Küche: aber er böte solches entweder

der Trödel-Frauen an, daß sie es umb ein lumpen Geld verschleppen müste: oder er äsſe so sparsam, daß gemeiniglich das meiste verdürbe. Da sagte einer, es wäre noch Wunder, daß er eine Bier-Merthe machen liesse. Ach sagte der Wirth, es ist auch eine Merthe, darauff ich seyn Gast nicht seyn will. Er hat Bier zu brauen: Nun will er mit allen auf das theuerste hinauß, und gleichwohl läst er es an Hopffen und Maltz allenthalben fehlen, ja er geust den Kofent mit in die Bier-Fässer. Da kan es nicht anders kommen, das elende Gesöffe muß ihm über dem Halse bleiben. Und also kömmt das saure Bier an ihn, da wirfft er ein bißgen Saltz hinein, krumelt Brod darzu, daß man die Seure nicht so hauptsächlich schmecket: Neulich begieng er ein hauswirthisch Stücke, sagte der Wirth ferner, da kam ihn eine Lust Wein zu trincken an, doch war ihm das Geld zu lieb. Drum borgte er bey mir ein Wein-Faß darauf noch etliche Hefen waren, die ich sonst weggegossen hätte. Darzu goß er Wasser, rührete es weidlich unter einander, gab ihm darnach mit einem Nössel Brandtewein den Einschlag, welchen die Trödel-Frau an statt baaren Geldes gebracht hatte. Daraus ward ein Tranck, er roch nicht wie Wein, er sahe nicht wie Wein, er schmackte nicht wie Wein, er wärmte nicht wie Wein, und war doch Wein. *Florindo*, dem das Maul allezeit nach der Liebsten wässerte, fragte, warum sich der wunderliche Kummpe nicht verheyrathet hätte, so könte er offt ein gutes bißgen zurichten lassen, und dürffte dem Wirthe nit gleich vier Groschen davor bezahlen. Ja wohl, gab der Wirth zur Antwort, hätte er die *Courage*, er will immer verhungern, weil er allein ist, was würde er thun, wenn er heyrathen solte? Hencken könte er sich nicht, denn die zween Pfennige thaureten ihn, davor er den Strick kauffen müste. Vielleicht hungerte er sich selbst zu Tode. *Gelanor* fragte, womit er denn die Zeit *passi*rte? Mit Sorgen, sagte der Wirth, denn es ist ihm alle Stunden leid, sein Geld möchte gestolen werden, oder die *Capitalia* möchten *caduc* werden, oder es möchte sonst ein Unglück kommen, das er nicht zurücke treiben könte. Er behält zwar nicht über dreissig Thaler im Hause, es muß verliehen werden und Nutzen bringen, doch hat er fast nichts zu thun, als daß er Geld zehlt, da hat er sich an einem Dreyheller, dort an einem Vierpfenniger verrechnet, und wann man ihn umb einen Spatziergang anspricht, so ist kein Mensch auf der Welt der mehr zuthun hat. Das ärgste ist, daß er keinen rechtschaffenen Menschen zu Rathe zeucht, wenn er was vornimt: sondern da sind lauter Trödelhuren und Wettermacherin, denen er seine Wohlfahrt anvertraut. Ach du Ertznarr, ruffte *Gelanor* überlaut, hab ich doch deines gleichen noch nie angetroffen. Gott hat die Mittel bescheret, dadurch du dein Leben mit höchster *reputation* führen köntest; und gleichwohl bistu nicht wehrt, daß du einen Heller davon geniessen solst. O wer ist ärmer als du? Ein Bettelmann darff leicht etliche Pfennige zusammen raspeln, so stelt er einen Schmauß an, darzu er den folgenden Tag noch vier Heller betteln muß: du aber sitzt bey deinem Reichthum mit gebundenen Händen, und führst ein Leben, dergleichen sich kein Vieh wünschen soll. Du bist nicht Herr über das Geld: das Geld ist Herr über dich. Bedencke doch, was Geld ist. Es ist ja nichts anders, als ein Mittel, dadurch man alle andere Sachen an sich bringen kan. Vor sich selbst ist es ein gläntzend Metall, das so viel hilfft, als ein bißgen Glaß, oder ein zerbrochener Kieselstein. Wäre der Schmiedt nicht ein Narr, der nicht arbeiten wolte, auß Ursachen, er möchte den Hammer verderben? Oder solte man den Müller nicht in die Lache werffen, der die Räder nicht lauffen liesse, auß Beysorge es möchte zu viel Wasser darneben weg fliessen. Warumb setzt man denn solchen Geld Narren keine Esels-Ohren auf, der elende Schöpsbraten möchte alle Jahr 500. Thaler verzehren, ich wolte ihm gut davor seyn, ehe sechtzig Jahr ins Land kämen, würde er kein Geld bedürffen. So nimt er noch die jährlichen Renten darzu ein, und schlägt sie lieber zum Capital, als daß er seine Lust davon hätte. Nun freuet euch ihr zukünftigen Erben, die Lust soll bey euch zusammen kommen; ihr sollet die Heller wieder unter die Leute bringen; ihr sollet wissen, wohin das Geld gehört; ihr sollet die Gastwirth, und Weinschencken besser erfreuen.

CAP. XI.

Die andern stimmeten mit ein, und wofern die alten Aberglauben noch kräfftig sind, so ist kein Zweifel, die Ohren müssen dem ehrlichen Stümper wol geklungen haben. In dem sie nun in dem Gespräche begriffen waren, kam ein Kerl, und fragte ob ein Herr unter dem Hauffen einen Schreiber bedürffte. *Gelanor,* dem es an solcher Auffwartung schon offt gemangelt hatte, nahm ihn mit auf seine Stube, und sagte, er solte ihm zur Probe einen Brieff schreiben (denn er war mehr als ein Copiste) darinn er einen guten Freund *complimenti*rte, der unlängst hätte Hochzeit gehalten; Mit Bitte sein aussenbleiben zuentschuldigen, und mit einem wenigen Hochzeit-Geschencke vorlieb zunehmen. Nun war der Schreiber geschwind über das Dintenfaß her, und setzte folgenden wunderschönen Brieff innerhalb sechs Viertelstunden auf.

Hoochgeneugter und Follkommen
liebender Freund.

Daß seine sich-so plötzlich fergnügenwollende Jugend, in das lüstrende und augenreizzende Lachen der holdreuchesten Fenus angefässelt worden, haabe ich wohl fernommen, lasse auch den Preißwürdigsten Einladungs-Brieff deswegen in dem Tageleuchter liegen, dahmit ich das Ahndänkken der fohrstehenden Lustbarkeit nicht auß den Lichtern meines Haubtes ferlihren möhge. Die Fakkel des Himmels wird nicht fihlmahl umm den Tihrkreuß lustwandeln fahren, so wird die gänzzlich-herfor gekwollen seynde Süssigkeit der freundlichsten Libinne, sein gantzes Läben erkwikkend beseligen. Und da müste Zizero sälbst ferstummen, ja dem Firgilius und Horazius ingleichen dem Ofidius würde es an gleichmässigen Glückwünschungs-Wohrten fermangelbahren. Bei so angelaassenen Sachchen, solte ich schweugen, umb meine in der Helden sprachmässiger Wohlsäzzenheit gahr wänig außgekünstelt habende, und nicht allzu woortsälig erscheunende Schreibrichtigkeit, oder daß ich bässer vernünfftele, umb meine sich unwissend erkännende Gemüths Gebrächchen nicht zu ferblössen. Entzwischen ist die Ohngedult meiner begirig auffsteugenden Härzzens-Neugungen so groß, daß ich den Mangel der an den Himmel der Ewigkeit zu schreiben würdig seinden Worte, mit gegenwärtiger Geringfügigkeit zu er säzzen beschlossen habende, mein Ohnvermögen entschuldigt zu haben bittend, und in forliebnähmender Gunst-gesinnenschafft aufgenommen zu werden hoffend, mich in stäter und unwandelbahr blühender Dienstfärtigkeit wünsche zu nännen

    Meines Härzzengebieters
    dienstsamen und auffwartsbahren
    Knächts
              N.N.

Gegäben mit flüchtiger
Fäder den 10. deß
 Rosenmonds
im 1656. H. Jahre.

Gantz unten war angeschrieben, Kristoff Ziriacks Fogelbauer Erz-Königlicher bestätigter und Freyheitsferbrieffter offener Schreiber.
 Gelanor laß den Brieff durch, und wuste nicht, was er darauß machen solte. Er fragte den ehrlichen Ziriäkel, was er mit den verwirrten Possen meynete, und warumb er die gantze Schreib-Art so liederlich verderbet hätte. Nun war dieser mit der Antwort nicht langsam: Es ist zu beklagen, sagte er, daß die Kunst so viel Verächter hat. Man solte dem Himmel mit gefaltenen Händen dancken, daß nunmehr etliche vornehme Männer mit unbeschreiblich grosser Müh, der Teutschen Helden-Sprache zu der alten

Reinligkeit geholffen: So müssen die stattlichen Leute vor die saure Arbeit nichts als Spott und Verachtung einnehmen. Doch stellt man den endlichen Außschlag der grauen Ewigkeit anheim. Meynt mein Herr, also redte er weiter, daß ich verwirrt schreibe? Ach nein, er sehe nur die neuen Bücher an, und bedencke, was vor ein Unterscheid zwischen schlecht Teutsch und Hochteutsch ist. Er schlage nur die Schrifften vieler Weltberühmten Poeten auf, und erwege, was sie vor Fleiß gethan, die unreinen Wörter auß der Helden-Sprache außzumustern, und hingegen schöne, reine und natürliche an die Stelle zu schaffen. Was soll ich den Lateinern die Ehre gönnen, daß ich ihnen zugefallen sagen soll Fenster: Ich mache lieber ein Teutsch Wort Tageleuchter. Und fragt iemand, was ein Fenster in der Nacht heist, so sag ich, ebensowohl Tageleuchter, wie ein Nachtkleid in dem Tage auch ein Nachtkleid, und die Sonntagshosen in der Woche auch Sontagshosen heissen. So ist es mit den andern Wörtern auch beschaffen. Wundert sich ferner iemand über die neue Schreibrichtigkeit: So muß ich sagen, daß derselbe noch nicht Teutsch versteht. C. ist kein Teutscher Buchstabe, V. auch nicht, Y. auch nicht, ja auch das Q. Warumb solt ich nun falsch schreiben, da ich es besser wüste? Gesetzt auch, daß die Gewohnheit nun im Gegentheil eingerissen wäre: So folgt es nicht, daß die Menge der Irrenden die Sache deswegen gut machen müste. *Gelanor* hörete mit grosser Gedult zu, wie der gute Stümper in seiner Thorheit ersoffen war. Letzlich fieng er also an: Ihr lieber Mensch, seyd ihrs, der dem Vaterlande wieder auf die Beine helffen will. Ach besinnet euch besser, und lasset euch die Schwachheiten nicht so sehr einnehmen, denn was wollet ihr vors erste sagen, es wäre Hoch-Teutsch geschrieben, ja wohl, dencket ihr, euere Sachen sind noch so hoch, daß sie keine Ziege weglecken soll. Aber es hat die Gefahr nicht. Das Hochteutsche muß auch verständlich seyn, und muß nicht wieder die Natur der Sprache selbst lauffen. Uber dis könte auch eine Eitelkeit grösser seyn, als daß man sich einbildet, es sey ein Wort besser als das ander? Ein Wort ist ein Wort, das ist, ein blosser Schall, der vor sich nichts heist, und nur zu einer Bedeutung gezogen wird, nach dem der Gebrauch und die Gewonheit solches bestätigen. Und also muß man den Gebrauch am meisten herrschen lassen. Ein Tisch heist darum ein Tisch, weil es von den alten Teutschen so beliebet und gebraucht worden. So heist auch ein Fenster, ein Pistol, eine Orgel, etc. das jenige, wozu es von den ietzigen Teutschen ist geleget worden. Ich frage auch, ist diß nicht der eintzige Zweck von allen Sprachen, daß man einander verstehen will? Nun wird es niemand leugnen, daß dieselben Wörter, die ihr außmustert, von iederman besser verstanden werden, als euere neue Gauckel-Possen. Nehmet ein Exempel. Wann ein Soldat seinen *Lieutenant* wolte einen Hr. Platzhalter, den Quartiermeister Hr. Wohnungs- oder Herbergenmeister nennen: Oder wenn einer die Pistolen haben wolte, und forderte die Reit-Puffer: Oder wann er einen in die *Corps de Garde* schicken wolte, und sagte, er solte in die Wacht-Versamlung gehen, wer würde ihn mit den neugebackenen Wörtern verstehen? Und fürwahr, eben so thumm kömmt es mit euren Erfindungen heraus. Es ist nicht so bald geschehen, daß andere Leute errathen können, was ihr haben wollet. Und wo habt ihr eure *Authori*tät *stabilirt,* daß die Sprache, welche von Fürsten und Herren gebraucht wird, nach eurem Gefallen soll umgeschmeltzet werden? Mit den elenden Buchstaben ist es noch erbärmlicher, die werden ohn Ursach *relegirt,* und auß dem *ABC* gestossen, welches künfftig *ABD* heissen muß. Gesetzt sie wären bey den Alten nicht gebraucht worden: Mein was sollen die alten Pritschmeister, welche die Teutsche Schreiberey durch viel *Secula* fortgepflantzt haben, uns vor Gesetze geben, und warumb soll man nicht dabey bleiben, nachdem etliche *Secula* geruhig und einstimmig so geschrieben haben? Darzu, was stecket dann vor Klugheit dahinder, ob ich die neue oder die alte *Mode* brauchen will? Lesebengel und Papierverderber seid ihr.

Wäre es euer Ernst der Welt nütze zu seyn, so würdet ihr nicht an den blossen Schalen kleben, und den Kern gantz dahinden lassen. Wann ihr auch die Antiquität so gar lieb habt, warumb wärmet ihr nicht alle altväterische Redens-Arten wieder auf? Ich habe ein Alt Complimentir-Buch, welches *Petrus Dresdensis,* der das Lied *In dulci jubilo* gemacht, ungefehr A. 1400 bey seiner Liebsten gebraucht, meynet ihr, daß alles darauß wieder mag gebraucht werden, so will ich endlich gern sehen, was Hochteutsch heissen wird. Hr. Ziriacks machte eine ungnädige Mine, darauß *Gelanor* abnahm, er würde nunmehr schlechte Lust zu dienen haben. Derhalben gab er ihm einen halben Thaler vor die Schreibgebühr, und gedachte, es wäre doch alles Zureden vergebens, wann sich ein Mensch allbereit in die süsse Thorheit so tieff eingelassen hätte.

CAP. XII.

Nach diesem gedachte unsere *Compagnie* weiter zu reisen, als der Wirth bat, sie möchten doch etlichen vornehmen Leuten in seinem Garten Gesellschaft leisten, es hätte der junge Stutzer gegen über eine *Collation* angestellt, und sey zwar viel Frauenzimmer gebeten, doch möchte er sonst niemands bekanntes dabey haben. Dann es sey ein alter Doctor von 60. Jahren, der habe sich in ein Mädgen verliebt, und wolle gern allein bey ihr seyn, daß ihn kein ander Bürgers-Sohn abstechen möchte. Nun wolte zwar *Gelanor* die Leute gerne eigentlich kennen lernen: Doch meynte er, es möchte bey dem Wirth nur ein Ehren-Wort seyn, und bedanckte sich also auffs beste. Immittelst muste der Mahler hinauß lauffen, und zusehen, ob nicht im Hause darneben Gelegenheit wäre, daß man den artigen Liebhabern könte in die Karte sehen. Dieser kam zurücke, mit der Zeitung, es wäre ein Garten hart darbey, da man durch einen geflochtenen Zaun nicht allein alles hören könte: sondern es wäre auch ein bequem Gartenhaus, das etliche Fenster gegen dem Garten zu hätte, hierauf liessen sich *Gelanor, Florindo* und *Eurylas* nicht lang auffhalten, und traffen in dem Garten eine alte Wittfrau an, welche sie mit aller Höffligkeit empfieng, mit dem Erbieten, sie möchten alles nach ihrem Gefallen gebrauchen. Sie nahmen es zu Danck an, und baten, man möchte nur die Thür zuschliessen, und sie allein ihrer Lust gebrauchen lassen, es solte schon ein gutes Trinck-Geld erfolgen. Aber wer wolte nun so viel Papier verklecken, als die Eitelkeit erforderte, deren sie in dem andern Garten mehr als zu viel ansichtig worden. Da war lauter Höffligkeit, lauter Complimenten, lauter Liebe. Der Tisch war mit dem besten Confect besetzt, etliche Mägde und Jungen hatten nur zu thun, daß sie Zucker in den Wein thaten. Der junge Kerle selbst *trenschirte* die Kirschen, und machte lauter Affen-Gesichter darauß. Der Alte fraß nichts als Mandelkerne, und hatte in einem heimlichen Büchsgen *Confectio Alkermes,* die lapperte er so stillschweigend mit hinein. Die Jungfern fassen da in aller Herrlichkeit, bald lachten sie, bald redeten sie heimlich, bald schrieben sie Buchstaben auf die Mandelkerne, bald hatten sie sonst etwas vor, doch wie gedacht, es würde zu lang, alles außzuführen. Darumb wollen wir bloß zweyer Gespräche gedencken, welche darbey gehalten worden. Denn als die Gäste des Trinckens müde worden, kriegten sie eine Karte und spielten. Da machte sich der alte Doctor mit seiner Liebsten in einen schattichten Gang. *Eurylas,* auf der andern Seite, lieff hinnach, und gab auf alle Worte genau Achtung.

Das erste Gespräch.

Chremes. Lißgen.

Chremes. Jungfer Lißgen, ich weiß, die Zeit ist ihr bey dem Tisch lang worden.
Lißgen. Ach warum? Ist doch die Gesellschafft gar angenehm.
Chr. Man geht aber ietziger Zeit lieber spatzieren, weil man sich im Winter müde genug gesessen hat.
L. Ach nein Hr. Doctor, ich bin noch so alt nicht, daß ich einen Unterscheid unter den Jahrzeiten machen könte.
Chr. Es mag seyn. Doch gefält ihr nicht der schöne Spaziergang.
L. Der Gang ist gut gnug.
Chr. Aber wie gefält ihr die Persohn, die mit ihr geht.
L. Ich werde ja so unhöfflich nicht seyn, und werde sagen, sie gefiele mir nicht.
Chr. Ich mag keine *Complimente* haben, sie soll von Hertzen sagen, ob ihr die Person gefällt.
L. Wen ich in Ehren halte, der gefällt mir.
Chr. Wie hält sie mich aber in Ehren?
L. So hoch als meinen Vater.

Chr. Jungf. Lißgen, das ist zu viel, vor dem Vater muß man sich fürchten, das darff man bey mir nicht thun.
L. Aber ich fürchte mich vor ihm Herr Doctor.
Chr. Darzu hat sie keine Ursach.
L. Ich werde mich ja vor so einem vornehmen Manne fürchten.
Chr. Ein vornehmer Mann thut so einem schönen Mädgen nichts.
L. Das weiß ich wohl.
Chr. So muß sie ohne Furcht seyn.
L. Ach Herr Doctor, ich versteh nicht, was er saget.
Chr. Sie versteht, was sie will. Aber warumb ist die Frau Mutter nicht mit herauß kommen.
L. Sie hat sich schon entschuldigen lassen, es giebt ietzund allerhand zu thun, daß sie gar übel abkommen kan, und darzu was hat eine alte Frau vor Freude im Garten.
Chr. Es ist so eine Entschuldigung; doch steht mirs frey, daß ich andere Gedancken darbey habe.
L. Ich will nicht hoffen Hr. Doctor, daß er meine Mutter wird was Unfreundliches zutrauen.
Chr. Bey Leibe nicht. Ich dachte nur, was sie zu thun hätte.
L. Geht nicht alle Stunden was in der Haushaltung vor?
Chr. Mich deucht, sie schickt auf eine Hochzeit zu.
L. Was vor eine Hochzeit?
Chr. Hat sie nicht die grosse Tochter?
L. Daß mir nicht die grosse Tochter wegkömmt; Ach es ist noch Zeit vor mich, eine Butterbamme davor, die ist mir gesünder.
Chr. Ach Jungf. Ließgen, sie rede nicht wider ihr Gewissen.
L. Was soll ich denn anders reden? Er verdencke mich nicht wider sein Gewissen.

Chr. Es muß doch einmahl seyn. Deßwegen läst Gott so schöne Creaturen auffwachsen, daß sie sich verlieben, und wiederum andere schöne Creaturen auffziehen sollen.

L. Herr Doctor, der *Discurs* gehört vor schöne Creaturen, und nicht vor mich.

Chr. Es ist ihre Höffligkeit also zu reden. Sie antworte nur darauff, ob sie nicht einmal will Hochzeit machen?

L. Ich weiß nit, vielleicht gehe ich ins Kloster.

Chr. Ich sehe sie nicht davor an.

L. Eh ich auch einen Kerln nähme, den ich nicht könte lieb haben, ehe wolt ich auf allen Vieren ins Kloster kriechen, wann ich auf zweyen Beinen nicht fort könte.

Chr. Da lob ich sie drumb, es ist aber kein Zweiffel, es wird ihr an stattlichen Freyern nicht mangeln.

L. Ja wohl, sie werden sich sehr üm mich reissen, wie umb das saure Bier.

Chr. Die that wird es anders außweisen. Sie bleibe nur bey ihren Gedancken, und nehme lieber einen rechtschaffenen, stattlichen, ehrlichen Mann, als einen liederlichen Kerln, der mehr Geld verthun als erwerben kan.

L. Ich muß vor warten, ob ich das außlesen habe.

Chr. Das ist das beste, wenn ein Mädgen in einen ansehnlichen Ehrenstand kömmt, daß nicht alle Aschenbrödel über sie gehen: sind darnach feine Mittel darbey, so ist es desto bequemer. Mit den andern Narrenpossen, darein sich junge Leute offt verlieben, ist es lauter Eitelkeit.

L. Hr. Doctor, ist es doch Schade, daß er nicht etliche dreyßig Jahr jünger ist, und kömmt zu mir auf die Freythe, ich müste ihn doch unter vier und zwanzigen außlesen.

Chr. Ich bin ietzt noch so gut als ein Junggeselle, ich könte noch kommen.

L. Ja, so ein Kind wäre ihm nütze.

Chr. Nütze genug. Und fürwahr sie schertze nicht zu lang, ich mache sonst Ernst drauß.
L. Ist er so hitzig Hr. Doctor, so will ich mein Schertzen wohl bleiben lassen.
Chr. Ach nein, sie schertze nach ihrem Belieben. Doch was solte ihr wohl bey mir fehlen, wo wär ein Junggeselle, da sie dergleichen antreffen würde?
L. Herr Doctor, er ist hönisch; doch kurtz auf seine Frage zu antworten: Jetzt leben wir im Frühlinge, da halten wir von dem schlimsten Rosenstocke mehr als von dem besten Weinstocke.
Chr. Das Gleichniß reimt sich hieher nicht.
L. Er gehe nur zu dem Wittweibigen in seiner Gasse, die wird ihm die Sache schon außlegen.
Chr. Wer fragt nach den Witfrauen, wann Jungfern da sind.
L. Wenn nun die Jungfern auch so dächten, und fragten nach Wittbern nicht, so lang sie Junggesellen hätten.
Chr. Das möchten sie thun, wenn sie nur das bey den jungen Kerlen finden, was sie bey den Wittwern außschlagen.
L. Was sollen wir denn finden?
Chr. Ach mein Jungfer Ließgen, die Zeit ist zu köstlich, daß wir Reden führen sollen, die nichts zur Sache dienen. Ich habe hier Gelegenheit gesucht, mit ihr bekand zu werden, und will auch hoffen, sie wird mir vor eins zutrauen, daß ich ihr rechtschaffen zugethan bin, und vors andere, wird sie gegen mich dergleichen thun. Sie sey versichert, die Wahl soll sie nicht gereuen.
L. Herr Doctor, ich halte ihn vor meinen Vater, er wird ja seine Tochter nicht heyrathen?
Chr. Jungfer Ließgen, ich habe sie in Ernst gefragt, sie wird mir ja auch in Ernst antworten.
L. Herr Doctor, daran sieht er, daß wir uns nicht zusammen schicken, er thut ernstlich, und ich schertze gern.

Chr. Das Schertzen soll sich schon finden, sie sage nur ihre Gedancken.
L. Ich dachte die Doctor wüsten alles, weiß er denn nicht, was ich dencke?
Chr. Die Doctor wissen alles, was sich wissen läst. Aber andere Gedancken können sie nicht errathen.
L. Herr Doctor, kurtz von der Sache zu kommen, ich bin mein eigen Herr nicht, will er bey meiner Mutter hören, so wird er mehr erfahren, als bey mir. Das sey er versichert, daß ich den Spruch allzeit vor Augen habe, den mir mein alter *Præceptor* vorgeschrieben: V o r e i n e m g r a u e n H a u p t e s o l t d u d i c h n e i g e n.

Hier kamen etliche darzwischen, und verstöreten die verliebten Gespräche, also daß *Eurylas* nichts weiter vernehmen kunte. Immittelst saß der junge Kerle, welchen wir *Storax* heissen wollen, und spielte so *raisonabel,* daß *Gelanor* seine Freude an ihm hatte. Alles gieng *par force* auff Gesundheit, daß ehe der Herr Doctor mit seinem Gespräche fertig war, etliche und funffzig Thaler hinflogen. Endlich ward er des Sitzens müde, und satzte den Wirth an seine Stelle, gab ihm auch zehen Thaler, davon er zusetzen solte. Er selbst folgte seiner *Amaryllis* nach, welche, weil sie mit einer andern einen Karren gelegt, ihre Gesellin spielen liesse, und kurtz zuvor hinter die Johan nis-Beeren spatzieret war. Da war nun der Ort so gelegen, daß *Gelanor* alles deutlich verstehen kunte.

Das andere Gespräch.

Storax, Amaryllis.

St. Jungfer Mariegen, wie so allein? Suchet sie Johannis-Beeren?
Am. Wie er siht.

St. Soll ihr niemand helffen?
Am. Was ich pflücke, schmeckt mir am besten.
St. Sie bemühe sich nicht, ich will schon pflücken.
Am. Ich will aber nun selber die Lust haben.
St. Der Diener ist gewiß nicht angenehm.
Am. Ach nein, er ist mir zu vornehm.
St. Ich bin unter ihren Dienern der Geringste.
Am. Wo hätte ich denn die andern, die besser wären?

(Hier stunde der gute *Stor.* stille, und sahe nach der Seite, wie eine Wetter-Gans; ob es ihm an *Materie* zu weitern *Discurse* mangelte, oder ob er sich auf die Hochteutschen Reden nicht besinnen kunte, die er von acht Tagen her auß dem *Complimentir*-Buche sehr fleissig außwendig gelernet hatte, hätte er nur gesagt, wie Peter Sqventz, er wolte es mit seinem *Famulus* bezeugen, daß er alles zu Haus gar fertig gekunt. *Gelanor* muste unterdessen lachen, daß mancher Stümper Tag und Nacht seuffzet, biß er zur Liebsten kom men kan, und wenn sich das Glück nach seinem Wunsche füget, so steht er wie ein ander Maul-Affe, und weiß kein Wort vor zu bringen. Also gehen offt etliche Personen von einander, unwissend was sie beyde gewolt haben. Ja wann der Sammet-peltz oder die streifichte Kappe reden könte. Doch still, dem *Courtisan* wird die Zunge wieder gelöst.)

St. Jungfer Marigen, sie sey doch nicht so andächtig, sie dencke doch zurück, ob sich auch ihre Gespielin mit der Karte in Acht nimmt.
Am. Will sie verspielen, so mag sie den Schaden mit haben.
St. Ich weiß nicht, was mein *Factor* machen wird. Ich bin heut brav eingeritten.
Am. Es ist seines Ruhms ein Stückgen.
St. Die *Occasion* brachte es so mit.

Am. Wo bleiben unterdessen die Groß-mutter-Pfennige.
St. Das darff ein *Politicus* nicht achten, wer geheyt sich umbs Geld.
Am. Ach Gott straffe mich nicht mit einem solchen Liebsten.
St. Man kan es ja nicht ändern.
Am. Wie machen es andere Leute.
St. Wer ein Prülcker seyn will, der mag sich ümb ein paar kahle Ducaten schimpffen lassen.
Am. Die *Reputation* hat manches mahl nicht die Folge.
St. Ich will es bey mir nicht hoffen.

(Das war der ander *Actus,* und hatte der gute Kerle nichts mehr in seinem Zettel. *Gelanor* hatte nur seine Freude über den schönen Liebs-Gesprächen, die sich so vortrefflich zu der Sache reimten, wie eine Faust auf ein Auge. Gleichwohl meynte der *Galan,* er hätte seine Liebe köstlich anbracht, und nun müste es Jungfer Marigen ihm an dem krummen Maule ansehen, daß er in sie verliebt wäre. Inzwischen weil er nichts zu reden hatte, spielte er mit den Johannißbeer-Blättern, und rieß eines nach dem andern vom Stocke, daß die Jungfer nicht anderst meinte, er wolte den Meykäfer suchen, der ihm die Sprache entführt hätte. Doch endlich traff er das rechte Blat! da überfiel ihn die gantze Redens-Kunst auf einmahl.)

St. Jungfer Marigen, ich sehe was.
Am. Mons. Storax ich sehe auch was.
St. Ach nein, ich sehe fürwahr was, da kreucht eine Raupe auf der Krause herum.
Am. Und da tappt mir einer auf dem Latze herumb; Er lasse die Hand zurücke, oder ich gehe davon.
St. Soll ich die Raupe nicht weg jagen?

Am. Das mag er thun, er lege nur nicht etwas her, das mir verdrießlicher ist als eine Raupe.
St. Ach du unglückselige Hand! darffst du deiner *In clination* nicht nachgehen? ach wie offt solstu noch so elend abgewiesen werden? ach du elende, du arme, du unvergnügte Hand.
Am. Weiß er nichts mehr?
St. Die Sonne hat wohl keinen unglückseligern Menschen beschienen, als mich, ach Himmel! ach verwandele dieses Holtz in ein Messer, damit ich mein trübseliges Hertze abstechen, und von der Angst erlösen kan.
Am. Wird ihm übel, *Mons. Storax?*
St. Ach freylich ist mir übel, und sie giebt die meiste Ursach darzu.
Am. Ich bekenne meine Unschuld.
St. Sie bekenne den Todschlag, den sie an mir begehen wird.
Am. Betrübt er sich etwan über das Geld, das wir gewonnen haben. Er verzieh nur, ehe er sich darüber zu Tode grämt, wollen wirs ihm wieder geben.
St. Ey der Hencker hole das Geld. Ihre zahrten Augen haben mir alle Lebens-Krafft außgesauget.
Am. So will ich ein andermahl die Augen von ihm wegkehren.
St. Das mag ich auch nicht haben: sie sehe mich nur freundlicher an.
Am. Was wird denn aus der Freundligkeit.
St. Daß ich leben bleibe.
Am. Ich muß lachen.

(Hier entfiel dem halbtodten Liebhaber die Sprache, und kunte sich *Gelan.* kaum enthalten, daß er nicht dem Gärtner geruffet, daß er nachgegraben hätte, ob die Sprache wäre in ein Hamsterloch gekrochen. Nun gab es einen vortreflichen Anblick, wie der gute Mensch da stund, mit dem Hute unter dem lincken Arme, und dem Kopffe auf der rechten Achsel, daß man ihm die Liebes-Kranckheit wol abmercken kunte. Nach langem Bedencken grieff er in den Schiebsack, und langete ein güldenes Balsambüchsgen in Form eines Hertzen heraus, welches an einem zierlichen Kettgen hieng, und an etlichen Orten mit Diamanten versetzt war.)

St. Ach soll ich davon Krafft haben!
Am. Ist das nicht ein schönes Balsam-Büchsgen.
St. Es ist nicht schöne, als biß sie es in ihren Händen hat.
Am. Gewiß es ist recht schöne, da hat ers wieder.
St. Ach nein, es steht zu ihren Diensten.
Am. Ey das solte mir trefflich anstehn.
St. Ich nehme es nicht wieder. Sie behalt es nur und mein Hertz darzu.
Am. Ich werde ihn nicht in solchen Schaden bringen.
St. Das ist kein Schaden, ich bin ihr Leibeigener, so ist es nun kein Unterscheid, ob meine Sachen bey mir oder bey ihr in Verwahrung liegen.
Am. Ich bitte er nehme es wieder, was würden die Leute sprechen.
St. Sie mögen sprechen was sie wollen, sie sprechen nur alles Gutes dazu.
Am. Weil er mich dann so zwingt, daß ich seinen Schaden begehren muß, so will ich zwar gehorsam seyn: doch mag er es wieder abfordern lassen, wenn er will.
St. Wenn das Gold wird blaß werden, so werde ich auch auffhören, ihr auffzuwarten.

Hiermit ergriff er sie bey dem Kinne, und gab ihr einen sachten Kuß, welchen *Amaryllis* durch einen heimlichen Gegenkuß erwiederte, dannenhero *Gelanor* abmerckte, die Jungfer müsse von der Gattung seyn, die nichts umbsonst, und alles umbs Geld thun. Wie er sich denn besann, daß zu seiner Zeit, als er auf *Universi*täten gelebt, ein *Courtisan* gewesen, welcher allzeit 6. Ducaten zuvor verspielen müssen, ehe er zu einem armseligen Kusse gelanget. Nun die Lust war auß, und *Amaryllis* kam wieder zur *Compagnie*. Da foderte der Junge Geld zu Wein, *Storax* griff in den Beutel, und langete eine Hand voll klein Geld herauß, welches er kurtz zuvor wechslen lassen. Ach mit dem Lumpen-Geld, sagte er, ist es doch als wenn ich einen Bettelmann erschlagen hätte, so viel Dreyer und Zweyer hab ich bey mir: nahm darauff die Groschen und legte sie besonders, die kleinere Müntze warff er unter die Jungen, daß sie sich drumb schlagen mochten, was sonst vorgelauffen, weiß unsere *Compagnie* nicht, weil sie von Zusehen müde nach Hause eilete.

CAP. XIII.

Sie hatten sich aber kaum recht gesetzt, als der Wirth auß dem Garten zurücke kam, und so wohl obgedachten *Mons. Storax,* als auch etliche andere mitbrachte. Sie nahmen ihren Platz bey Tische, und stellten sich Anfangs gantz erbar. Endlich als *Gelanor* weg gieng, von etlichen guten Freunden Abschied zu nehmen, ward das Bürschgen lustiger. Da musten lauter Gesundheiten getruncken werden, und *Florindo,* der seine Lust an dem *Courtisan* hatte, machte alles mit. Je mehr nun der Wein in den Kopff stieg, desto schärffer fieng die Liebe an zu brennen: also daß Herr *Storax* dem *Florindo* eine Humpe zutranck auf des liebsten Mädgens Gesundheit, er soff sie *haustikôs* auß, rieß damit das Halstuch ab, und verbrennte es auf Gesundheit über dem Lichte. Solches solte *Florindo* nachthun, der verstund sich endlich auf die Humpe, aber wegen der Hals-Krause bat er, man möchte ihm solche Thorheit nicht zumuthen. Das junge Fäntgen fragte wieder, ob man seine Liebste schimpfen wolte, und solches Knarren währete so lange, biß *Florindo* sich erbarmete, und mit seinen fünff Fingern auf seinem Backen spielete; da wolten zwar die andern zugreiffen, allein der Mahler hatte die Diener schon aufgeboten, die sich in voller *battaille* ins Mittel schlugen, und den armen Stutzer ohne Hals-Krause dermassen koberten, daß er seines Kusses und seines Balsambüchsgens hätte vergessen mögen. Letzlich machte der Wirth Friede, und da ließ der gute blau-augichte *Storax* seines Unglücks ungeacht die Stadtpfeiffer hohlen, und spendierte einem iedweden einen Thaler, daß sie vor der Liebsten Thüre ein Ständgen machten. Dazumahl war das Lied noch neu: Hier lieg ich nun, mein Kind, in deinen Armen: das muste nun ein *Discanti*st mit heller Stimme in eine Baßgeige singen. In währendem Liede will *Storax* nach seiner *Amaryllis* sehen, ob sie auch im Fenster *audienz* gäbe, tritt darüber fehl, daß er mit seinem gantzen *Ornat* in die Pfütze fällt.

Da machte eine Magd gegen über diese *Parodie:* Hier liegt mein Schatz im etc. biß an die Armen. Solches sahe der Mahler, und *referir*te es seinen *Principalen,* welche sich allsachte schickten, den folgenden Tag auffzubrechen. Was aber *Florindo* vor Lehren von seinem Hoffmeister wegen der possierlichen Begebenheiten hat anhören müssen, ist unnöthig zu erzehlen. Denn es kan ein iedweder verständiger Leser die abgeschmackten Thorheiten selbst mit Händen greiffen. Eins war bey dem *Gelanor* abzumercken, daß er zurücke dachte, wie er in seiner blühenden Jugend der Liebe auch durch die Spießruthen gelauffen, und dannenhero die gute Hoffnung hatte, es würde sich auch mit diesen jungen Liebhabern schicken, wenn sie die Hörner etwas würden abgelauffen haben. Und in diesem judicirte er nicht unrecht. Denn die Liebe ist bey einem jungen Kerlen von 15. Jahren gleichsam als ein *Malum necessarium,* wer auch damit zu derselben Zeit verschont bleibt, der muß hernach Haare lassen, wenn er älter wird, und mit grösserm Schimpff solchen Eitelkeiten nachsetzet. Wohl dem, der das *Medium* oder Teutsch zu reden, die Masse halten kan.

CAP. XIV.

Der Tag brach an: der Kutscher kam vor die Thüre. Sie reiseten fort, und traffen viel Thorheiten an, doch hatten sie schon die *Resolution* gefast, nichts auffzuzeichnen, als was *notabel* wäre, und solcher *Registratur* haben wir folgen müssen. Auf dem Wege gesellete sich ein *Advocat* zu ihm, der in derselben Gegend an einem Fürstlichen Hofe etwas zu *soliciti*ren hatte. Der gedachte unter andern, er habe seinen Sohn an demselben Orte bey einem Menschen, der in *informations*-Sachen in Europa seines gleichen nit haben würde. Er verhoffte, sie würden sich auch an gedachtem Orte etwas auffhalten, und da solten sie mit Verwunderung sehen, was der Knabe von zwölff Jahren vor *profectus in philosophicis, Historicis, Geographicis, Politicis, Oratoriis: Summa sumarum*, fast in *omni scibili* hätte. *Gelanor* freuete sich, und meinte, er würde ein Exempel sehen, das sich mit dem kleinen *Canter* zu *Friderici III.* Zeiten vergleichen liesse. Und in Warheit, als sie an den Ort kamen, und der Knabe gehohlet ward, musten sie erstaunen, daß er mit dieser artigen Rede *ex tempore* auffgezogen kam.

Viri spectatissimi, ignoscite, quod pueritia mea sui paulisper officii oblita, vobis se sistat audaciùs. Ex Lipsio enim jam tribus abhinc annis didici, pudo rem in omnibus rebus laudabilem, tunc debere abjici, quoties præclari cujusdam hominis ambienda esset notitia. Neque est, cur de benevola apud vos admissione dubitem, quippe quod literas non ametis solum in superbo maturitatis statu; sed etiam in ipsis progerminandi initiis. Præsertim cum vestram non lateat prudentiam, foveri herbam solere magis in semine, quam in caule. Unicus mihi restat scrupulus, qui malè animum habet meum, nihil in me reperiri, cujus indicio vel minima constet diligentia. Interim sufficere credidi professionem perpetui erga literas amoris mei, ut proinde rogare non dubitem, velitis infimo servorum vestrorum loco meum quoque adscribere nomen, non sine spe, fore, ut affulgente annorum numero, facilior etiam inserviendi occasio affulgeat. Quod reliquum est, Te, pater oculissime, qua par est, filiali obtestor observantia, ut, quando maximum fortunæ meæ arbitrium à natura tibi permissum est, sermone plus gravitatis autoritatisque habituro, meam agere causam digneris, ne ab expectatione tam luculenta dejectus, de felici studiorum successu desperare incipiam. Sic DEUS vos servet quam diutissimè.

Dem Vater fielen die Thränen hauffenweise auß den Augen, als welcher sich bey diesem wohlgezognen Sohne einen Mann einbildete, *qui futurus esset, Turnebo doctior, Mureto disertior, Sigonio profun dior.* Allein *Gelanor,* der auch wuste, wo man den Speck auf Kohlen zu braten pflegte, dachte alsbald der Sache etwas tieffer nach, und beantwortete des Knabens Rede kurtz: *Adolescentulorum optime; Laudamus conatum tuum, ex quo probamus indolem non vulgarem. Provehat DEUS quæ feliciter incepisti. Nostra utinam tibi prodesse queat amicitia. Parente interprete non indiges, qui laudabiliter dixisti. Accede saltem propius, ut, qui orationem admiramur, singulos tuos profectus ordine inspiciamus. Id autem fieri pace honoratissimi parentis tui, non despero.*

Sein *Informator* merckte den Braten, und gab derhalben vor, er könte ihn besser *examini*ren, und solches muste *Gelanor* geschehen lassen. Da fielen nun hohe Fragen vor, welche in diesen schweren Zeiten manchem *Doctor* solten zu schaffen machen. Endlich als diese Fragen kamen: *Quid est metaphysica? R. est Scientia Entis quatenus Ens. Quid est Ens? R. Ens est quod habet essentiam. Quid est essentia? est primus rei conceptus.* Da fiel ihm *Gelanor* in die Rede: *Metaphysica cujus generis? cujus declinationis?* der Knabe sah den *Informator* an, gleich als wolte er sagen, was sind das vor rothwellische Sachen? dieser aber entschuldigte sich, dergleichen Dinge wären dem Knaben nichts nütze, indem er ihm das Latein alles *ex usu* beybringen könte. *Gelanor* muste sich abweisen lassen: Allein als weiter gefragt wurde, *Polonia, estne regnum* *aut est Aristocratia?* und der Knabe sagte: *est Aristocratia.* Fieng er noch einmahl an: *mi adolescentule, dicis, Poloniam esse Aristocratiam. Ego sic argumentor: ubi Rex propria authoritate Episcopos & Senatores eligit, ibi non est Aristocratia. Atqui in Polonia etc. E.* Das gute Kind war wieder in tausend Aengsten und wuste keine Hülffe als bey Herr Caspam dem *Informator,* der wandte wieder ein, es wäre Eitelkeit, daß man die Jugend zu solchem schulfüchsischen Gezäncke angewehnte, die *Logica Naturalis* dürffte halbicht im *discuriren exercirt* werden, so wären die *regulæ Syllogisticæ* nicht von nöthen. Gelanor war hiemit nicht zu frieden, sondern begehrte, weil der *Discipulus* nicht *disputi*ren könne, so solte er der *Informator* selbst das *Argument* auf sich nehmen, weil er die gedachte *hypothesin* seinem Untergebenen hätte beygebracht. Doch an statt, daß er sich in ein *disputat* einließ, wickelte er sich mit des *Horatii* Versen herauß:

... ergo fungar vice cotis, acutum
Reddere quæ ferrum valet, exsors ipsa secandi.

Und damit hatte *Gelanor* seine dritte Abfertigung, also daß er sich in das stoltze *Examen* nicht mehr einmischen wolte. Aber als die Probe gantz abgelegt war, suchte *Gelanor* mit dem Vater allein zu reden, und sagte, es käme ihm vor, als wäre der Kerle ein Praler, der seinen Sohn mehr *confundi*ren, als gelehrt machen würde. Untersuchte hierauff den *methodum informandi,* da er denn befand, daß der gute Knabe nichts anders thun muste, als etliche Lateinische *formulas sine judicio* außwendig lernen, die er bey vorfallender Gelegenheit, nicht viel klüger als ein Papagoy herbeten kunte: er mochte nun von der Sache ichts oder nichts verstehn. Da *remonstrirte* nun *Gelan.* dem ehrlichen Manne, wie er mit seiner sonderlichen Hoffnung wäre hinter das Licht geführet worden, und wie schlim er sein väterliches Gewissen verwahren würde, wenn er den

Sohn nicht in Zeiten auß dem Labyrinth herauß führte. Der *Advocat* entschuldigte sich, er hätte hierin vornehmer Leute Gutachten angesehen: und darzu so könte es vielleicht mit jungen Leuten nicht im ersten Jahre zur Vollkommenheit gebracht werden: Er sähe gleichwohl, daß noch hübsche *Compendia discendi* darbey getrieben würden. Erstlich wüste er, daß sein Sohn den *Orbem pictum perfect* durchgetrieben hätte. Ge*l*anor wuste nicht, was es vor ein Buch wäre, doch als er solches nur ein wenig in die Hände bekam, so sagte er: Ich finde viel Zeugs, das zu lernen ist, doch sehe ich nichts, das ins künfftige zu gebrauchen ist, die wunderlichen Leute wollen nur Latein gelernt haben, und sehen nit auf den *scopum*, warum man eben solcher Sprache von nöthen hat.

Es gemahnt mich wie mit jenem Bürgermeister, der schrieb an drey *Universi*täten ümb einen *Magister,* der seinen Sohn in allen Handwercks-*Offici*nen herumführte, und ihm sagte, wie alles Lateinisch hiesse, gleich als bestünde die Kunst darinn, daß man solche Sachen Lateinisch verstünde: die wohl der vornehmste *Professor* nicht Teutsch zu nennen weiß. Unterdessen lernt ein Kind viel *nomina* die *Verba* hingegen und die *particulæ connectendi* bleiben aussen. Wenn nun ein *Moral-discurs* oder sonst eine Disciplin soll *tracti*ret werden, so stehen die Kerlen mit ihrem bettelsäckischen Latein, und können ihre Schauffeln, Qverle, Mistgabeln und Ofenkrücken nicht anbringen. Wer heutiges Tages einen *Historicum, Philosophum, Theologum* und andere *Disciplinen* Lateinisch versteht: darneben selbst eine nette Epistel, und zur Noth eine *Oration* schreiben kan. Und endlich im Reden so fertig ist, daß er im *disputiren* seine Sachen vorzubringen weiß, der ist *perfect* genug, er wolte denn *Latinam linguam ex professo* vor sich nehmen. Nun aber ist es zu diesem allen kaum die Helffte auß dem *Orbe picto* und auß dergleichen gemahlten Narren-Possen von nöthen. Gesetzt auch, es käme zu weilen ein ungewöhnlich Wort in diesem und jenem *Autore* vor, so ist doch bekant, daß sich die Gelehrtesten

Leute bey so raren Exempeln des *Lexici* als eines Trösters bedienen. Endlich, daß man meynt, es würde ein *prægustus omnium disciplinarum* hierdurch beygebracht, das ist Eitelkeit. Denn die Knaben haben lange das *Judicium* nicht, solche Sache zu *penetriren*. Und folgt nicht, der Herr *Præceptor* von 40. Jahren versteht es, *ergò* kan es ein kleiner Bachant von 9. Jahren alsobald auf dem Butterbrot in den Bauch einfressen. Es wäre zu wünschen, daß ein Künstler auffträte, und mit kurtzen Sprüchen auf die *Regulas Grammaticas* zielte, damit solche *per exempla* eingebildet würden, hätte man hernach das *exercitium,* so würden sich die *Vocabula* wohl geben. Nun aber wird es umbgekehrt, die *Gramatica* soll sich *ex usu* geben. Ja sie giebt sich, daß man niemahls weniger Latein gekunt hat, als seit der übersichtige *Autor Orbis picti* mit seinen vielfältigen Büchern auffkommen, der alles, was er zu Hause *theoreticè* vor gut befunden, *nescio quo fati errore,* den Schulen zu *practici*ren auffgetrungen hat. Und ist zu beklagen, daß niemand klüger wird, obgleich die *janua Linguarum aurea* mehr *porta inscitiæ plumbea* möchte genennt werden.

Der gute Vater empfand hierauß einigen Trost, weil er sahe, daß sein Sohn nicht allein in die vergebene Weitläufftigkeit geführt würde. Doch wolte er es auf einer andern Seite verbessern: gab derhalben vor, er liesse solches die *philologos* verantworten, es wäre zum wenigsten ein Zeitvertreib darbey, dadurch die Jugend angewehnet würde, etwas außwendig zu lernen. Sonsten wäre der historische *methodus* desto besser, ließ darauff etliche Kupperstücke hohlen, auf welchen viel wunderlich Zeugs gemahlet war, darbey man sich der Nahmen in *sacra & profana historia* errinnern solte. Ein Teichdamm mit *A.* bezeichnet solte *Adam* heissen. Ein Sack mit *I* Isaac. Ein Apt mit einer Fensterrahme *Abram.* Eine Semmel mit Butter beschmiert, bedeutete *Sem* und *Japhet, quasi* du Narr, friß doch die Semmel, sie ist ja fett. Eine Amme hatte den Bietz in der Hand, das war so viel als Bizanz. Ein Bauer guckte zu seinem

Fenster herauß, und sah daß das Wasser außgetreten war biß an seinem Misthauffen, gleich als sagte er die See mir am Mist. Und das war *Semiramis. Gelanor* warff die Figuren auß Ungedult von sich, und ruffte überlaut. O ihr armen Eltern! wie jämmerlich werden eure Kinder betrogen! wie elend werden eure unsägliche Unkosten angeleget! Sollen nun die abgeschmackten Gauckel-Possen *memoriam artificialem* machen, die vielleicht *memoriam* so sehr *confund*iren oder *obrui*ren möchten, daß ein Kind zwirbelsichtig darüber würde. O wohl dem der die Namen recht wie sie heissen durch offtmalige *repetition* sich einbildet und bekand macht. Wo die *notiones secundæ* schwerer gemacht werden als die *primæ*, da ist ein *compendium* übel gefast und wird ein *dispendium* darauß.

Hier ward der *Advocat* auch *disjustirt,* und fragte, wenn gleichwohl alles solte verachtet werden, wo man denn guten Rath hernehmen wolle. Nun saß einer mit am Tische, der bey währendem *discurse* sich mit hinzugefunden, der zwar den Kleidern nach gar zu viel Ansehn nicht hatte, doch endlich der Wissenschafft nach einer von den geringsten nicht war. Dieser bat, man möchte ihm vergönnen, seine Gedancken von den *Information* Sachen etwas weitläufftiger zu eröffnen. Es ist zu verwundern, sagte er, warumb von etlichen *seculis* daher, seit die *literæ humaniores* wiederumb auß der finstern Barbarey hervorgezogen worden, die Schulen so gar wenig zur Besserung kommen, und die Jugend einmahl wie das andere verdrießlich und weitläufftig genug herumb geführt wird. Die meisten werffen die Schuld auf die *præceptores,* welche gemeiniglich *è fæce Eruditorum* genommen worden, also daß, wenn man mit einem seichtgelehrten Kerlen weder in dem Predigampt noch in der Richter-Stube fortkommen kan, ein jeder meynt, er schicke sich am besten in die Schule. Nun ist dieß nicht ohne, und möchte sich mancher *Patron* in das Hertze hinein schämen, daß er die Jugend nicht besser versorget, da er doch sich zehn mal in den Finger bisse, eh er vor seine Pferde einen ungeschickten Stallbuben, oder vor die Schweine einen nachlässigen Hirten annehme. Doch ist zum wenigsten in den Schulen ein *Rector* oder sonst ein *College,* dem man nicht alle *erudition* absprechen darff, also daß obangeführte Ursache nicht eben die rechte zu seyn scheinet. Soll ich offenhertzig bekennen, was die Schulen verderbt, so ist es nichts anders, als daß die *Inspectiones* und *Ordinationes* solchen Leuten anvertrauet werden, welche sich umb das *Informatio*ns Wesen niemahls bekümmert, zum wenigsten in *praxi* nichts versucht haben. Siehet nun gleich ein geübter Schulmann, wie man eines oder das andere bessern solte, so darff er doch nichts sagen, er möchte sonst den Namen haben, als wolte er solche grosse und gelehrte Leute tadeln, ja wenn es vorbracht wird, so bleiben solche *lumina mundi* doch auf ihren neun Augen, und ändern es der geringen Person zu trotze nicht. Nun möchte man doch dieß erwegen, es studieret mancher etliche zwantzig, dreissig Jahr, von Morgen bis in die Nacht, ehe er in Schul-Sachen recht hinter die Springe kömmt. Gleichwohl soll er sich von einem andern *reformiren,* und *dictatoria voce* eintreiben lassen, der in seiner *facul*tät zwar gelehrt gnug ist: doch aber in diesen *Studiis* kaum dasselbige noch weiß, dessen er sich von der Schule her oben hin erinnern möchte. O wie würde ein Schuster, ein Schneider, oder wohl gar ein Drescher lachen, wenn ein *Doctor trium facultatem* sagen wolte, so mustu das Leder zerren, so must du das Band *frisi*ren, so must du den Flegel in der Hand herum lauffen lassen: denn die *præsumptio* wäre da, daß die guten Leute ihre Handgriffe besser verstünden: aber in der Schule mag iedermann stören, wer ein Bißgen zu befehlen hat. Die *Theologi,* wenn sie gefragt werden, wieweit sich ein Fürst *vi Superioritatis* in die *Consistorial*-Sachen mit ein zu mischen habe, bringen die *distinction* vor, *inter actus religionis internos & externos.* Das ist, etliche Sachen giengen die Religion und Artickel selbst an, und beträffen ihre Warheit, die bloß auß der Schrifft müsten *decidirt* werden, und solches wäre derselben Ammt, welche dem *Studio* lang obgelegen, und von den Fragen *judici*ren könten: Etliche Sachen aber giengen die Religion nur zufälliger Weise an, *e.g.* ob die *Theologi* auch ihre *actus internos* recht *exercirten,* ob etwas im Lande sich ereignete, das der Religion könte schädlich seyn u.d.g. Und solche gehörten dem jenigen, der nechst der Hohen Obrigkeit auch *Inspectionem & potestatem religionis* auf sich habe. Ich will diese *distinction* auf die Schule *applici*ren, damit niemand meyne, als wolte ich lauter Freyherren haben. Die *externa inspectio* ist gar gut, ob alle *Præceptores* ihr Ampt verrichten, ob sie der Jugend einige Bosheit gestatten, ob sie ihrem selbst beliebten *Methodo* nachkommen etc. Aber daß die Obrigkeit sich umb die *in terna* bekümmern will, und doch keine erfahrne Schulmänner zu Rathe zeucht, zum Exempel, daß sie die *Autores* vorschreibt, ja wohl gar den *modum tractandi* beyfügt, das ist zu viel. Wer einen rechtschaffenen *Rector* in der Schule hat, der soll ihm die *Lectiones* samt der Jugend auf sein Gewissen binden, daß, so gut als er es vor dem Richterstul Christi dermahleins verantworten wolle, er auch seine Wissenschafft hierinn anwenden möge. Vielleicht würde es an manchem Orte besser, und würden sich die *Collegen* hernach so nach Belieben vergleichen, damit die Jugend nicht *confundiret* würde. Man sehe die meisten Schulen an; Früh umb sechs werden *Theologica* gehandelt. Umb 7. kömmt einer mit dem *Cicerone* angestochen. Umb achte kömmt der dritte und läst ein *Carmen* machen. Umb neun ist ein *privat Collegium* über das Griechische. Um zehen ein anders über den *Muretum*. Umb zwölff wird ein *exercitium Styli* vorgegeben. Umb eins werden die *præcepta Logices reciti*rt. Umb zwey wird der *Plautus* erklärt; umb drey ist *privatim* ein Hebräisch *dictum* zu *resolviren*. Umb viere lieset man etwas auß dem *Curtio*. Und dieß wird alle Tage geändert, daß wenn die Jugend auf alles solte achtung geben, entweder lauter *divina ingenia* oder lauter *confuse* Köpffe darauß würden, nun gehen zwar etliche Stunden offt dahin, da mancher nichts lernt; doch ist es Schade, daß so viel edle Stunden vorbey gehen. Ach dörffte ein *Rector* mit seinen *Collegen,* wie er wolte, wie ordentlich würde er seine *Labores* eintheilen. Ein halb Jahr würde er nichts als *Oratoria,* ein anders nichts als *Epistolica,* ein anders *Græca,* weiter fort *Logica,* und so ferner vornehmen, damit die Jugend bey einerley Gedancken bliebe. Es könten doch gewisse *Repetitiones* angestellet werden, daß man in dem andern halben Jahre nicht vergesse, was in dem ersten gelernet worden. Denn in dem *Oratori*schen halben Jahre, müste ein *College* die *Logicam* also *tracti*ren, daß er den *Usum Oratoricum* darinn zeigte, ein ander müste einen *Historicum* lesen, und zu *Collectaneis* Anleitung geben. Ja was von *Theologicis Quæstionibus* vorkäme, das müste man zu lauter *Chrien* und *Orationen* machen, so böten die *Collegen* einander die Hand, und berathschlagten sich alle halbe Jahr, was künfftig von nöthen wäre. Ach wie glücklich würde die *Information* ablauffen, besser als bey uns, da ein *Præceptor* hie, der ander dort hinauß will, und sich hernach mit der Obrigkeit entschuldiget, die habe es also verordnet.

CAP. XV.

Gelanor hörte diese *Consilia* gedultig an. Endlich fügte er sein *Judicium* bey. Mein Herr, sagte er, es ist alles gut, was er vorbringt: Nur diß ist mir leid, daß es sich schwerlich *practici*ren läst. Denn gesetzt, die Obrigkeit könne etwas darzu, so weiß ich den Schulmann nicht, welcher der Katze die Schelle anhencken wolle. Uber dieß sind die *Rectores* allenthalben mit den *Collegen* nicht so einig, daß man mit gutem Gewissen die *Lectiones* ihrem Gezäncke anheim stellen könne. Ja wo sind Leute, welche so gar sonderlich der Jugend bestes, und nicht vielmehr ihren Privat-Nutzen ansehen? Und welches das ärgste ist, so werden zu den untersten *Collegen* offt gute ehrliche Leute gebraucht, welche ausser ihren *elaborir*ten Argument-Büchern wenig vorgeben können: Hingegen wo ein *Rector* zu erwehlen ist, da muß es ein grosser *Philosophus* oder *Philologus* seyn. Ein *Philologus* aber heist ins gemein, der sich in alle *Criti*sche *Subtilit*äten vertiefft, oder der nichts als Syrische, Chaldeische, Persische, Aethiopische, Samaritanische Grillen an die Tafel mahlen kan, Gott gebe die Jugend versäume die nothwendigen Sachen darbey oder nicht. Ein anderer armer Mann, der nicht so wohl dahin geht, daß er außwärtig will vor einen Gelehrten außgeschryen werden, als daß er die Jugend *fundamentaliter* möchte *pro captu* anweisen, der sieht nicht stolz gnug auß.

Der *Advocat* sagte, diß sey eben die Ursache, warumb er vor den *Scholis publicis* einen Abscheu gehabt, und seine Kinder viel lieber *privatim* unterweisen liesse. Der unbekandte Gast aber gab zur Antwort, es wäre auch zu Hause nicht alles schnurgleich abgemessen. Vor eins hätten die Knaben kein Exempel vor sich, dadurch sie *excitirt* würden: Da hingegen in einer *Classe* von funffzig biß sechzig Personen zwey oder drey leichtlich gefunden würden, welche den andern zur Nachfolge dienten. Nechst diesem wäre es vermuthlicher, daß man eher einen gelehrten Mann vor alle Kinder finden könte, als daß ein jedweder Burger vor sich einen gleich-gelehrten Menschen antreffen solte. Man wüste warum die meisten armen Kerlen *præceptorir*ten, nicht daß sie den Untergebenen wolten so viel nütze seyn; sondern daß sie den Hals so lang er-nehren möchten, biß sich das Glück zu fernerer *Promotion* fügte. Und endlich wäre einem geübten Manne mehr zu trauen, als einem armseligen Anfänger, der selbsten *Information* bedürffte.

Gelanor gab den letzten Außschlag. Wir sitzen da, sagte er, und meynen, die Leute sind wunderlich, welche die Schulsachen so am unrechten Orte angreiffen; Aber wir begehen viel eine ärgere Thorheit, daß wir meynen, als könte in dieser Welt alles abge-zirckelt werden. Hier ist der Stand der Unvollkommenheit, da nichts an allen Stücken vollkommen ist. Absonderlich ist es mit den Schulen so bewandt, daß der böse Feind sie hindert, so viel er weiß und kan, indem er wol sieht, daß ihm dardurch der gröste Schaden kan zugefügt werden. Doch ist etwas zu wünschen, so sag ich:

Sint Mæcenates non deerunt, Flacce, Marones, hielten grosse Herren viel von gelehrten Leuten, so würden sich die *Ingenia* wohl selber treiben, wenn sie ihren rechtschaffenen Nutz vor Augen hätten. Jetzt da mancher zehen mahl besser fort kömmt, der nichts *studirt* hat, kan man es dem hundertsten nicht einbilden, daß die Gelehrsamkeit selbst ihr bester Lohn, und ihre reichste Vergeltung sey. Hiermit gingen sie von einander, und hatte das Gespräch ein Ende.

CAP. XVI.

Nun war *Gelanor* so *attent* gewesen, daß er nicht in Acht genommen, was unterdessen vor eine Lust vorgangen, deren *Eurylas* und *Florindo* wohl genossen hatten. Dann als diese beyde in der Tafel-Stube sich befanden, und durch das Fenster die Leute auf der Gasse betrachteten, höreten sie ein groß Geschrey im Hause. Sie lieffen zu, und sahen einen Kerln, der sich stellte, als wenn er rasend wäre. Wo ist der Hund, schrye er, gebt ihn her, ich will ihn in tausend Stücke zerhauen, die Ameissen sollen ihn wegtragen. Was? soll mich so ein Schurcke nicht vor voll ansehen, und ich soll ihm nicht den Hals brechen? Herauß, herauß du *quinta Essentia,* von allen Ertzbernheutern; komm her, ich will dein Hertz vor die Hunde werffen, komm her, bist du besser als ein eingemachter etc. Halt mich nicht, last mich gehn, halt mich nicht, ich begeh noch heut einen Todschlag, und wenn ich wissen solte, daß mein Blut morgen in des Henckers Namen wieder springen müste. Ach lieber ehrlich gestorben, als wie ein Lumpenhund gelebt; Sa sa ich zerreisse mich, sa sa wo bist du? steh etc. wo bist du! steh! *Eurylas* hörte dem Tyrannen ein wenig zu, und wünschte nichts mehr, als daß er den andern könte herschaffen, umb zu erfahren, ob der böse Kerle so grausam verfahren würde. Doch es bedurffte keines langen Wünschens, er kam mit einem Spanischen Rohr, und stellte sich ein, fragte auch alsobald, wer seiner begehrt hätte. Der *Provocant* that, als könte er sich vom Wirth und vom Haußknecht nit loß reissen, und biß gantz stillschweigend die Zähn zusammen. Bißweilen schnipte er in den Schiebsack, bißweilen sagte er dem Haußknecht etwas in das Ohr. Endlich kam jener, und wolte wissen, was sein Begehren wäre. Du Schaum von allen rechtschaffenen Kerlen, hast du auch so viel Hertze, daß du mich *prouociren* kanst, oder bist du auch so viel werth, daß ich deinen Buckel meines Stockes würdige. Du elende Creatur, rede doch ietzund etwas, daß ich böse auf dich werden kan oder schreibe es meiner Barmherzigkeit zu, wofern ich dich nach würden nicht tractiren kan. Da stund nun der Türckenstecher, und hatte alle Boßheit inwendig, wie die Ziegen das Fett. Nach langem Warten, nahm der andere ihm den Degen auß der Hand, und prügelte ihn so zierlich im Hause herum, daß der Wirth sich darzwischen legen muste. Damit war die *Comœdie* zu Ende, und hatten die andern das Ansehen umbsonst gehabt. Als nun *Gelanor* die tröstliche Historie erzehlen hörete, fragten sie weiter, was denn der Kerle vor Ursache gehabt, solch einen Tumult anzufangen. Da kam einer, und gab diesen Bericht; der gute Mensch habe sich so sehr in den König von Schweden verliebt, daß er nicht leiden könte, wenn iemand eine widrige Zeitung von demselben erzehlen wolte. Weil nun der andere vorgegeben, der König wäre von den Dantzigern auf die Weichselmünde gefangen geführt worden, so hätte dieser sich so sehr erzürnet, daß er nicht geruhet, biß die *Extremi*täten vorgangen. *Eurylas* sagte hierauff, der Kerl möchte in Schweden reisen, und umb ein Genaden-Geld *solicit*iren, weil er des Königs *Respect* zu erhalten, so grosse Gefahr über sich genommen. *Florindo* sagte, wenn der König lauter Soldaten hätt, die mit den Händen so grimmig wären, als dieser mit dem Maule, so würde der Türcke am längsten zu Constantinopel *residi*ret haben. Der Wirth sagte, wenn iemand käme und sagte, die Moscowiter hätten sich zu den Schweden geschlagen; so wolte er wetten, der Bote bekäme einen Thaler Trinckgeld. Andre wusten was anders. *Gelanor* sagte dieß, es wäre ein blöder Narr, der kein *medium* hätte *inter fortissima & timidissima,* man solte sein Elend mehr betauren, als belachen. Und darbey blieb es dasselbe mahl.

CAP. XVII.

Den folgenden Tag brachten sie noch zu, in Besichtigung der Raritäten, und Besuchung vornehmer Leute, alß daß nichts sonderliches vorlieff. Darauff nahmen sie bey guter Zeit Abschied und fuhren davon. Etliche Tage hernach fütterten sie Mittags in einem kleinen Städtgen, da gleich Jahr-Marckt gehalten ward. Da hatte *Florindo* seine sonderliche Lust an einem Qvacksalber, der seine Bude dem Gast-Hofe gegenüber auffgeschlagen hatte. Secht ihr Herren, sagte er, am Anfang schuff Gott Himmel und Erde, am letzte Tage hat er auch den Mensche erschaffe. Darumb schreibe alle Gelährte davon, daß das Mensche Schmaltz alle andere Schmältze über trifft, wie das Gold das Kupffer. Wenn ich nun mein Salb mach, so nimm ich erstlich darzu Mensche Schmaltz. Darnach nimm ich Wachs, Wachs sag ich ist in einer Apotecke von nöthen, denn in einer Apotecke sind vier Seule, ohne welche vier Seule keine Apotecke über Jahr gantz bleiben kan, und wenn sie des Römischen Käsers Apotecke wär. Die erste Seule ist Wachs, die andere Honig, die dritte Zucker, und die vierte Waß i nit. Weiter nim ich dazu das Johannis Oel, das fleust im Lande *Thucia* auß die harte Steinfelse, auß die wunderbahre Schickung GOttese. Mehr brauche ich das *Oleum Poppolium,* Schmaltz von einer wilden Katze, die schläfft auff dem Schweitzer Gebürge von *Sanct-*Gallen biß *Sanct-*Görgen Tag, und wird im Schlaffe so faist, daß, wer es nicht gesehen hat, meynen solte, es wär erlogen. Summirum Summarum, ich nimm darzu die Kräuter *Herba,* die wachsen in dem Land *Regio,* auf dem Berge *Mons,* an dem Wasser *Aqua,* in dem Monat *Mensis* genannt, darauß wird mein Salb, und i will kain ehrlicher Mann syn, wo iemand im Römische Reiche solch Salb hat. Kommt her ihr Herre, käfft in der Zeit, so habt ihr in der Noth. Der gleichen lahme Fratzen brachte er vor, und erzehlte etliche wunderliche und ungläubliche Exempel von seinen Curen.

Nichts desto weniger hatten sich viel Leute umb ihn gesamlet und kaufften ihn fast mit seinem Krame gantz auß, denn die Salbe halff inwendig und außwendig vor alles. Uber diß kamen viel Patienten, und *consulir*ten diesen Herrn *Doctor.* Einer beschwerete sich, er dürffte auf den Abend kaum zwölff Kannen Bier, und irgend ein halb Nössel Brandtewein trincken, so fühlte ers den folgenden Tag immer im Kopffe. Ein anderer klagte, sein Pferd wäre ihm gestohlen worden, ob er keine Artzney hätte, daß er es wieder kriegte. Der dritte gab vor seine Ellebogen wären so spitzig, er dürffte kein Wammes vier Wochen anziehen, so wären die Ermel durch gebohrt. Der 4. kunte kein Geld im Hause sehn, drum wolte er sich den Staar stechen lassen, daß er Geld zu sehen kriegte. Der fünffte war ein Schulmeister, der hätte gern eine helle liebliche Stimme gehabt. Der Sechste war ein Bote, der klagte er lieffe sich stracks über einer Meile den Wolff. Der Siebende hatte ein Hüneraug in der Nase. Der Achte klagte er dürffte nicht vor neun Pfennige Kirschen essen, so legen ihm die Kerne im Magen, als wolten sie ihm das Hertz abdrücken. Der Neundte war schon dreyssig Jahr alt und hatte noch keinen Bart. Der zehende wolte der Spulwürmer gerne loß seyn. Die andern suchten was anders. Und da hatte der gute Meister ein trefflich *Compendium curandi,* daß seine Salbe sich eben zu allen Beschwerungen schickte. *Florindo* lachte wohl darüber, und hätte gern gesehen, daß *Gelanor* mit gelacht hätte. Doch sagte dieser, man dürffte sich über den Quacksalber nicht zu tode wundern, hätte doch ein iedweder fast das *principium, MUNDUS VULT DECIPI,* in seinen *actionibus* gleichsam forn angeschrieben. Vnd wer von der Politischen Quacksalberey reden solte, da man offt *quid pro quo* nehmen müste, der würde vielleicht grössern Betrug antreffen, als in dieser elenden Bude, da nichts als einfältige Bauren zu sammen kämen. *Florindo* fragte, ob die *Politici* auch mit Salben handelten? Ja wohl, sagte der Hoffmeister, sind Salbenbüchsen genug, damit den Leuten die Augen verkleistert werden, aber es ist nicht von nöthen, daß man solches allen Leuten weiß macht. *Florindo* ward begierig die sonderlichen Sachen zu erfahren, und hielt inständig an, *Gelanor* möchte doch etwas deutlicher reden. Da sagte dieser, habt ihr nicht das Buch gesehen, da forn auf dem Titel steht, der Politische Quacksalber? seht dasselbe durch, so wird euch die Thüre zum Verständniß schon geöffnet werden. Mehr sagte er nicht, denn es ist vergebene Arbeit, daß man jungen unverständigen Leuten viel von Politischen Staatshändeln auffbriefen will, weil sie doch mit ihrem einfältigen Verstande so weit nit langen, und alle dergleichen *actiones* vielmehr ansehen, wie die Kuh das neue Thor. Und fürwar hierinn erwieß *Gelanor* eine ungemeine Klugheit, die man vielen grossen und hochtrabenden Leuten vergebens wünschen muß.

CAP. XVIII.

Florindo hätte sich so kurtz nicht abweisen lassen: Allein der Wirth kam und wolte seinen Gästen Gesellschafft leisten. Da legte sich *Gelan.* mit ihm ins Fenster und schwatzte bald dieß, bald jenes mit ihm. Endlich giengen zween Männer vorbey. Einer hatte ein grau Röckgen an, und wäre leicht vor einem Bauer mit hingelauffen, wenn er nicht ein Hälsgen umbgehabt. Der andre hatte eine Kappe an, der zehende hätte geschworen, es wäre ein Sammeter Peltz gewesen, und nun hätte sie der Schneider wenden müssen: Darüber hieng ein beschäbter Mantel mit einem geblümeten Sammet-Kragen, den vielleicht der alte Cantzler Brück bey Ubergebung der Augspurgischen *Confession* mochte zum erstenmahl umbgehabt haben. *Gelanor* wolte wissen, was dieses vor ein *par nobile fratrum* wäre. Darauff sagte der Wirth, es wären zwey Brüder, die zwar gute Mittel gehabt, ietzt aber in euserster Armuth lebten. Der graurock habe das seinige alles auf *Processe* spendiret: denn da habe er keine Schuld gestanden, biß er *judicialiter* darzu *condemnirt* worden. Und da habe er dem Gegentheil die Unkosten erstatten, auch offt wegen vergossener losen Worte hauptsächlich in die Büchse blasen müssen, dadurch sey er von den schönsten Mitteln so elend herunter kommen. Der andere Bruder habe Anfangs *Theologiam* studirt, hernachmahls habe er sich in die Alchimisterey verliebt, dabey er so viel Gold gemacht, daß er ietzund in seinem gantzen Vermögen nicht eines Ducatens mächtig sey. *Gelanor* sagte, so büssen die guten Brüder woll vor ihre Narrheit. Wer hats den ersten geheissen, daß er die Richter-Stube ohne Noth beschweret hat. Ach wer bey den Juristen in die *Information*, und bey den Apoteckern zu Tische geht, dem kömmt es ein Jahr über sehr hoch. Der andere hätte seine Postille davor reiten mögen, so hat ihn der Hencker geritten, daß er gemeynt hat, ein Hirsch im Walde, sey besser als der Hase in der

Küche. Solche thumme Geldverderber sind nicht werth, daß man sie klagt. Der Wirth gab hierauff sein Bedencken darzu, es wäre nicht ohne, die guten Leute hätten ihre Sachen besser können wahrnehmen, als daß sie nun in diesem Lumpen-Städtgen nicht viel herrlicher, als die Bauren leben müsten. Doch aber bildete er sich gäntzlich ein, es sey GOttes Straffe, die selten das unrecht erworbene Gut an den dritten Erben kommen lasse. Ihr Vater habe ehrliche Mittel hinterlassen, aber auf unehrliche Manier erworben. Ach sagte er, da ist wohl kein Groschen im Kasten gewesen, da nicht etliche Seufftzer von armen Leuten daran geklebet. So viel Steine hat er in seinen Häusern nicht zusammen bracht, als er heisse Thränen von Wittwen und Wäysen außgeprest hat. Sein Reichthum war anderer Leute Armuth. Er selbst war nicht viel anders, als eine gemeine Plage. Geld war die Losung, damit mochte GOtt und Himmel bleiben, wo sie kunten; Endlich fuhr er dahin wie eine Bestie. Ins Gemein gab man vor, er wäre an einem Schlagflusse gestorben: Doch waren viel vornehme Leute, die munckelten, als hätte er sich selbst gehenckt, und wäre darnach von den Seinen loß geschnitten worten, so wohl die Schande als des Scharffrichters Unkosten zu vermeiden. Es war viel Pralens von der grossen Erbschafft, doch nun haben die Adlers-Federn alles verzehret, daß sie nicht mehr ein tüchtig Federbette auffweisen können. *Gelanor* stimmte mit dem Wirthe ein, und setzte den *Discurs* fort. Ich glaube es wohl, sagte er, daß Gott dieß Zorn-Exempel nicht vergebens vorgestellet hat. Dieß ist nur zu beklagen, daß niemand gebessert wird. Es bezeugets die tägliche Erfahrung mehr, als zu viel, daß unrecht Gut nicht auf den dritten Erben kömmt. Ein jedweder, der in seinem Ampte sitzet, hat entweder seiner *Antecessorum* oder anderer dergleichen Kinder vor sich, daran er so wohl den Segen, als den Unsegen seinen Kindern gleichsam als ein gewisses *Nativität prognostici*ren kan. Ist das nun nicht Thorheit? Sie scharren viel zusammen: zu Essen, Trincken und Kleidern brauchen sie nicht alles, den Kindern wollen sie es verlassen, doch wo sie nicht gantz blind seyn, so wissen sie, daß es nicht wudelt, ja daß die Kinder an ihrem andern Glücke dadurch gehindert werden. Wir lachen die Affen auß, daß sie ihre Jungen auß Liebe zu tode drücken. Aber ist dergleichen Vorsorge, dadurch manches umb seine zeitliche und ewige Wohlfahrt gebracht wird, nicht eben so thöricht? die Griechen satzten die Kinder weg, welche sie nicht ernehren kunten. Die Leute kehren es umb, und setzen die Kinder weg, welche sie auffs beste ernehren wollen. Das ärgste ist, daß die Eltern selbst ihre eigene Wohlfahrt dabey in die Schantze schlagen. Und also kommen sie mir vor wie die Schlangen, von welchen *Plinius fabulirt,* daß sie über der Geburt ihrer jungen nothwendig sterben müssen. Nun mit einem Worte, das heist auß Liebe in die Hölle gefahren. Als sie noch redeten brachten die Bauren einen Spitzbuben vor sich her gejagt, der hatte einer Frauen Geld auß dem Schiebsacke entführen wollen, war aber auß Unvorsichtigkeit in den Schiebsack darneben kommen. Nun warff er die Beine hurtig nach einander auf, und fragte nicht viel darnach, ob sie gleich mit Erdklössern hinden drein spieleten. Doch währete die Geschwindigkeit nicht lange, denn ein Baur warff ihm einen Knittel unter die Beine, daß er nothwendig fallen muste. Da gieng nun das Ballspiel an, und muste *Gelanor* gestehen, er hätte nicht geglaubet, daß ein Bauer so *juste*ment auf eine Säte schmeissen könte, als nach dem er so eine vollkommene Probe mit angesehen. Es hätte auch leicht geschehen können, daß der gute Kerl wäre um sein Leben kommen. Wenn nicht der Mann, der in dem Städgen, Häscher, Thürknecht, Stundenrüffer, Marckmeister, Gerichtsfron, Blutschreyer, Stockmeister und alles war, ihn auß dem Gedränge herraußgerissen, und mit sich in das Wirthshaus zur Apfelkammer geführet hätte. *Gelanor* sagte hierauff, er hätte nur gemeint, es wären solche Schnaphäne in grossen Städten anzutreffen. Da habe er sich offt verwundert, warum ein Mensche seinem eigenem

Glücke so feind sey, daß er sich dem Beutelschneider-Leben so unbesonnen ergeben könne. Bey einem Herrn wolle mancher nicht ein loses Wort einfressen, da er doch alle Beförderung von ihm zu gewarten hätte; hingegen liesse er sich hernach die Bauern lahm und ungesund prügeln, und müste wohl darzu gewärtig seyn, daß er mit einem gnädigen Staupbesen zum überfluß bedacht würde: Der Wirth kehrte sich weg, und stellte sich als wäre im Hause etwas zu befehlen, denn er hatte auch einen Vetter, der zu Hamburg auf dem Kack etliche *Ballette* getantzt hatte.

CAP. XIX.

Gelanor gieng also auch vom Fenster hinweg und gieng hinunter in das Haus, da stund der Hausknecht und weinte bittere Zähren, *Eurylas,* der dabey war, fragte was ihm zu Leide geschehen wäre. Ach ihr Herren, sagte er, soll ich nicht über mein Unglück Thränen vergiessen? Da wollen alle Leute an mir die Schuh wischen, O wer sich nur solte ein Leid anthun! gedenckt nur wie mirs geht! da ist meine Frau in die Wochen kommen, und hat einen jungen Sohn bracht. Nun soll ich ja vor allen Dingen drauf dencken, wie ich des jungen Heydens los werde, und einen neuen Christen davor kriege. Aber ihr Herren, ihr wist es selber, das Werck läst sich nit thun, ich muß ehrliche Leute zu Gevattern haben. Gleichwohl geht mirs so närrisch, daß ich flugs möchte davon lauffen. Da ist ein Kerle, dem hab ich in diesem Gasthoffe wohl sechstausend Gläser Bier eingeschenckt, den wolt ich bey diesem Ehrenwercke gerne haben, wegen der alten Bekandschafft. Aber er hat mir den Gevatterbrieff zurück geschickt auß Ursachen, weil ich ihn nicht Edler, Wohl-Ehrenvester *titulirt. Eurylas* fragte weiter, wer es denn wäre, ob es ein vornehmer Mann sey, der den Titel verdienet habe? der Knecht gab zur Antwort, er wisse nicht wie hoch einer vor dem andren geschoren sey; doch sagten alle Leute, der Kerle sey im Kriege bey einem Obersten ein Bißgen vornehmer als ein Schuhputzer gewesen; so habe der Herr *Rector* (also ward der *Præceptor Classicus* genant, der *Cantor, Baccalarius,* und *infima & suprema Collega* zugleich war) gemeint, es sey genug wenn er schriebe Ehrenwohlgeachter. Nun sey der Groschen vergebens außgegeben, da der Steiß-Paucker vor das Geld hätte Edel und Wohl-Ehrenvest können hinschreiben. *Eurylas* sprach ihm Trost zu, er solte sich zu frieden geben, wenn es ja an Gevattern mangelte, so hätten sie einen Mahler bey sich, der das Christliche Werck auf sich nehmen könte. Der Hausknecht wolte sich noch nicht zu frieden geben, biß er einen andren Brieff geschrieben, und seinen außerlesenen Gevatter versöhnet hätte; da nam *Eurylas* den Mahler und *dictirte* ihm folgenden Brieff.

Edler, Wohl-Ehrenvester, Großachtbarer, Hochbenahmter, Hoch- und Wohl-Mannhaffter, Hoch- Ehren-Wohlgeachter und Hocherbarer Herr.

Eurer Edlen und Wohl-Ehrenvesten Herrligkeit kan ich nicht bergen, daß meine Tugendsame Hausehre die Christliche Kirche mit einer Männlichen Person vermehret. Wenn ich denn auß tragendem väterlichen Ampte mich nach vornehmen Paten ümbsehen muß, Und aber Eure Edle Wohl-Ehrenveste Herrligkeit mir iederzeit mit guter *Affection* zugethan gewesen. Als ist an Eure obgedachte Edle Wohl-Ehrenveste Herrligkeit mein gehorsamstes Bitten, dieselbe wolle geruhen, durch dero Edle und Wohl-Ehrenveste *Præsenz* die Christliche Versammlung zu vermehren, und das arme Kind in dero Edle und Wohlehrenveste *Affection* auf- und anzunehmen. Solche Edle und Wohlehrenveste Wohlthat werde ich in meiner Niedrigkeit nicht allein erkennen: sondern werde auch in dessen Edlen und Wohlehrenvesten Diensten zu leben und zu sterben befliessen seyn.
          E. Edl. und Wohlehrenv.
 Herrligk.
 Unterthäniger Haus-Knecht
          Steffen Leipeltz.

Solchen Brieff gab *Eurylas* dem Haus-Knechte, und weil er nicht lesen konte, laß er ihm was anders vor, daß der gute Tropff gar wohl mit zu frieden war, damit schickte er die Kindfrau fort. Nun gefiel dem neuen Herr Gevatter die Außschrifft sehr wohl, daß er die Frau gar freundlich abfertigte, allein das inwendige fuhr ihm in der Nase auf wie Pfeffer. Er schickte also fort nach dem Hausknechte, und fragte ihn, wer diesen Brieff gestellet hätte? der Knecht besorgte sich nichts Böses, und sagte die rechte Wahrheit: da fieng der Fincken-Ritter an, ich sehe es, du bist ausser Schuld, denn du kanst nicht lesen, da hastu ein Goldgülden Patengeld, unser Haus-Knecht soll vor mich stehen, aber morgen will ich zu euch zum Biere kommen, und da will ich dem Schreiber seine Arbeit gesegnen. Der Knecht *referirte* solches dem *Eurylas,* der war unerschrocken, und vexierte unterdessen den Mahler, als welchem immer leid war, daß man ihn in der Patschke stecken lasse. Denn ob sie zwar nicht Willens gewesen, sich an dem Orte lang auf zu halten, war doch ein Pferd vernagelt worden, daß sie also wieder ihren Willen dem Thiere seine Ruh gönnen musten. Der morgende Tag kam, das Mittagsmahl war fertig, als sich der Edle Wohl-Ehrenveste Herr Ober Stiefel *Inspector* einstellete. Er hatte eine braune Kappe an, und ein elend Camisol darunter, das hieb und stich frey war: an der Seite hieng eine breite Blötze, damit er auf einen Hieb sieben Krautköpfe hätte können abhauen. Ein Junge muste ihm einen Säbel nachtragen, der so schrecklich außsah, daß einem von dem ersten Anblicke hätte mögen der Kopff vor die Füsse fallen.

Mit einem Worte alles zu begreiffen, dem *Eurylas* war zu muthe, als wenn ihm die Türcken und Tartarn wären zu gleich ins Land gefallen. *Gelanor* und *Florindo* stellten sich gantz unbekant, und assen vor sich fort, ingleichen machte *Eurylas* auch nicht viel Wesens. Nun war dem guten Stümper, welcher vor dießmal *Horribilicribrifax* heissen mag, immer leid, die Gäste möchten etwan nicht wissen, wer er wäre, und möchten dannenhero vor seinem Zorne nicht gar zu hoch erschrecken: Gleichwohl aber wolte sich kein *Discurs* fügen, dabey er seine Heldenmässige Thaten hätte angebracht. Darum muste er sich mit des Wirths Sohn einlassen, der sich auf der nechsten Schule sonsten auffhielt und dazumal zu dem

Hr. Vater *in patriam* verreiset war: Junge sagte er zu seinem *Serviteur*, wo hast du meinen Säbel, bring ihn nur in der Scheide her, zeuch ihn nicht auß, du möchtest Schaden thun. Hiemit wandte er sich zu dem jungen Lappen, der viel wuste, was der Krieg vor ein Ding wäre, und sagte: Das ist ein Säbel, der mir im Polnischen Kriege Dienste gethan hat. Ich wolte ihm so viel Ducaten gönnen, so viel als Tartar-Köpffe davor abgeflogen sind. Ich ward bey der köstlichen Klinge des Blutvergiessens so gewohnt: daß ich offt mit meinen besten Freunden anfieng, nur damit ich Händel kriegte, und einem ein Zeichen geben kunte. Sie wustens auch alle, darum schickten sie mich mehrentheils auf die Parthey, nur daß sie im Quartier unbeschädigt blieben. Ja Czarnetzky hatte Glücke, daß er mir auß den Händen entwischte, ich hatte ihm, soll mich der und jener, schon die *Charpe* vom Leibe weggehauen: doch man weiß wohl, was die Pohlnischen Klöpper vor Kröten seyn, wie sie durch gehen: Sonst hätte es geheissen, Bruder, gib eine Tonne Goldes Rantzion, oder ich haue dich, daß dir die Caldaunen am Sattelknopffe hängen bleiben. Ach das war ein Leben: drey Teutsche, sieben Pohlen, zehen Cosacken, vierzehn Tartarn, und ein halbschock Muscowitter waren mir als ein Morgenbrod. Ich achte sie offt nicht so gut, daß ich auf sie loßgeschlagen hätte, biß mir die Hunde sagten, ob ihrer nicht mehr wären. Aber ich wuste, daß ich mich auf mein Gewehr verlassen konte. Hätte ich meinen Bachmatt, der mir in der Schlacht vor Warschau erschossen ward, nur ein halb Jahr eher kriegt, ich wolte funffzigtausend Thaler reicher seyn. Er gieng in einem Futter dreyssig Meylen hin und her, als wenn ihm nichts drum wäre. Ein Morast, der nicht breiter war, als etliche Acker, war seine Lust, daß er drüber springen solte. Einmahl jagte ich den Pohlen nach, biß in ein Städgen, da schlossen sie das Thor zu, und meynten sie hätten mich gar gewiß. Aber da sie zu Rathe giengen, wie sie mir beykämen, setzte ich über die Stadtmauer weg, und stellte mich ins blancke Feld: der Hencker hätte die Kerlen geritten, daß sie mir wären nachkommen. Ein andermahl umbringte mich eine gantze Compagnie Tartarn, aber ich sprengte über die gantze Schwadrone weg, und schmieß mit dem Förderbeine den Rittmeister, mit den Hinterbeinen den Cornet, vor die Köpffe, daß sie wohl ihres Parteygehens vergessen haben. Ich möchte mir wohl so viel dergleichen Pferde wünschen, als ich mit diesem eintzigen durch die Weichsel und durch den Dnieper geschwummen bin. Und was das beste war, das Thier hatte einen Verstand, als ein Mensch, es legte sich flugs auf die Streu zu mir, und schlieff die gantze Nacht mit. Hatte ich Meet oder Brandtewein, das Pferd soff so einen dichten Rausch, als ein Kerl. Ewig Schade war es, daß es so liederlich solte drauff gehen, und ich solte es nicht außstopffen, oder zum wenigsten begraben lassen. Ja wohl, es ist eine brave Sache umb den Krieg, wenn einer *courage* hat, und weiß sie recht zu gebrauchen. Doch wolte ich es keinem rathen, daß er sich so übel verwahrte, als ich. Mein Oberster, bey dem ich war, wuste, daß er sich auf mich verlassen kunte, drum verhinderte er mich an meinem Glück, daß ich bey allen Officir-Stellen, die mir angetragen wurden, darneben hingieng. Nun giebt sich noch ein Krieg an, mein Säbel soll mir noch eine Graffschafft erwerben, du ehrlicher Säbel, hastu nichts zu thun, möchtestu nicht einmahl einem guten Freunde eine Schmarre über den Kopff hauen, daß ein Bachmatt, wie meiner war, darauß sauffen könte? Ja fürwar, du hast ein Lüstgen. Nun sey zu frieden, wo dich dürst, ich will dir bald zu trincken geben.

Der Mahler hatte sich dazumahl müssen mit zu Tische setzen, dem war nun Angst und bange, was auß dem Blutvergiessen werden solte, und ob er nicht auch etwas von Cinnober darzu spendiren müste. *Eu rylas* hingegen, dem sonst mehr solche Praler bekant waren, lachte heimlich, und wolte nur sehn, ob sich der Kerl an den Mahler reiben würde, doch als seine Auffschneiderey zu lange währte, trunck er ihm eins zu, und sagte: Mein Herr, ich höre, er ist in dem Polnischen Kriege gewesen, hat er nicht den Obristen Widewitz gekennt, der die alte Timmertze oberhalb der Weichsel eingenommen hat? Der gute Kumpe verstund die Wörter nicht, doch meynte er, es wäre ihm schimpfflich, wenn ihm etwas in Pohlen solte unbekant seyn. Darumb sagte er, er sey ihm gar wohl bekant, und habe er offt im Namen seines Obersten Brieffe hin zu bestellen gehabt. *Eurylas* hatte ihn auf dem rechten Wege, darumb fragte er weiter, ob er nicht gehöret hätte, daß derselbige Obriste einen Hirsch durch das lincke Ohr und durch die rechte Pfote mit einer Kugel zugleich geschossen hätte? Ja sagte er, ich kam gleich darzu, wie der Schuß geschehen war. *Eurylas* wieß hiermit auf den Mahler, und fragte ob er denn diesen guten Freund nicht kennte, er hätte eben über demselben Stücke das Weidmesser kriegt. Der ehrliche *Horribilicribrifax* wuste nicht, wie er dran war, doch wickelte er sich wieder herauß, er wäre gleich fortgeritten, und hätte nicht *observi*rt, was sonst *passirt* wäre. *Eurylas* sagte weiter, gleichwohl hätte sich dieser rechtschaffene Kerle über ihn beschwert, als wäre er sein Verräther gewesen, und wenn es wahr wäre, so wolte er diesen nicht mehr vor seinen *Compagnon* erkennen, wo er den Schimpf nicht *revengirte*. Horribilicribrifax versetzte, er wüste nichts davon, doch wolte er es keinem rathen, daß er sich an ihn machte, wenn er nicht sein Leben in Gefahr setzen wolte. *Eurylas* kriegte hierauff den Mahler bey dem Flügel, und sagte, wie sitzt ihr da, als wenn ihr eure drey Pfund allein behalten wollet, macht fort, und schmeist euren Verräther an den Hals, oder der kleinste Junge, den ich auf der Gasse finde, soll euch Nasenstüber geben. Habt ihr ihm gestern zur *Bravade* einen Brieff schreiben können, so trettet ihm auch heute unter das Gesichte. Indem sich nun der Mahler besann, ob er sich in Leib- und Lebens Gefahr wagen wolte, gieng der andere mit rechten Bachmattß-Schritten zu der Stube hinauß. Und wie der Hausknecht erzehlte, hatte er vorgegeben, er wäre übermannet gewesen, und wüste wohl, wie hoch ein Todschlag gestraffet würde, wenn man ihn noch so *raisonable* begangen hätte; doch solte ihm einer auß der gantzen *Compagnie* im Kriege begegnen, er wolte ihm den Säbel zu kosten geben. Ho, ho! sagte *Eurylas,* haben wir so lang noch Zeit, so vexiren wir den Moscowiter noch einmahl. Damit redte einer dieß, der ander das von dem elenden närrischen Auffschneider: Etliche verwunderten sich über die ungereimten Lügen: Andere lachten darüber, daß mancher so streng über solchen Tituln hielte, die er kaum halb verdient hätte. Aber *Gelanor* machte nicht viel Wunders, was ist es nun mehr, sagte er, daß ein Kerl etwas *liberal* im reden ist, wenn er seine *Reputation* dadurch bestätigen soll. Thut es doch die gantze Welt, was rühmen die Gelehrten nicht von ihren sonderlichen Meinungen, die *Medici* von ihren *arcanis,* die Juristen von ihren *Exceptionibus,* die *Philologi* von ihren *Manuscriptis,* die Kauffleute von ihren Wahren, die Schäffer von ihrer Keule, und was des Pralens mehr ist? Hat es nun der gute Schöps zu mercklich gemacht, was kan er davor, daß er den Schalck nicht so wohl verbergen und vermänteln kan, als die andern? Auch was die Titul betrifft, warumb soll er eben der Narr alleine seyn, da sich so viel Leute umb die Narrenkappe schlagen und schmeissen wollen, und da nunmehr die gantze Brieffschreiberey in dieser Zierligkeit besteht, daß man die Eminentzen, Exellentzen, Reverentzen und Pestilentzen fein nach der Tabulatur herschneiden kan. Darumb dürffen wir den guten Menschen nicht außlachen, oder wenn wir solches thun wollen, haben wir nicht Ursache, daß wir vornehmere Leute vorbey gehen, und bey dieser elenden Creatur den Anfang machen wollen. Und dieß war dazumahl das Lied vom Ende.

CAP. XX.

Weiter begegnete der *Compagnie* nichts sonderliches, biß sie fortreiseten, da kam ein alter Mann mit in die Gesellschafft, nebenst einem jungen Menschen von fünff biß sechs und zwantzig Jahren. Nun wusten sie nicht, was sie von diesem jungen Kerl gedencken solten. Denn bißweilen sprang er vom Wagen, und gieng ein wenig: Bald spitzte er das Maul, und pfiffe eine *Sarabande* daher, als trotz ein *Canarien*-Vogel: Bald nahm er den Kamm auß der Tasche, und kämte sich: bald fieng er an zu singen, *tira tira tira, Soldat tira,* bald *fistulir*te er wie ein Capaun, *Aymable bergere quand tromperons nous, la garde sefere d'un mary jaloux. Sil n'est pas honeste il est du devoir, de luy mettre au teste ce q'il croit avoir;* bald zog er einen Puffer auß der Ficke, und künstelte dran: bald knüpffte er die Ermelbänder anders: bald war ihm die Schleiffe auf gefahren, damit er die Haare biß an die Ohren auffgebunden hatte; Bald nahm er den Hut, und drehte ihn auf dem Finger etliche mahl herumb. Als sie ins Wirths-Haus kamen, und die andern ihre Messer und Gabel außzogen, grieff dieser mit allen Fünffen in den Salat, und machte sonst abscheuliche Gauckelpossen. Endlich tadelte er das Brod, es wäre nicht recht außgebacken, in Franckreich könte man schön Brod backen: da sagte der Alte: Ach du elender Teufel, das Brod ist länger im Backofen gewesen, als du in Franckreich. Da merckten die anderen, daß der Kerl ein gereister *Monsieur* wär, und daß er eben deßwegen so liederlich gethan, daß man ihm die Frantzösische Reise ansehen solte. Darneben *observir*ten sie, daß der gute Mensch vielleicht auf der Post durch Pariß möchte geritten seyn, wie jener, der beklagte sich, es hülffe ihm nichts, daß er auf Pariß gezogen wäre, denn es wäre zu seiner Zeit so finster drinn gewesen, daß man kein Hauß von dem andern unterscheiden können. Und als man nachfragte, war der Postilion gleich in der Mitternacht mit ihm durch passirt, als der Mond im letzten Viertel gewesen. Doch war keiner, der ihn in seinen Gedancken besser entschuldigte, als *Gelanor:* denn er hatte *raison* liederlich zu thun. Ein ander, der sich etliche Jahr in fremden Ländern versucht hat, kan durch seine *Actiones* leicht darthun, daß er kein Hauß-Veix sey: Aber so ein Mensch, mit dem es etwas geschwinde zugegangen, möchte sich leicht unter den Aepffelbratern verliehren, wenn er nicht alle Leute mit gantzer Gewalt bereden solte, wo er gewesen wäre. Nach der Mahlzeit gerieth *Gelanor,* mit dem Alten in *Discurs,* und befand, daß es kein unebener Mann war; dieser beklagte sich nun über diesen jungen Frantzosen, man könne ihn zu nichts bringen, daß er mit Lust thäte, und darbey er beständig bliebe: alle Tage wolle er etwas anders werden, bald ein Gelehrter, bald ein Kauffmann, bald ein Soldat, bald ein Hoffman; und solche Abwechselung hab er nun biß in daß fünff und zwantzigste Jahr getrieben. Neulich sey er gleichsam verschwunden, daß kein Mensch gewust, wo er blieben. Endlich in acht Wochen hab er sich wieder *præsentirt,* in dieser Frantzösischen Gestalt, als wie mann ihn noch sehen könte. Nun wolle er an einem vornehmen Orte Hoffmeister werden, aber die Lust würde auch nicht lang währen. *Eurylas* sagte: der wunderliche Kautz habe wohl verdienet, daß man ihn etwas vexirte, der Alte war es wohl zu frieden. Derhalben, als sie wieder zusammen in die Kutsche sassen, fiengen sie darvon an zu reden, wie das dieser Sausewind in keiner Sache beständig wäre, als in seiner Unbeständigkeit. Er entschuldigte sich, und wuste seine Ursachen recht vernünfftig und nachdencklich anzuführen. Denn als *Eurylas* fragte, warumb er sein Studieren nicht fortgesetzt, so erzehlte er seinen gantzen Lebenslauff. Ich solte, sagte er, freylich studieren, und einen Juristen abgeben, aber ich bedachte dieß, wie leicht könte ich eine Sache wider einen Edelmann gewinnen, der mirs nachtrüge, und mir wohl gar einen Fang mit dem kalten Eisen gäbe: Oder wenn ich im Winter einen Termin hätte, und stolperte mein Pferd auf dem Eise, daß mir das Bein im Stieffel zerbräche, und niemand wäre bey mir, müste ich nicht als ein Hund verderben? Oder wenn ich von meinen Clienten *tracti*rt würde, daß ich in der Nacht reisen müste, und führte mich ein Irrwisch in das Wasser; Nein, nein, ich möchte nicht. Die Kauffmannschafft beliebte mir, aber in wenig Wochen fiel mir ein, sieh da, wenn du einem Kauffmann in einer andern Stadt vor 10000. Rthl. Wahren *credi*tirst, und es käme ein Erdbeben, daß die Stadt mit allen Leuten untergienge, wo kriegest du deine Bezahlung? Oder wenn du kein Gewölbe zu mieten kriegst, wo wolstu deine Wahren außlegen? Oder wenn du einen Pack von *inficir*ten Orten her bekämest, daß du möchtest des Todes über dem Außpacken seyn. Nein, nein, unverworren mit so einer gefährlichen *Profession*. Drauff wolte ich die Haushaltung vor die Hand nehmen, daß ich mit der Zeit ein Adeliches Guth hätte pachten können; Aber ich bedachte mich, wie leicht wäre es geschehen, daß deine Frau mit Butter und Käsen zu thun hätte, und gebe das Kind einem Bauermädgen zu warten, das thumme Rabenaaß trüge es im Hoffe herum, und käme gleich der Klapperstorch, und wolte sich auf dem Schorstein ein Nest zu rechte bauen, der schmieß einen Stein auf die Dachziegel, das ein halb Schock herunter flögen, wer hätte nun das Hertzeleid, wenn dem Kinde die Hirnschale enzwey geschmissen wäre, als eben ich? Oder wenn der unachtsame Aschenbrödel das Kind an die Thür legte, und kämen die Schweine und frässen ihm, mit züchten zu melden, wer weiß was vom Leibe ab. Oder wenn im Winter ein Dieb in den Kühstall bräch, und zöge den Kühen Stieffel an, daß man die Spur nicht merckte. Ach nein, in solche Gefahr begehrte ich mich nicht zu stecken. Also dacht ich wieder an das Studieren, und wolte ein *Medicus* werden. Allein in vierzehen Tagen ward ich klüger. Wie leicht hätte mir eine *Retorte* können zu springen, daß mir die Scherben im Gesichte wären stecken blieben. Oder wie leicht könte die Magd eine Katze in das *Laboratorium* lassen, die mir vor tausent Thaler Gläser auf einmahl umbwürffe. Oder wie leicht könte mich ein Bandit niedermachen, wenn ich wolte zu *Padua Doctor* werden? Damit änderte ich meinen Vorsatz, und hatte zum Bierbrauen Lust; Doch erwog ich dieses, wenn ich einmahl ein gantz Bier zu brauen hätte, und fiele unversehens ein Hund in den Bottich, so wäre das Bier zu meinem Schaden verdorben. Oder wenn meine Frau die Fässer ein wenig mit frischem Brunnwasser wolte füllen lassen, es hätte aber ein schabernäckischer Nachbar Heckerling in den Brunnen geschütt, daß also die Leute früh lauter Heckerling im Bier fünden, würde mir dieß nicht eine Ehre seyn?

Es wäre zu lang alles vorzubringen; dieß war der Inhalt seiner Rede, er hätte nach diesem bald ein Mahler, bald ein Priester, bald ein Goldschmied, bald ein Schreiber, bald ein Hoffmann, bald ein Dintenklecker werden wollen; doch sey er allzeit durch dergleichen Erheblichkeiten abgeschreckt worden. *Eurylas* fiel ihm in den *Discurs,* und sagte, warum bedenckt er denn nicht, was ihm bey seiner Hoffmeisterey möchte zu Handen stossen, weiß er nicht, daß die von Adel auf ihren Vorwergen Hoffmeister haben die nicht viel besser seyn, als ein Großknecht? Wenn nun sein *Principal* einmahl ruffte, komm her Hoffmeister, du etc. könte nicht leichtlich ein Mißverstand darauß erwachsen? Der Teutsche Frantzos besann sich etwas, doch fiel ihm endlich dieß *expediens* bey, er wolle sich *à la francoise* lassen *Gouverneur* heissen. *Eurylas* wandte ein, dieß wäre ein böß Zeichen, denn gleich wie ein Spanischer *Gouverneur* selten über 3. Jahr zu *guberni*ren hätte, also möchte mancher urtheilen, er würde es nicht viel über drey Wochen bringen. Sein Rath wäre er fienge einen Gewandschnitt mit Tauben an. Denn wo ein Paar sechs Pfennige gülte, und er verkauffte tausend, so hätte er unfehlbar zwantzig Thaler und zwantzig Groschen. Der Alte lachte hierauff, und verwieß seinem Vetter, daß er nicht allein so liederlich lebte, sondern auch den Lebenslauff zu erzehlen keinen Scheu trüge. Das wäre die höchste Narrheit, daß man auf keiner

Meynung beständig bliebe, und habe *Seneca* wohl gesagt: *Stultus quotidie incipit vivere.* Uber dieß habe er sich dergleichen Ursachen abschrecken lassen, welche mehr zu verlachen, als zu bedencken wären. Denn auf solche Masse dürffte man nicht in der Welt bleiben, alldieweil man auf allen Seiten der Gefahr unterworffen sey. Ein andermahl solle er dencken, daß ein andächtiges Gebete, und ein gnädiger Gott, allen furchtsamen Sachen leicht abhelffen könne.

CAP. XXI.

Mit solchen Reden brachten sie die Zeit hin, biß in die Stadt, da sie gleich im Wirthshause viel Personen antraffen, welche in einer benachbarten Stadt auf der Messe gewesen. *Gelanor* fragte, ob was Neues daselbst passirte, und da sagte einer diß, der ander das. Endlich sagte ein Kerl der am schwartzen Gefieder fast einem Studenten ähnlich war, er schätzte sich glückselig, daß er eben diese Messe besucht hätte, denn er habe einen trefflichen *Extract* von allerhand wunderschönen Tractätgen außgesucht, darauß er sich in allen *Facul*täten *perfectioni*ren wolte. *Gelanor* bekam ein Verlangen in die *Rari*täten zu sehen, bat derhalben, er möchte ihm doch etwas auf eine Viertel-Stunde *communici*ren. Der Student war willig darzu, nur dieß entschuldigte er, die *Materien* wären nicht nach ihren *Facul*täten und *Disciplinen* außgelesen, sondern er würde alles wie Kraut und Rüben unter einander gemenget finden. Hiermit öffnete er seinen Kuffer, und da fande *Gelanor* folgende Stücke, welche wir in der Ordnung, wie sie gelegen, *referiren* wollen.

1. De tribus literis X.Y.Z. in antiquo lapide repertis.

2. De Abstractione abstractissimâ.

3. An spatium imaginarium sit substantia?

4. An Socrates intellexerit Quadraturam Circuli?

5. An Gymnosophistæ potuerint formaliter disputare?

6. De modo pingendi cucurbitas secundum proportionem Geometricam, tractatus sex.

7. An si mansissent homines in statu integritatis, excrementa eorum fœtuissent?

8. An Stolæ, quas Josephus fratribus dedit, fuerint holosericæ?

9. De Vaticinio Sauli Regis, cum esset inter Prophetas.

10. An Secta Mexicanorum propior sit nostræ religioni, quàm Peruvianorum?

11. An si Papa Alexander III. non calcaverit cervicem Friderici Barbarossæ, Pontifex nihilominus sit Antichristus?

12. An tres Reges sepulti sint Coloniæ?

13. Quomodo Chinenses expellere possint Tartaros?

14. An utile sit Regi Galliæ, ut parium potestas reducatur? Quæstio singularis.

15. An Imp. Justinianus Instit. de J. & J. definiverit Justitiam particularem, an universalem? Dissertationes quinque.

16. Cur partus septimestris rectiùs admittatur quàm octimestris?

17. An Politica sit prudentia? Disputationes XXIII.

18. An fundi Dominus jus habeat altiùs tollendi usque in tertiam aeris regionem?

19. An licentia peccandi pertineat ad Jura Majestatis?

20. In quo Prædicamento sit litis contestatio, quod ejus proprium Genus, quæ optima Definitio? Liber unus.

21. An mulier arcta non sit sana?

22. An passeres laborent epilepsia?

23. An lues Gallica fuerit in usu tempore Caroli M.?

24. Quomodo antiqui Japonienses curaverint malum Hypochondriacum?

25. An vetulæ possint rejuvenescere?

26. De quartâ figurâ Galeni. Disputatio Medica.

27. Hippocrates resolutus per quatuor causas.

28. An pictor depingere possit ægrotum, ut ex imagine Medicus de genere morbi judicare queat?

29. De origine Nili.

30. De Hominibus in Sole viventibus.

31. De legitimâ consequentiâ argumentorum purè negativorum.

32. De ponte Asinorum, & modo eum ornatè depingendi, cum figuris æneis.

33. An ignis sit accidens?

34. An Darapti & Felapton aliquid significent ex sua essentia?

35. An, si Metaphysica sit Lexicon Philosophicum, ea referenda sit ad Grammaticam? &, si hoc concedatur, an ea tractanda sit in Etymologia aut in Syntaxi? quæstiones illustres XVII.

36. De discrimine Mahumetismi apud Turcas & Persas & an Sperandus inter eos sit Syncretismus?

37. De umbra Asini, disputatio optica.

38. An Asina Bileami locuta fuerit Hebraicè?

39. An primi parentes deficiente adhuc ferro pedum manuumque ungues dentibus aut silicibus abraserint?

40. An Judas Ischarioth rupto fune, quo se suspenderat, inciderit lapidi aut gladio?

41. An Abelus ante mortem locutus sit cum Parentibus?

42. An Daniel Propheta intellexerit ludum Schachicum seu latrunculorum?

43. Utrum Bathseba an Susanna fuerit formosior?

44. De Modo acquirendi pecuniam.

45. An Ulysses projectus fuerit usque in Americam?

46. An Græci in bello Trojano præcisè habuerint mille naves?

47. An Hollandi debeant tolerare piratas Africanos?

48. An objectum Politicæ sint res omnes?

49. An Politica sit supra Metaphysicam?

50. An Romani antiqui gestaverint pileos, & an rectiùs scribatur pilleus?

51. De perfectissima Rep.

52. An Asini annumerandi sint feris animalibus?

53. An qui in duello læsus est ad necem, condere possit testamentum militare?

54. An apud Aurifabros quisquiliæ spectent ad Geradam?

55. An pecunia à sponso spontè perdita vocari debeat donatio ante nuptias?

56. An hodie inter Senatores retinenda distinctio, Illustrium, Superillustrium, Spectabilium & Clarissimorum?

57. An oppidana ancilla cum rustico concumbens per Sctum Claudianum, fiat ejus Nobilis subdita, cui subest rusticus?

58. An primicerius sit, qui secundicerium non habet?

59. An Autor noctium Atticarum vocetur Gellius aut Agellius?

60. Quis fuerit Merdardus, cujus mentionem in colloquiis facit Erasmus?

61. De usu quæstionum Domitianarum?

62. An Cicero usurpaverit vocabulum Ingratitudo?

63. An, quemadmodum dicitur Mus die Mauß, sic dici queat Lus die Laus, exercitationes XX.

64. An crepitum ventris emittenti sit apprecanda salus?

65. Quatenus per vim Magneticam & occultas qualitates solvi possint omnes difficultates Physicæ?

66. An posita atomorum rotunditate sequatur vacuum in rerum natura?

67. An, quoties à muribus vivorum porcorum adeps arroditur, aliqua simul devoretur formæ substantialis particula?

68. An inter rusticum esurientem & frustum panis aliqua sit antipathia, sicut inter lupos & oves?

69. Quoto grano adjecto fiat cumulus?

70. An per potentiam absolutam vulpes possit esse anser?

71. De distinctionibus latè & strictè, explicitè & implicitè in omni disputatione adhibendis. Quæstiones selectiores.

72. An Lipsius de Constantia scribens habuerit summum bonum?

73. De perfecte habea Hermolai Barbari Schediasma.

74. An puer sit dignus Auditor Ethices? & an quispiam ante duodecimum ætatis annum debeat corrigere septuaginta interpretes? opus posthumum.

75. An tot sint Prædicamenta, quod sunt hydriæ positæ in Cana Galilææ.

76. An in ea disciplina, quæ docet, qui sit prædicamentum, explicari commodè possit Prædicamentalitas?

77. De Steganographia Antediluvianorum, eorumque obeliscis.

78. Quomodo Characteres nihil significantes per commodam explicationem aliquid significare incipiant? Quæstiones curiosæ.

79. De eadem omnium Linguarum scriptura.

80. De ritu assuendi stultis tintinabula, cum notis perpetuis & figuris.

Gelanor suchte immer fort, und vermeynte, die Sachen wären nur als Maculatur oben angelegt. Doch als lauter solch Zeug nach einander folgte, schmieß er den Bettel hin und nahm einen weissen Bogen Papier, und schrieb oben drauff: Exerpta rerum utilium ex his tractatibus. Der Studente kam darzu, und fragte, wie ihm die Wercklein gefielen. Gelanor sagte, da habe er die besten Sachen herausgezogen. Dieser verwunderte sich, wo er denn die Excerpta hätte, doch bekam er zur Antwort, man hätte nichts merckwürdiges gefunden, und also hätte man auch nichts excerpiren konnen. Denn es ist warlich zubeklagen, daß man auß dem Studieren lauter

Eitelkeit macht, und an statt der herrlichen Wissenschafften, solche brodlose Grillenfängereyen auf die Bahne bringt, gleich als hätte man gar wohl Zeit darzu: daher ist es auch kein Wunder, daß man bißweilen nicht gern ein Gelehrter heissen will, auß Beysorge, man möchte auch vor ein solch animal disputax & æs tinniens gehalten wer den. Es wäre zu wünschen, daß mancher zu einem Bunde dergleichen *disputatio*nen noch so viel Geld spendirte, und liesse mit groben Buchstaben forn an drücken:

NECESSARIA IGNORABIMUS,
QUIA SUPERVACANEA DISCIMUS.

Der Studente hörte die Rede mit an, und dachte, der unbekante Praler verstünde viel, was ein rechtschaffener Gelährter wissen müste, packte darauff ein, und reisete fort.

CAP. XXII.

Gelanor wäre mit den Seinigen auch fort gereiset, allein er hörte, daß eine vornehme Stands-Person auff den andern Tag eben in dem Wirthshause abtreten wolte. Dieser zu Gefallen, blieben sie zurücke. Gegen Mittage kamen zween wohlmundirte Kerlen zu Pferde und bestelleten es nochmals, daß in anderthalb Stunden alles solte *parat* seyn. Endlich folgte die gantze *Suite,* welche in etliche 20. Personen bestund. Der jenige, welcher vor den *Principal* angesehen ward, hielt sich sehr prächtig. Seine Diener, welche zwar an Kleidern auch nichts mangeln liessen, musten ihn als die halben Sclaven *veneri*ren. Ja als *Gelanor, Florindo* und die andern ihm mit einer tieffen *reverenz* begegneten, that er nichts dargegen, als daß er eine gnädige Mine über die Achsel schiessen ließ. Da war nun alles auf das kostbarste zugeschickt, wie denn der Wirth schon hundert Thaler auf die Hand bekommen, daß er nichts solte mangeln lassen. Zu allem Unglück hatte *Florindo* einen alten Diener, der vor diesem der Kauffmanschafft war zugethan gewesen, der kante diesen vornehmen Fürsten, daß er eines Kauffmanns Sohn auß einer wohlbekannten Stadt in Franckreich wäre. *Gelanor* straffte ihn, er solte sich besinnen, in dem leicht ein Gesicht dem andern etwas könne ähnlich seyn. Doch bestund dieser drauff, und sagte darzu, er kenne wohl ihrer sechs auß der *Suite,* Der Fourirer sey ein Schneider, der Marschalck sey etliche Jahr mit den Stapelherrn herumb gelauffen: die zween Hoffjunckern hätten sich zu seiner Zeit auf die Balbier-Kunst verdingt, und möchten nun außgelernet haben: ein Kammerjuncker sey ein verdorbener Kauffman, und der Kutscher sey vor diesem bey einem von Adel Reitknecht gewesen. Sie betraueten ihn nochmals, er solte wohl zusehen, ehe er solche gefährliche Sachen gewiß machte: Aber er blieb dabey, und bat, man möchte ihm doch solche Thorheit nicht zumessen, daß er etwas ohne allen Grund würde vorbringen; Er wolle drauff leben und sterben. Nun waren etliche von Adel und andere Studenten im Gasthoffe, welche des Knechts *relation* angehöret. Zu diesen sagte *Gelanor,* was dünkket euch, ihr Herren, wollen wir dem neubackenen Fürsten die Herrschafft gesegnen. Er ist uns noch eine *Complimente* schuldig, vor die Bicklinge, die wir gemacht haben, die müssen wir nothwendig abfordern. Sie waren allerseits willig darzu, und versicherte sie der Knecht, sie würden solche verzagte Berenheuter antreffen, daß es keiner sonderlichen Gewalt würde von nöthen seyn. Sie giengen zu Rathe, wie man die Sache am artigsten anfangen möchte. Endlich sagte *Eurylas,* er wolle seinen Knecht vor einen Hoffnarren außgeben, diesen möchten etliche dem Fürsten schencken. *Gelanor* wuste, was dieser vor ein Kautz war, und ließ sich den Anschlag gefallen. Hierauff *deputir*ten sie etliche, welche sich musten anmelden lassen, als wären etliche *Baronen,* die Verlangen trügen, Ih. Durchl. auffzuwarten. Mit genauer Noth konten sie vorkommen: doch war die Gnade hernachmahls so groß, daß sie bey der Tafel blieben. Unterdessen muste der Mahler mit den Fürstl. Dienern bekandschafft machen und sie ausser dem Hause in einen Keller führen, damit der Tumult nicht zu groß würde. Also stund nun der Hoffnarr vor dem Tische, und machte einen lustigen Blick nach dem andern, biß der Fürst fragte, was diß vor ein Landsmann wäre. Alsbald sagte einer, es wäre ein guter Mensch, der bey hohen Personen *condition* suchte vor einen kurtzweiligen Rath auffzuwarten. Und damit war es richtig, der Fürst nahm ihn in Bestallung, und fieng seine Kurtzweil mit ihm an. Nun machte der Kerle wunderliche Possen, Herr, sagte er, wolt ihr mein Vater seyn, so will ich euer Sohn seyn, gebt mir nur zu Fressen und zu Sauffen, so soll es an meinen Kindlichen Gehorsam nicht mangeln. Aber, Vater, bistu nicht ein Narr, daß du so viel Schüsseln auf dem Tische stehn hast. Kan sich einer meines gleichen an ein paar Gerichten satt essen, so meynt ich, du soltest auch außkommen. Oder glaubstu es nicht, so komm her und weise auf, wer den grösten Bauch hat. Ich habe wohl ein besser Fürstlich Zeichen, als du. Die sämtlichen Bedienten lachten von Hertzen über diesen neuen Pickelhering, doch sie kriegten auch ihr Theil, denn er sagte, Vater, was machstu mit den Müssiggängern, verlohnt sichs auch der Müh mit den Mast-Schweinen, daß du so viel Tischgeld vor sie giebst. Mein Rath wäre, du versuchst es etliche Wochen, ob sie wolten lernen Heckerling fressen. Oder vielleicht kanst du sie gar zum Hungerleiden angewehnen wie ich meinen Esel. Der kunte die Kunst, doch da er sie am besten inne hatte, da starb er, sonst solt er vor den Tisch herkommen, und solte da mit seinen Bluts-Freunden eines herum trincken: Der Fürst ließ sich die freymütige Natur des jungen Kerlen wohl gefallen, und vertiefte sich mit ihm in einen *Discurs,* welchen wir bequemerer Erzehlung halben hersetzen wollen. Der Fürst mag *Sinobie,* der Narr *Pizlipuzli* heissen.

Sinob. Höre, wenn du wilst mein Sohn seyn, must du dich im Reden besser in Acht nehmen.
Piz. Ey Vater laß du mich ungehoffmeistert, du verstehest viel, was zu einem Narren erfodert wird.
Sinob. Nun du wirst es machen, aber sag uns doch, wie heist du.
Piz. Ich habe keinen Namen. Aber, Vater, sage du mir, wo ist dein Land.
Sin. Das wirstu Zeit genug erfahren.
Piz. Vater, du wirst ohne Zweiffel sehr reich seyn, ich höre der Pfeffer und Ingwer, Streusand, Bindfaden und Löschpapier wachsen in deinem Lande, wie anders wo die Tanzapffen.
Sin. O du alberner Tropff.
Piz. Ey nun Vater, ich frage, wie ich es versteh. Aber was soll ich denn vor ein Aemtgen kriegen, wenn du in deine *Residenz* wieder kömmst.

Sin. Du solst Futter Marschalck über die *Canarien* Vögel werden.

Piz. Ach Vater, mache du mich zum Futter-Marschalck über den Zucker Kasten, und gib mir eine Mörsel-Keule in die Hand, daß ich läuten kan, wenn mir was fehlt.

Sin. Ein schön Aemptgen. Aber warumb heist du deinen Vater du?

Piz. Je sieh doch, es verlohnte sich mit so einem neubackenen – – Vater, daß ich ihm grosse Titel gäbe. Doch wo du mir sagst, wie weit dein Land von hier ist, so will ich dich 12. mahl Ihr heissen.

Sin. Es ist so weit von hier biß dorthin, als von dort biß hieher.

Piz. Vater, das hätte mir ein klug Mensch gesagt. Scheint es doch, als wärestu auch einmahl ein Kurtzweiliger Rath gewesen, huy daß sich das Blätgen umbkehrt, ich werde Fürste, und du wirst Narr.

Sin. Du solst dich wohl schicken.

Piz. Vater denckstu denn, daß du dich so wohl in den Fürsten Stand schickest, wenn ich nicht gewiß wüste, daß du ein vornehmer Herr wärest: so schätzte ich dich auß deinen Minen vor einen Tabackpfeiffenkrämer.

Sin. Ey du *respecti*rst deinen Herrn Vater schlecht.

Piz. Es ist ja wahr. Frage nur deinen Cammerdiener, was du vor Reden im Schlaffe führest.

Sin. Was sag ich denn?

Piz. Ich habe nichts gehöret, aber der Cammerdiener spricht, du kanst kaum einschlaffen, so ruffstu: Heinrich, wo ist die Wage? ach fürwar es ist ohn dieß halb geschenckt, noch sechs Pfennige auf das Loth, nun vor dießmahl mag es hingehen. Heinrich, wo ist der Faden, etc.

Gelanor stund mit der gantzen *Compagnie* vor der Thüre, und hatten ihre sonderliche Freude an dem vortrefflichen Fürsten. Doch mochten die letzten Reden zu empfindlich seyn, daß er solche mit einem Nasenstüber belohnen wolte: Aber der gute Pizlipuzli fieng an zu schreyen, und der vermeynte Baron, der den Narren *recommendirt* hatte, gab sein Wort auch darzu. *Monsieur* Printz, sagte er, lasset den guten Menschen unberührt, oder es wird sich einer angeben, der euch *tracti*ren soll, als den geringsten auf der gantzen Welt. Der Fürst sahe sich umb, und begehrte, man solte seiner Gnade nicht mißbrauchen: Er hätte Diener, die ihn leicht darzu bringen könten, daß er seine Unbesonnenheit bereuen müste. Was, *replicir*te dieser, sollen diese elende Creaturen mich darzu zwingen? so muß ich zuvor tod seyn: schmieß darauff ein Glaß mit Wein vor dem Fürsten auf den Tisch, daß ihm der Wein in das Gesichte spritzete. Indem trat *Gelanor* mit den Seinigen in die Stube, der Fürst sahe sich nach seinen Leuten ümb: Aber sie fassen bey dem Mahler in dem Weinkeller, und truncken ihres Fürstens Gesundheit: und also war Noth vorhanden. Kurtz von der Sache zu reden, der Printz kam in das Gedränge, daß er mehr Maulschellen einfraß, als er Unterthanen hatte. Seine Junckern machten sich bey Zeiten darvon, und nahmen mit etlichen Creutzhieben vorlieb, doch der Principal muste außhalten. Da war nun alles preiß, die Kasten wurden zerschmissen, die Fürstlichen *mobilia* in den Koth getreten, die schönsten Kleider in Stücken zerschnitten, das Geld theilten die Diener unter sich, und ob schon der Wirth sein bestes zum Frieden sprechen wolte; muste er doch Knebel inne halten, weil er leicht etliche Tachteln hätte können davon tragen. Endlich kam *Florindo* über das Fürstliche *Archivum*, welches in einem Beykästgen gantz heilig auffgehoben war; da waren nun unterschiedene Wechselbrieffe, absonderlich etliche Frantzösische Schreiben, darinn der Kauffmann seinen Sohn ermahnete, er solte sich nur *resolut* halten, an Gelde solte kein Mangel seyn. Ho ho, sagte *Eu-*

rylas, ist es umb die Zeit, dem ehrlichen Manne ist gewiß bange, wo er mit dem Gelde hin soll. Ich halte, es wird sich am Ende außweisen, daß arme Witwen und waysen oder sonst gute Leute werden darben müssen, was dieser Pracher in seinem Fürstenstande so liederlich und unverantwortlich durchgebracht hat. Nun wäre noch viel zu schreiben, was vor eine Passion mit dem Fürsten gespielet worden: was er vor Beschimpffungen eingefressen, was er vor Stirnnippel auf die Nase genommen, wie zierlich die güldenen Spitzen auf seinem Silberstück, das nun lauter stücke war, herumb gebaumelt; doch ruffte der Wirth die Obrigkeit umb Hülffe an, daß letztlich hundert Bürger kamen, und die *Comœdie* zerstörten, wiewohl dem Fürsten zum schlechten Trost, weil er bey Erkäntniß der Sache, mit in das Loch wandern, und biß auf des *liberalen* Vaters kostbare Außlösung allda verpausiren muste. Was nun weiter vorgelauffen, darumb haben sich die andern nicht viel bekümmert, ohn daß sie leicht geschlossen, er würde brav in die Büchse blasen müssen. Also machte sich *Gelanor* mit den seinen auf den Weg, und zogen auf die Messe.

CAP. XXIII.

Da fiel nun nichts merckwürdiges vor: dann was gemeiniglich pflegt vor zugehen, ist unvonnöthen zu erzehlen. Ob zum Exempel einer feil gehabt, und die Wahren gerne doppelt theuer hätte verkauffen wollen; der andere noch zehenmahl lieber ümb das halbe Geld noch einmahl so viel kauffen wollen, diese und dergleichen Händel gehen allzeit vor. Da geht ein Narr, und vertrödelt das Geld beym Frantzosen: der hänckt es einem Italiäner auf; der will die Holländer gern reich machen. Einer haufft die Schlesische Leinwad bey einem Niedersachsen; die Westphalischen Schincken bey einem Thüringer; den Reinischen Wein von einem Holsteiner; die Würtze bey einem Pohlen; die Nürnberger Wahre bey einem Schlesier: Alles umbgekehrt und umb das doppelte Geld. Doch wer wolte dergleichen Dinge auffschreiben. *Miracula assiduitate vilescunt.* Ein Possen trug sich zu, der Lachens werth ist. Dann da war ein Kerle, der sich gern bey dem Frauenzimmer wolte beliebt machen, aber er hatte eine gantz unangenehme Sprache, und absonderlich konte er das R. nicht außsprechen, sondern schnarrte, wie eine alte Regalpfeiffe, die ein stücke von der zunge verlohren hat. Dieser hatte sich lassen weiß machen, es wäre in einem Gasthoffe ein alter *Doctor,* der solchem *vitio lingvæ* gar leicht abhelffen könte. Nun glaubte der gute Mensch der *Relation,* und kam eben dahin, wo unsere *Compagnie* ihr Qvartier auffgeschlagen hatte. *Eurylas* stunde im Hause, und konte in seinem Schimmelkopffe wol gar vor einen *Doctor* mit lauffen. Zu diesem verfügte sich der Patient, und klagte ihm seine Noth, welcher Gestalt er mit so einem vexierlichen *Malo* behafftet, dadurch er offt bey dem Frauenzimmer in sonderliche Verachtung gerathen wäre, dann da könne kein Königsspiel, oder des Pfandaußlösens oder sonst etwas gespielet werden, so müste er herhalten. Unlängst habe ihm eine Jungfer auffgelegt, er solte sechs mahl in einem Athem sprechen; drey und dreyßig gebratene Erffurter Nürnberger oder Regenspurger Bratwürste: Und da sey ein solch Gelächter entstanden, daß er bey sich beschlossen, nicht eher in eine Gesellschafft zu kommen, als biß er dem Gebrechen gerathen wüste. Nun habe er den Hr. *Doctor* wegen der glückseligen Curen rühmen gehört, also daß er seine Zuflucht zu keinem andern nehmen könne, bäte nur mit derselben *dexter*ität, dadurch er vielen behülfflich gewesen, auch seiner gegenwärtigen Noth beyräthig zu erscheinen. *Eurylas,* der keinen Possen außschlug, wann einer zu machen war, hörte den Menschen mit grosser Gedult, und bließ die Backen so groß auf, daß man geschworen hätte, er wäre ein *Doctor*. Endlich als er reden solte, sagte er, mein Freund, ich bin deswegen da, ehrlichen Leuten auffzuwarten. Ich weiß mich auch zu besinnen, daß ich unterschiedene Personen von dem grossen Gebrechen der Zunge befreyet habe. Allein der Herr kömmt mir zu alt vor, daß ich nicht glauben kan, als würde er die Schmertzen darbey außstehen. Dann er dencke selbst nach, wann einem die Zunge auf das neue soll gelöset werden, so muß das Fleisch im Rachen noch jung seyn. Gleichwohl dieser Reden ungeacht, bat der gute Kerle Himmelhoch, er möchte sich doch über ihn erbarmen; er hätte sein gantz Vertrauen auf ihn gesetzt, und wolte er nun nicht hoffen, als solte diese seine Hoffnung zu Wasser werden. Kurtz, das Bitten währte so lang, biß sich *Eurylas resolvir*te, einen *Doctor* zu *agir*en, und dem Menschen das Schnarren zu vertreiben. Allhier wird mancher *Medicus* lachen, als wäre diese Cur wohl mit Schanden außgeführet worden, und ich frage den Klügsten unter allen, und wann er sich bey einem *Comite Palatino* hätte *crei*ren lassen, was hätte er wohl in dergleichen *casu* verordnen wollen, gelt er weiß nichts? Und wann *Eurylas* mit seinem *Specifico* wird auffgezogen kommen, so wird es ihm gehen, wie dem *Columbo* mit seinem Ey, das konte niemand zu stehen machen: Aber als er es auf die Spitze schlug, konten es alle nach thun. Nun wir wollen sie rathen lassen, und unterdessen etwas anders erzehlen. Es waren, wie in Messen zu geschehen pflegt, viel fremde Leute in dem Gasthofe beysammen. Unter andern war ein junger Mensch, der in seinem Sammetpeltze was sonderliches seyn wolte, dieser kam zum Wirthe, und begehrte, man möchte ihm die Oberstelle geben, sonst habe er nicht in willens bey Tische zu bleiben. Er sey eines vornehmen Mannes Sohn, mit welchem sich die andern nicht vergleichen dürfften. Der Wirth sagte, er habe damit nichts zu thun, die Gäste möchten sich selbst ordnen, so gut sie wolten: doch gieng er zu etlichen und gedachte, was dieser gesucht hätte. *Gelanor* lachte der eiteln Thorheit des Menschen: dann so fern an allen Orten die *præceden*tz Streite nicht zu verwerffen sind; so ist es doch Eitelkeit, daß man die Narrenkappe im Wirthshause suchen will, da ein ieder oben an sitzt, der Geld und gute Qualitäten hat. Nun sie legten es mit einander ab, wie sie den ehrsüchtigen Kerlen wolten zu schanden machen, drumb als die Mahlzeit fertig war, und des Wirths kleiner Sohn vor dem Tische gebetet hatte, stunden sie gantz stille, und sahen einander an, gleich als wüsten sie nicht, wer der vornehmste wäre. Der gute Stutzer wolte sich den Zweiffel zu Nutz machen, und sagte, *Messieurs,* es nehme ein jeder seinen Platz, satzte sich hierauff an die Stelle, die sonst vor die Oberste an der Tafel pflegt gehalten zu werden. *Gelanor* mit den seinigen satzten sich auch, und machten die vornehmste Reihe von unten auf, daß der Mahler und etliche lumpichte Diener, die sonst hätten auffwarten müssen, neben dem Juncker oben an zu sitzen kamen, der Vorschneider nahm es auch in Acht, daß der Unterste sein Stück zu erst kriegte: was solte der gute Kerl oben anfangen, sein Wille ward erfüllet, er hatte die Stelle selbst außgelesen, denen andern stund frey zu sitzen wo sie wolten: Also ließ er etliche Gerichte vorbey gehen: alsdann stund er auf, und nahm seinen freundlichen Abschied. Hierauff erhub sich ein trefflich Gelächter, und sagte *Gelanor,* ist das nicht ein barmhertziger Geelschnabel mit seinem vornehmen Vater, wäre der Vater selbst hier, und es träffe ein, was der Sohn vor ein Zeugniß giebt, so wolten wir sehen, ob wir ihn vor den vornehmsten in der *Compagnie* könten *passi*ren lassen. Aber wie kömmt der Haußfeix darzu, daß er sich in allem mit dem Vater vergleichen will. Der Vater mag vielleicht 50. Jahr alt seyn; ist denn deßwegen dieser elende Sechzehnpfenniger auch so alt. Es heist, folge des Vaters Thaten nach, und laß dirs so saur werden, so wird die Ehre ungedrungen und ungezwungen darzu kommen. Mit der Ehre ist es so beschaffen:

Quod sequitur fugio, quod fugit ipse sequor.

Solche *discursen* fielen vor, also daß sie nicht ein mahl gedachten, wo der schöne Vater-Sohn seine *affront* verfressen würde.

CAP. XXIV.

Immittelst begunte einem am Tische sehr übel zu werden, weil er den vorigen Tag einen ziemlichen *excess* im trincken begangen, und also den Magen schändlich verderbt hatte, dem rieth *Gelanor*, er solte sich eine Schale geglüeten Wein bringen lassen, dadurch er den Magen wieder erwärmte. Solches war beliebt, und brachte der Wirth eine gantze Kanne voll, darauß er in eine Schale einschencken kunte. Nun saß ein vernaschter Kerl darbey, der alsobald meynte, er müste sterben, wann er nicht alles beschnopern solte. Dieser gab allzeit Achtung drauff, wann der Nachbar auf die Seite sah, und wischte stracks über die Schale, und nippte einmahl. *Eurylas* merckte es, und gedachte stracks den Näscher zu bezahlen: dann er stellte sich, als wäre ihm auch nicht wohl, und ließ etliche eingemachte Qvitten holen: doch hatte er dem Diener befohlen, daß er eine außhöhlen, und mit Saltz und Pfeffer füllen solte. Es gieng an, *Eurylas* saß in seiner *Grandezze* und aß Qvitten: der gute Schlucker gegenüber verwandte kein Auge von ihm, und hatte grössere Lust als eine schwangere Frau: nur dieses war so kläglich, daß er kein Mittel sahe, wie er darzu kommen solte. Endlich als *lucta carnis & spiritus* lange genug gewähret hatte, sagte er, *Monsieur*, er vergebe mir, ich kauffte gestern eben dergleichen Qvitten, die waren nicht wehrt, daß man sie solte zum Fenster hinauß werfen, ich muß doch versuchen, ob diese besser seyn? *Eurylas* rückte ihm die rechtschüldige vor, und da war der arme Schlucker so geitzig, als wolte ihm iemand die Qvitten nehmen, und steckte sie auf einen Bissen in das Maul. Da saß nun mein Narr, und empfand einen Geschmack in der Kehle, darüber er hätte vergehen mögen. Anfangs zwar wolte er den Possen vor den andern verbergen; Aber es erfolgte ein trefflicher Husten, der ihm die Thränen zu den Augen, und ich weiß nicht, was zu dem Halse herauß trieb. *Eurylas* stellte sich unterdessen als hätte er kein Wasser betrübt, und fragte etlichmahl, ob ihm irgend ein Qvittenkern wäre in die unrechte Kehle kommen. Doch wuste der gute Mensch am besten, wie ihm zu Muthe war, und stunde vom Tische auff, dem die andern auch folgten. Als nun *Eurylas* bey dem *Gelanor* und *Florindo* allein war, und den Possen erzehlte, folgte diß *Morale* darauff, es solte sich niemand mercken lassen, was er gern hätte: absonderlich solte man lernen an sich halten, wann ja etwas wäre, daß fein und annehmlich außsähe, nach dem Reimen des alten *Philippi Melanchthonis,* was mir nicht werden kan, da wende mir Gott mein Hertz davon. Uber dieß gedachte *Gelanor* an ein Buch, welches er bey einem guten Freunde, geschrieben gesehen, mit dem Titul der Politische Näscher. *Florindo* sagte, es wäre Schade, daß diß *Scriptum* nicht solte gedruckt werden. Ach, sagte *Gelanor,* es ist ietzund so ein Thun mit dem drucken, daß mancher schlechte Lust darzu hat. Es wendet ein ehrlicher Mann seine Unkosten drauff, daß er zu einem Buche kömmt; hernach wischt ein *obscurer* Berenheuter herfür, dem sonst die liebe Sonne eher ins Haus kommt, als das Liebe Brod, der druckt es nach und zeucht entweder den Profit zu sich, oder zum wenigsten verderbt er den Ersten, dem es von Gott und Rechtswegen zukömmt. Und gewiß hieran redte *Gelanor* nicht unrecht. Denn man hat es bißher etlichmahl erfahren, wie ein und ander Buch alsobald hat müssen nachgedruckt werden. Unlängst sind etliche Bogen heraußkommen, darinn von den dreyen Hauptverderbern in Teutschland gehandelt wird. Allein der GUTE Kerle ist mehr als bekandt, der solches zu sich gezogen, und möchte er künfftig, wenn die vornehmen Narren vorbey, wohl mit einer sonderlichen Narren-Kappe bedacht werden. Iezunder ist er noch zu GUTH, oder daß ich recht sage, zu geringe darzu. Nun wir kommen zu weit von der Sache. Wiewohl jetzt hätten wir Zeit genug etwas zu reden, denn es war schon tieff in die Nacht, daß alle zu Bette giengen, und sich umb die Narren wenig bekümmerten. Also würden wir verhoffentlich keinen verstören. Doch es ist auch Zeit, daß wir zu Bette gehn, morgen soll was bessers erfolgen, diesen Abend hiesse es

Interdum magnus dormitat Homerus.

Gute Nacht.

CAP. XXV.

Doch wir werden nicht lange schlaffen, denn es gibt schon etwas neues zu schreiben. *Eurylas* hatte die Qvitten zu sich genommen, und mochte etliche Trüncke Bier drauff gethan haben, also daß er *vocation* kriegte, das jenige zu verrichten, welches der Römische Keyser in eigener Person, und nicht durch einen *Ambassideur,* thun muß. Nun muste er den Gang hingehen, und ward beim Mondenscheine gewahr, daß ein Mann, der bey Tische erbar genug außgesehen, sich zu der Magd gefunden, und ihr mit so freundlichen Worten beggenete, als hätte er ein Lüstgen, die Holländische Manier zu versuchen. *Eurylas* behorchte sie ein wenig, und nach abgelegter *Expedition* kam er in die Kammer und erzehlte es seinen Schlaffgesellen. *Gelanor* empfand in seinem Gemüthe einen sonderbahren Abscheu, und sagte, pfuy dich an mit der Pestie. Muß der Kerle nicht ein Narr seyn, daß er offentlich zwar die Erbarkeit spielen kan; heimlich aber sich an einen solchen Schandnickel henckt, die doch nichts anders ist als *communis matula* da Kutscher und Fuhrleute ihren überflüssigen Unflath hinschütten. Denckt denn der böse Mensch nicht zurücke, daß er zu Hause eine Frau hat, die mit solcher Untreu höchst beleidiget und betrogen wird? Und ich halte nicht, daß er hier vielmehr *delicatesse* wird angetroffen haben, wo ihn die närrische Einbildung nicht *secundirt* hat, daß er im Finstern Kühmist vor Butter angegriffen. Er fuhr in dieser Rede fort biß ihm der Schlaff den Mund verschloß. Früh konte er die Schande noch nicht vergessen, und als der Wirth in die Stube kam, sagte er, wie daß er von der Magd dergleichen Leichtfertigkeit in acht genommen, welche nicht dörffte ungestrafft bleiben. Der Wirth lachte, und gab zur Antwort, er könte die Mägde nicht hüten, wann sie ihre Arbeit thäten, wäre er zu frieden: wolten sie im übrigen die Nacht sonst anwenden, und ein Tringeld verdienen, so gienge ihm an der Tags Arbeit nichts ab. Und darzu wolten sie sich etwas zimmern lassen, möchten sie zusehn, wo sie einen Ammendienst antreffen, er wolte sehen, wo er andere Mägde kriegte. *Gelanor* verwieß ihm, daß er hierinn dem Ampte eines rechtschaffenen Haußvaters nicht nachkäme, indem er von GOtt darzu gesetzt wäre, daß er in dem Hause alles erbar und züchtig regieren solte. Auf die Masse würde er selbst nicht viel besser als ein Huren Wirth. Der rümpffte die Nase, und sagte, wenn er so scharff verfahren wolte, würde er wenig Gesinde behalten. *Gelanor* sagte weiter, wenn es ja mit den Mägden nicht so viel zubedeuten hätte, so wäre es doch zu beklagen, daß manch unschuldiges Blut durch solche Betzen in sein zeitlich und ewigs Verderben gestürzt würde. Absonderlich wäre es schrecklich, daß sich auch Ehemänner auß solchen Mistpfützen ableschen wolten. Der Wirth zog die Achsel ein, und meinte, man dürffte in dieser Welt nicht alles so genau suchen, es wäre der gemeine Lauff also, und welcher ohne Sünde wäre, möchte den ersten Stein auf solche Leute werffen. Es wären in der Stadt wohl vornehmere Leute, die dergleichen Sachen thäten, und die es als hochvernünfftige Menschen nicht thun würden, wenn es wahr wäre, daß man eben um einer solchen Lust willen müste zur Höllen fahren. *Gelanor* sagte darauff; es ist nichts desto besser, daß vornehme Leute, durch ihr ärgerlich Exempel, den andern Anlaß zu sündigen geben; doch wenn der Teufel die Grossen hohlen wird, so mögen die kleinen sehen, hinter welchem sie sich verstecken wollen: Entweder Gott muß zum lügner werden, oder die Worte stehen noch feste, **daß die Hurer und Ehebrecher Gott richten wird**, und daß diejenigen, welche die Wercke des Fleisches vollbringen, **das Reich Gottes nicht ererben sollen**; aber wer bedenckt diß schreckliche Gericht? und gleichwohl bilden sich die unverständigen Blindschleichen groß Glück ein, ja Gott hat es wohl Ursache, daß er euch freundlich tractiren solte, indem ihr mit seinen Geboten so höfflich wisset ümbzugehen: Blitz und Donner, Pestilentz und theur Zeit,

Krieg und Blutvergiessen hättet ihr verdienet, wann nicht etliche arme Kinder, die vielleicht ihr Brod vor den Thüren suchen, durch ihr Vater unser den Himmlischen Vater noch bewegten, daß er umb zehen Gerechter willen dieses Sodoma nicht verderbte. Der Wirth, der sonst im Geschrey war, nicht daß er wie Elisabeth unfruchtbar, sondern daß er hier und da gar zu fruchtbar wäre, hatte keinen Gefallen an der Predigt: Stellte sich derhalben, als müste er weggehen und fragte kürtzlich, ob sie noch etwas zu bestellen hätten. *Gelan.* begehrte man möchte ihm doch einen Schneider verschaffen, der mitgienge, wenn sie zu Kleidern einkaufften. Der Wirth versprach einen köstlichen Meister in einer halben Stunde mit zubringen. Indessen legte sich *Gelanor* und *Florindo* an das Fenster und sahen, was auf der Gasse neues vorlieff, weiln ein vornehmer Fürst gleich fort gereiset, dem zu ehren etliche Compagnien Bürger auffgezogen waren: die schossen in der zurückkunfft ihre Musqueten loß, und platzten, daß es vor frembden Leuten eine Schande war. Unter andern wolte ein armer Tagelöhner, der vor einen andern Bürger auffzog, seine Büchse auch versuchen: Aber als er es knallen hörte, erschrack er so hefftig, daß er die Büchse in die Pfütze fallen ließ. *Florindo* fieng an zu lachen, daß der Narr nicht sein Platzen bleiben liesse, wann ers nicht besser gelernet hätte, doch hatte *Gelanor* gar andere Gedancken dar bey, der sagte: Mein *Florindo,* was wolt ihr den armen Menschen außlachen, der ehe hat schiessen wollen, ehe er es gelernet hat? Geht es nicht in der gantzen Welt also her, daß einer ein Ampt begehrt, darauff er sich sein Lebetage nicht geschickt hat: Gott gebe er lasse darnach die Büchse fallen, oder lasse sich vor die Ohren schlagen, daß ihm der Kopff brummt. Ich kenne Priester, die wenig an das Predigen gedacht haben: wie viel sind Juristen, die ihren Volckmann nicht eher auffgeschlagen, als biß sie keine Bratwurst im Hause gehabt, und auß Noth *advociren* müssen? da wird ein *Professor Mathematum,* der sich bey Antritt der *Profession* den *Eucli-*

dem erst kauffen muß. Ein ander wird *Professor Poeseos* der sich selbst verwundert, wo er zum Poeten worden, und dem die sämptlichen Studenten nachsingen.

Quid mirum? Si septipedem versum facit ipse Professor.

Wie sich mancher Officirer in den Krieg schickt, ist mehr als zu bekandt. Wie mancher Kauffmann mit seinem Sonnen-krämgen zu rechte kommt, das sieht man alle Tage. Absonderlich ist in dem Bücherschreiben so eine Menge, die fast im Franckfurter *Catalogo* nicht mehr Raum hat, und doch wenn man die Liederlichen Tractaten mit den stoltzen Titeln ansieht, so hätte mancher mögen zu hause bleiben, ehe er in der That erwiesen, daß er sich zum Bücherschreiben schicke, wie die Kuh zum Orgelschlagen. In solchen Reden vergieng eine Stunde nach der andern, und verwunderten sich alle, wo doch der Schneider blibe. Endlich kam er, und entschuldigte sich, er hätte gerne eher kommen wollen; allein es sey ihm im Heraußgehen zuerst eine alte Frau begegnet, und weil er auß der Erfahrung wüste, daß solches lauter Unglück bedeute, so habe er nothwendig müssen zurückegehen. *Gelanor* lachte über die Entschuldigung, und weil es bald Tischzeit war, bestellte er den Schnipschnap nach der Mahlzeit wieder zu sich.

CAP. XXVI.

Uber dem essen gedachte *Gelanor* an den alten Gänse-Glauben, welchen er an dem Schneider *observiret*, und belustigte sich trefflich mit der Einfalt der Menschen. Doch hörte er, daß dergleichen Aberglauben sowohl bey vornehmen, als gemeinen Leuten in dem Schwange gingen. Denn da war ein fremder von Adel, der erzehlte folgendes. Mein Herr, sagte er, wird hier zu Lande nicht viel bekandt seyn, denn sonst würde er von solchen Albertäten etwas erfahren haben: Indem die Leute auf die lauteren Einbildungen mehr halten, als auf GOttes Wort. Da geht mancher und will GOttes Befehl zur schuldigen Folge in die Kirche gehn. Doch weil ihm eine alte Frau begegnet, so muß GOttes Befehl nachbleiben, warumb? Es ist nicht gut. Da liesse sich mancher eher erschlagen, ehe er durch zwey Weibes Personen durch gienge: Ein ander zeucht sein weiß Hembde am Montage an, und gienge lieber nackend, als daß er sich am Sonntage solte weiß anziehen: etliche halten den Tag, auf welchen der ehrliche *Sanct Velten* gefällig ist, durch das gantze Jahr vor Fatal, und nehmen an demselben nichts vor: ich kenne Leute, die stehn in der Meynung, wenn sie nicht an der Aschermittwoche gelbe Muß, am Grünendonnerstage ein grün Kraut von neunerley Kräutern, an der Pfingstmitwoche Schollen mit Knobloche fressen, so würden sie noch dasselbe Jahr vor Martini zu Eseln. Und was soll ich sagen von Braut und Bräutigam, waß sie mehrentheils vor Sachen mercken müssen. Da sollen sie dicht zusammen treten, wann sie sich trauen lassen, daß niemand durch sehen kan: da sollen sie den Zapffen vom ersten Bier- oder Weinfasse in acht nehmen: da sollen sie zugleich in das Bette steigen, ja was das Possirlichste ist, da soll sich der Bräutigam wohl gar in einer Badeschürtze trauen lassen. Mit einem Worte der Händel sind so viel, daß man ein groß Buch davon schreiben könte.

Gelanor fragte, was doch solche Aberglauben müsten vor einen Ursprung haben? Dieser sagte, ich habe den Sachen offt mit verwunderung nachgedacht, und befinde zwar, daß etliche auß blossen Possen vorgebracht, und hernach von einfältigen Leuten im Ernste verstanden worden: Da nähme mancher nicht viel Geld und wüschte das Maul an das Tischtuch, denn es heisst: wer das Maul an das Tischtuch wischt, der wird nicht satt. Ja wohl möchte ein Narr hundert Jahr wischen, er solte doch vom wischen nicht satt werden. Ingleichen sprechen sie, es sey nicht gut, wenn man das Kleid am Leibe flicken liesse. Und mancher lieffe lieber durch ein Feuer, als daß er sich einen Stich liesse am Leibe thun: doch ist es nicht Thorheit, wenn es gut wäre, dürffte man es nicht flicken. Was vor Händel geglaubt werden, wie man thun solle, wenn ein Wolff oder ein Hase über den Weg läufft, ist verhoffentlich bekandt: denn wenn der Wolff davon läufft, ist es ein besser Zeichen, als wenn er da bleibt. Aber läufft der Hase davon, so ist es ein böse Zeichen, daß er nicht soll in der Schüssel liegen. Ingleichen ist an etlichen Orten der Brauch, daß sie das Brod, welches zu letzt in den Backoffen geschoben wird, sonderlich zeichnen, und es den Wirth nennen, da halten sie davor, so lange der Wirth im Hause sey, mangele es nicht am Brodte, und glauben derwegen, wenn das gezeichnete Brod vor der Zeit angeschnitten würde, so müste theuer Zeit erfolgen. Doch es sind Thorheiten, so lange das Brod da ist, mangelt es nicht. Wie jener liesse sich einen Zweyer in die Hosen einnehen, und rühmte sich er hätte stets Geld bey sich. Doch darff man alle Aberglauben auf solche possirliche Außlegungen nicht führen. Das meiste kommt meines erachtens daher, weil die Eltern ihren Kindern ein und ander *Morale* haben wollen beybringen, und haben ihrem Kindischen Verstande nach eine Ursache beygefüget, welche doch hernachmals vor wahr angenommen und in der Welt als eine sonderliche Weisheit fort gepflantzet worden. Zum Exempel, es steht unhöflich, wann man auf alles mit den Fingern weiset. Drumb hat ein Vater ungefehr wider sein Kind gesagt, bey leibe weise nicht mit dem Finger, du erstichst einen Engel. Solches ist von dem Kinde auffgefangen, und auf die Nachkommen gebracht worden, daß ietzund mancher nit viel Geld nehme, und wiese mit dem Finger in die Höh, wenn es auch die höchste Noth erforderte. Ingleichen weiß ein iedweder, wie gefährlich es ist, wenn man das Messer auf den Rücken legt, denn es kan ein ander leicht drein greiffen, und sich Schaden thun, drum hat der Vater gesagt, liebes Kind, lege das Messer nicht so, die lieben Engel treten sich hinein. Nun ist der Glaube so eingerissen, daß ich einen Priester in einer vornehmen Stadt kenne, der in einem Gastgebot offentlich gesagt, wenn man zugleich ein Kind im Feuer und ein Messer auf dem Rücken liegen sähe, solte man eher dem Messer, als dem Kinde zulauffen, und hätte ein solcher Kerl nit verdient, daß man ihn mit blossem Rücken in die heisse Asche setzte, und liesse ihn so lange zappeln, biß man ein Messer zur Ruhe gelegt hätte. Noch eins zu gedencken. Es ist nicht fein, daß man die Becher oder Kannen überspannt, denn es kan dem Nachbar ein Eckel entstehen, wenn man alles mit den Fäusten betastet: so hat der Vater gesagt, mein Kind, thue es nicht, wer darauß trinckt, beköммt das Hertzgespann. Nun sind die Leute so sorgfältig darbey, daß auch keine Magd im Scheuern über die Kanne spannen darff. Mehr könte ich anführen, wenn es von nöthen wäre. Gleich bey diesen Worten kam der Schneider, und fragte, ob es Zeit wäre in den Laden zu gehen. Sie liessen ihn etwas nieder sitzen, und fragte *Eurylas,* wie stehts, Meister Fabian, ist euch keine alte Frau begegnet? Der Schneider war fix mit der Antwort; Ja, sagte er, es begegnete mir eine, sie kam mir bald vor, wie des Herrn erste Liebste. *Florindo* wolte wissen, warumb er nicht zurücke gangen? doch versetzte dieser, er hätte sie noch vor eine reine Jungfer gehalten. Und in Warheit ie mehr sie fragten, ie possirlicher kam die Antwort herauß, daß sie endlich gewahr wurden, daß sich dieser Schneider nicht eine alte Frau, sondern irgends ein gutes Frühstück abhalten lassen: drumb lachten sie wohl über die Entschuldigung, und giengen hierauff in den Laden.

CAP. XXVII.

Doch wir müssen unsern ehrlichen Schnarrpeter mit seinen Nürnberger, Erffurter und Regenspurger Bratwürsten nicht zu lange warten lassen, ich weiß, daß sich keiner auff ein *remedium* besonnen hat, daß also ein jedweder, der das Wort *Daradiritarum tarides* gern außsprechen will, dem *Eurylas* wird zu dancken haben. Denn er nahm seinen Patienten vor, und sagte, mein Freund, ich wolt euch gern geholffen wissen, aber es ist ein zärtlich Gliedmaß ümb die Kehle, das man nicht Bleche anflicken kan, wie an die Regalpfeiffen. Es kan seyn, daß sich eure Mutter bey schwangerm Leibe an einem andern solchen Knisterbart versehen hat. Was nun in Mutterleibe schon der Natur mit getheilet wird, das lässet sich so späth nicht ändern. Doch aber damit ihr meine Treu verspühren möget, so lasset euch diß gesagt seyn, und hütet euch vor allen Worten die ein R. haben. Sprecht zu niemanden, mein Herr, sondern *Monsieur,* weil solches Wort der Frantzösischen Sprache und ihrer *pronunciation* nach *Mossie* heist. An statt Frau sagt *Madame,* vor Jungfer *Madamoiselle.* Wann ihr etwas kaufft, so resolviert die Groschen zu Pfennigen oder zu Kopffstücken, die Thaler zu Gülden oder Ducaten, und Summa Summarum nehmt einen Pfriemen zu euch, und wenn euch ein R. entfährt, so stecht euch selbst zur Straffe in den Arm oder sonst wohin, was gilts es soll mit euer Sprache besser kommen. Der Gute Mensch schittelte den Kopff, und meynte, es würde sich mit allen Reden nicht thun lassen, daß man so einen nothwendigen Buchstaben außliesse. Ey sagte *Eurylas,* warumb solte sichs nicht thun lassen, seht da will ich euch etliche Manieren von Complimenten in die Feder *dictiren.* Vor allen Dingen habt ihr zwar zu mercken, was ich zuvor gedacht, daß ihr euch vor Worten hütet, welche den heßlichen Buchstaben führen. Da last alles heissen *Madamoiselle,* mein Kind, mein Engel, mein Liebgen, mein Goldmädgen, mein tausend Kindgen. Nur werdet nicht so ein Narr, daß ihr dergleichen Possen mit einmenget, mein Mäußgen, mein Lämgen, mein Blumentöpffgen, mein Engelköpffgen, und was der Schwachheiten mehr sind. Absonderlich gebet Achtung auf den Namen, ob sie ein R. drinne hat. Denn es ist ohne diß ein gemeiner Glauben, daß die Jungfern am besten gerathen, welche dergleichen Buchstaben nicht haben. Und gewiß ich muß offt lachen über die ietzige mode, welche die R. so künstlich verstecken kan, denn da steht es alber, wenn man spricht Jungfer Ließgen, Jungfer Susgen, Jungfer Fickgen, u.d.g. sondern man sagt viel lieber gleich weg, Ließgen, Sußgen, Fickgen, warumb? man kan das R außlassen. Ingleichen weiß man diesen hündischen Buchstaben in dem Namen selbst sehr appetitlich zu verbeissen. Maria heist Micke, Dorothee Thee oder Theie, Regine Gine, oder Hine, Rosine Sine, Christine Tine, Barbare Bäbe, Gertraud Teutgen, und so fort. Solte auf allen Fall der Name sich nicht zwingen lassen, so haben die meisten mehr als einen, und kan man endlich sich mit einem andern Titel behelffen. In Böhmen sprechen sie an statt Margrite Heusche, aber es möchte sich bey allen Geitgen nicht practiciren lassen: doch nun schreiten wir zur Sache. Zum Exempel, ihr wäret bey einer Hochzeit, so ist gemeiniglich die erste Höfflikeit, daß man ein Mädgen zum Tantze auffführet; darbey kan etwann also geredet werden.

Madamoiselle sie wolle sich nicht mißfallen lassen, daß ich so kühn gewesen, und sie zum Tantze auffgezogen. Es hat mich die Annehmligkeit, damit sie allenthalben bekandt ist, so weit eingenommen, daß ich nichts wünsche, als mich auf solche Masse, mit meinen Diensten bekand zu machen.

Hier wird die Jungfer sich entschuldigen, und wird bitten, er soll sie nicht so sehr in das Gesichte loben, drumb sey er bald mit der Antwort hinden drein.

Ich habe mich auf die Complimen te mein Tage nicht gelegt, und was ich sage, das soll die That selbst außweisen: doch habe ich gesündigt, daß ich die Annehmligkeit in das Gesichte lobe, so kan ich ins künfftige stillschweigen, und gedoppelt dencken, daß sie die Annehmligkeit selbsten ist.

Hier ist kein Zweiffel, die Jungfer wird dencken, er ist ein Narr, daß er mit solchen weitläufftigen Fratzen auffgezogen kömmt, doch also kan er alles gut machen.

Was soll ich machen, meine Liebste, ich bin unbekand, von Sachen kan ich nicht schwatzen, die sich zwischen unß begeben hätten, so muß ich mich in weitläufftigen Complimenten auffhalten. Doch will sie mich als einen Bekandten annehmen, daß ich sie mein Kind und meine Liebste heissen mag, so will ich sehen lassen, daß ich den Complimenten Tod feind bin.

Da wird sie Schande halben bekennen müssen, daß sie an seiner Bekandschafft ein groß Glücke zu hoffen hätte, und derowegen wird sich folgende Antwort wohl schicken:

Nun so sey es gewagt, ich habe sie als meine Bekante angenommen und hoffe nicht, daß meine Kühnheit und Unhöffligkeit solten eine übele Außlegung finden: doch was meynt sie, daß sie sich mit so einem schlechten Menschen auffhalten muß, da vielleicht iemand zugegen ist, dem sie alle Lust und Bedienung zu gedacht hat.

Dieß ist genug: denn ehe sie zur Antwort kömmt, so fängt der Spielmann an, doch botz tausend daß ich die Herren Stadtpfeiffer, oder Lateinisch *Musicanten* genant, nicht erzürne, so fängt der Herr *Musicante* seinen Tantz an, und da kan einer mit gutem Gewissen stillschweigen, weil es doch das Ansehen hat, als müsse man alle Kräffte auf den Tantz spendiren. Immittelst wird sichs nicht schicken, daß man das Mädgen gar zu lang an der Hand behält. Denn was ist das vor Noth, wann eine Jungfer, die gerne mit einem andern tantzen wolte, einen höltzernen Peter am Halse haben muß, als ein Fieber. Drumb bringt die Jungfer weiter, und bedanckt euch erstlich gegen sie:

Nun ich muß nicht so unhöflich seyn, und sie mit meinem schlechten Tantzen zu viel belästigen. Sie habe schönen Danck, daß sie sich so gütig bezeigen wollen, und sey gewiß, daß ich im steten Andencken solches hoch schätzen, und nach Möglichkeit bedienen wil. Inzwischen ist es vielleicht nicht übel gethan, daß ich *Monsieur N.* bitte dasselbige gut zu machen, was ich so genau nicht habe nach Wunsche vollenden können.

Mehr dergleichen Redens-Arten hatte *Eurylas* in einem Büchlein beysammen, welche er dem guten Menschen *fideliter communicirte.* Doch würde es zu lang, wenn alles hier solte angeführet werden, und es trug *Eurylas* auch Bedencken, daß er seine Kunst so gar ümb sonst solte weggeben. Wenn er von der Person fünffzehen Gülden zu gewarten hätte, würde er leicht zu behandeln seyn, daß er die schönen *Inventiones publicirte,* dieses wollen wir noch hinzufügen. Es bat der gute Stümper, es möchte ihm doch eine Anleitung gegeben werden, wie er bey Gelegenheit eine Rede, auf dergleichen Manier, halten solte, denn er versähe sich alle Stunden, daß ein vornehmer Mann sterben möchte, da würde er vermuthlich einen Goldgülden zu verdienen, das ist, die Abdanckung zu halten haben. *Eurylas* hatte einen Studenten bey sich, der halff ihm folgende Rede schmieden, welche vielleicht zu lesen nicht unangenehm seyn wird. Ja es gilt eine Wette, ehe ein Jahr in das Land kömmt, so hat ein guter Kerle die *Invention* darvon genommen. *Sed ad rem.*

Hochgeneigte Anwesende.

Philippus ein König in Macedonien, hatte die löbliche Gewohnheit, daß alle Tage, ehe die Sonne auffzugehen pflegte, ein Knabe mit hellem Halse folgendes gedencken muste: *Philippe memento, te esse hominem,* das ist, *Philippe* besinne dich, daß du ein Mensch seyest. Mit welchem hoch-nothwendigen Denckmahl sich dieses Königliche Gemüthe, ohne allen Zweifel in den Eitelkeiten des menschlichen Lebens umbgesehen hat, wie daß alles, es mag so köstlich und so annehmlich seyn, als es will, dem ungewissen und unbeständigem Glücke zu Gebote stehe, und ehe man es meynet, zu boden fallen müsse. Denn es fünckelte ja wohl das Königliche Gold umb seinem Weltbekanten Scheitel, und schickte, gleichsam als eine lebhaffte Sonne, den ungemeinen Glantz in alle umbliegende Landschafften hinauß. Seine Hand hatte den gewaltigen Stab des gemeinen Wesens klug genug befestiget, und alles, was sonst einen König nicht annehmen wolte, suchte bey ihm Schutz und Hülffe. Allein das wuste dieses kluge Gemüthe schon an den Händen abzuzehlen, es sey um einen schlechten Augenblick zu thun, so könte ein Feind, ein aufgewiegelt Volck, und endlich ein schnelles Todesstündgen alle Gewalt und Glückseligkeit zu nichte machen. Hochgeneigte Anwesende, solte ich auch zu tadeln seyn, wann ich diesem Heyden solche Denckzeichen ablehnen, und dem instehenden Leidwesen also entgegen gehen wolte? das weiß ich wohl, es hat mit uns diese Gelegenheit nicht, daß man sich einem Könige gleich stellen könte. Jedennoch was das Menschliche Leben und dessen vielfältige Abwechselung belangt, so ist es gewiß, daß alle Menschen, sie mögen so wohl Könige als schlechte Stadt- und Landleute seyn, solches alle Tage bedencken und zu Sinne nehmen mögen. *O homines mementote, vos esse homines.* O du Menschliches Geschlechte bedencke, daß alles in deinem Thun und Glücke menschlich sey. Keinen Tag hastu in deinem Gefallen, es kan sich am Abend etwas zufälliges begeben. Keine Stunde, kein Augenblick ist also lieblich, es kan ein Wechselstand mitten in dem lieblichen

Wesen entstehen: Keine Gesundheit ist so unbeweglich, sie ist dem Tode einen Dienst schuldig. Und was am meisten zu beklagen scheint, so gilt alsdann kein Wunsch, welchen *Theodosius* mag in dem Munde gehabt haben: wolte Gott, ich könte Todten auffwecken. Nein es bleibt bey dem, die Sonne legt sich Abends gleichsam zu Bette, und kömmt allzeit den folgenden Tag an die alte Stelle: die Bäume lassen das Laub auf eine Zeit fallen, und putzen sich in wenig Monaten mit neuen Knospen auß. Doch so bald ein Mensch seinen endlichen Zufall außgestanden hat, so ist es geschehen, und kan man keine Hoffnung schöpffen, ihn noch einmahl ins Gesicte zu bekommen. Also daß die Johanna des *Philippi* Königes in Hispanien Gemahlin sich nicht uneben dieses Sinnbildes bedienet, daß sie einen Pfau auf eine Kugel gesetzt, und die Außlegung beygefüget. *Vanitas,* Eitelkeit.

 Ach ja wohl ist alles eitel: dann sonst hätte diese hochlöbliche Stadt, die hochedle *familie,* dieses hochgeschätzte Haus, diesen Weltbeliebten und niemahls gnug belobten Mann nicht so zeitlich eingebüsset. Die entseelten Gebeine hätten sich so bald nicht in das kalte Todtenbette gesehnet, welche nun da stehen, gleich als wolten sie das unbeständige Leben in einem gewissen Bilde kendlich machen. O du edle Tugend! hast eben jetzt von uns weichen müssen, da man deine Schätze am meisten von nöthen hat! O du seliges und gesegnetes Haupt! hastu uns die Wissenschafft, die Weißheit, die Liebe so bald entzogen, ehe man sich an denselben nach Wunsche sättigen kan? O du gebenedeyte Seele! wilst du dem angenehmen Leibe mit keinem Leben ins künfftige beystehen?

 Doch was klage ich? hochgeneigte Anwesende, soll ich dem Heidnischen Könige *Philippo* in allen Stücken nachfolgen? soll ich diß allein bedencken, was ein Mensch in seinem schwachen und hinfälligen Zustande sey? Nein, ich müste in den Gedancken stehen, als beleidigte ich den gütigen Himmel, dessen Gnade so mächtig gewesen, daß uns das Licht des hellglänzenden Evangelii beschienen, und solche Gewißheit unß zugewendet hat, damit eine iedwede Seele in Noth und Tod sich fest setzen, und von allen Anfechtungen entledigen kan. Dann was heist Tod? was heist Unglück? da diese Welt nichts ist, als ein Hauffen voll Tod und Unglück. Soll man klagen, daß iemand zu bald in den Himmel kömmt? gleich als hätte ein Mensch den Himmel in diesem Angsthause empfunden. Soll man nicht im Gegentheil mit Glückwünschenden Händen dem angenehmen Gaste, dem süssen und lieblichen Tode entgegen lauffen, als bey welchem ein sanfftes Schlaffen, ein seliges Wohlwesen, ein ewiges Gedeyen zu befinden und zu kosten ist. Nein, ich will die Heidnischen Gedancken nicht gesagt haben. *Memento, te esse hominem, sed beatum.* Ich sage auch, die Seele ist glückselig, welche den Leichnam so bald von sich ablegen, und als eine mühsame Last abweltzen kan. Ja ein Mensch soll diß, als sein bestes Kleinod annehmen, daß sein Leben nicht ewig in dem Angstwesen stecken muß. Und also will ich auch den kühlen Sand, die sanffte Schlaffstätte mit diesen Zeilen kentlich machen:

Lebe wol, du liebe Seele,
Lebe nun und ewig wohl,
Biß des blassen Leibes Höle,
Deinem Sitze folgen soll.
Du bist selig, wo dein Gott
Ohne Seuffzen Angst und Spott
Seine liebsten Söhne weidet,
Und mit Gnad und Wonne kleidet.
Wolte Gott, es könten alle
Gleich so Tod und selig seyn,
Daß sie mit beliebtem Schalle
Hüpften in des Himmels Schein.
Nun wohlan es kömmt die Zeit,
Daß die süsse Seligkeit,

Uns ingleichem soll entbinden
Deine Wollust zu empfinden.

Nun dieses sey die Letze, und damit lasset uns hingehen, biß des Himmels Gewalt solches auch bey uns gebieten will. Immittelst haben sie sämmtlichen ein Lob und danckgeziemendes Mitleiden bey den jenigen vollkömmlich abgestattet, welche in das hohe Leidwesen gesetzet sind, und solches als das eintzige Labsal annehmen, daß sie mit so einem ansehnlichen Comitat den entseelten Leichnam biß an diese Stelle begleiten können. Sie wünschen Gelegenheit zu haben, alles mit gutem Danck zu bedienen, und bitten Gott, daß solches in einem annehmlichen Stande und nicht mitten in Seuffzen und Klagen geschehen möge. Und solches habe ich im Namen des gesampten hochadelichen Hauses abstatten sollen. Sie können ietzt so viel nicht sagen, nachdem das Leid den Mund zugeschlossen hat, doch soll die That und die danckschuldige Bedienung niemahls zugeschlossen seyn.

Ich habs gesagt.

Setzt immer dieses Final darzu, ob es gleich nicht *accurat* eintrifft, was bey den Lateinern *Dixi* geheissen hat, solche kleine *absurdi*täten gehen wohl hin. Endlich beschloß *Eurylas,* ihr guter Freund, ihr seht wie weit euch auß dem Elend geholffen ist. Nehmt die Lehren in Acht, und hütet euch vor dem Hunds-Buchstaben Nerr Nerr ärger, als vor dem kalten Fieber. Ich weiß daß an einem Orte die *Comœdie* nach gespielet ward, welche Anno 1650. bey der Friedens-*Execution* zu Nürnberg vor den sämptlichen anwesenden hohen Gevollmächtigten war *præsenti*ret worden, da hatte ein solcher Schnarr-Peter diese Person. Hände die der Zepter ziert, haben offt den Stab genommen, den ein schlechter Schäffer führt, Helden sind auß Hürden kommen. Mancher grosser Welt-

Regierer legte Cron und Purpur hin, ward ein armer Herdenführer, und liebt eine Schäfferin. Ingleichen kam ein ander bey einem Leichenbegängniß mit solchen Worten auffgezogen: Ich armer verirrter und verwirrter Erdenbürger werde durch hertzbrechenden Kummer hart und schrecklich angegriffen. Und da kan ich nicht beschreiben, wie es knasterte: warlich es schien, als hätte iemand einen Sack voll Erbsen auf ein Bret außgeschütt. Der gute Kerle bedanckte sich, und fragte, was vor die Mühe seyn solte. Doch *Eurylas* sagte, ich begehre nichts, habt ihr aber so viel Mittel, daß ihr ohn euren Schaden 20. Thaler entrathen könnt, so spendirt sie auf meine und eure Gesundheit einem armen Studenten. Und hierinn that *Eurylas* sehr klug, da hingegen mancher Narr, wann er ehrenhalben das Geld nicht nehmen will, solches der *Compagnie* zu versauffen giebt.

CAP. XXVIII.

Indessen als dieses in der Herberge vorgieng, kaufften *Gelanor* und *Florindo* zu Kleidern ein, und verwunderten sich wohl über die Närrische Welt, daß alle halbe Jahr fast eine hauptsächliche Veränderung in Zeugen und Kleidern vorgenommen wird. Doch weil die Narrheit so gemeine ist, so lacht sichs nicht mehr, wann man viel von ihren Gedancken wolte anführen. Ferner kamen sie in den Buchladen, da traff *Gelanor* etliche von seiner Tischgesellschafft auß dem Wirthshause an, mit diesen gerieth er in einen *discurs* von den neuen Büchern. Absonderlich war ein neuer Prophete auffgestanden, der hatte etliche zwantzig Jahr hinauß geweissaget, was sich in der Welt unfehlbar begeben würde. Zum Exempel von dem Jahr 1672. hatte er folgende Muthmassung:

VENIO NUNC AD ANNUM
M. DC. LXXII.
Cui
Ob visum in Cassiopeia sidus seculare,
sed ominosum debemus Jubileum.
Reviviscent seculares historiæ.
Ebulliet
Effusus in laniena Parisiensi
Hugonottarum sanguis.
Nam seculum est
Quod clamavit ad cœlum.
Quem quidem clamorem compescere
videbatur
Edicti Nannetensis lenitas,
Henrico IV.
Regie & fideliter præstita, nisi
quietem turbasset

Indigna Rupellæ oppressio,
Fallor?
An à Ludovico Rege, an ab Armando
ministro cum stupore universi
orbis suscepta & perfecta.
Ab hujus enim civitatis interitu
dependere videtur,
Quicquid calamitatis ac miseriæ
Hugonottarum
postea pressit Ecclesiam.
Sed
Extollite capita vestra, Cives Europæi,
Lilia
Hugonottis denuo infesta sunt,
Aut extirpaturi religionem,
Aut Daturi pœnas.
Galli exercitum conscribunt.
Nam forte
Sic visum est superis,
Ut illata Religioni injuria,
Per neminem,
Nisi per ejusdem religionis asseclas
vindicetur.
O Europa, quando vidisti aut videbis
tantum belli apparatum?
Interim
Vos spectatores cavete,
Ne, qui fabulam agunt,
Spectaculi mercedem à vobis exigant,
Imprimis O Germani!
Præparate vos ad futuri
Anni solennitates:

Quatuor enim tunc effluxerint
Secula
Ab instaurata Habsburgensium
Felicitate,
Fortassis quod numerum septimum
dimidiat,
Et seculi septimi medium obtinet,
Vim habet climacterici.
Hungaria parturit, & Lucina Seu
Mahometis Luna opem feret.
O notabilem & posterorum historiis
Annum celebratissimum!
Nam etiam
Seculum tunc est,
Ex quo
Romani ultimum viderunt Papam,
Qui fuerit pius.
Cui parentandum esse, nisi opinantur
Itali,
Turca judicabit.
O annum admirabilem!
Ne quid addam amplius.

Gelanor sahe sich in den Weissagungen etwas umb. Endlich ruffte er überlaut. Ach sind das nicht Schwachheiten mit den elenden Stroh-Propheten, die alle zukünfftige Dinge auß den blossen Zahlen erzwingen wollen. Was hat es auff sich, ob nun hundert oder mehr Jahr verflossen sind? Ich sehe keine Nothwendigkeit die mir anzeigte, warumb ietzund eben viel mehr als sonst, diß oder jenes vorgehen solte. Es steckt ein betrüglicher Gänse-Glauben dahinter: dann dieses ist gewiß, daß in dem eitelen Weltwesen nichts über hundert Jahr in einem Lauffe verbleiben kan. Also daß man sich schwerlich verrechnet, wann man spricht, über hundert Jahr werde diß Reich stärcker, ein anders schwächer seyn. Aber warum es nicht eher oder längsamer geschehen möge, das sehe ich nicht. Hier gaben die andern ihr Wort auch darzu, und kamen also von einer Frage auf die andere. Einer lachte dieselben auß, welche meynen, sie haben unserm Herrn Gott in das *Cabinet* gekuckt, und haben *observirt,* was er in seinem Calender vor einen Tag zum Jüngsten Gericht anberaumet. Ein ander nahm diejenigen vor, welche in ihren *annis Climactericis* grosse Wunderwercke suchen, da es doch hiesse, wie Käyser *Maximilianus II.* gesagt: *Quilibet annus mihi est climactericus,* die andern brachten was anders vor. Letzlich kam die Frage auf die Bahn, was man von *Nativi*tätstellen halten solte? da sagte ein Unbekanter, der sich in das Gespräche mit eingemischet, ihr Herren, diese Frage ist etwas kürtzlich, es denckt offt einer etwas, das er doch nicht sagen mag, immittelst wil ich sagen was meine Meynung ist: die Sterne und des Himmels Einfluß kan niemand leugnen; ob iemand auß denselben könne urtheilen, mag ich nicht *decidirn,* gesetzt die *principia* träffen ein, und man könte einem den gantzen Lebens-lauff gleichsam als in einem Spiegel vorstellen, so ist doch diß zu beklagen, daß die meisten, welche sich dergleichen Rath geben lassen, solches auß einem blossen, und ich hätte bald gesagt Atheistischen, Fürwitz thun. Da ist die Verheissung Gottes viel zu wenig, daß man auf sie trauen solte; Man muß bessere Versicherung auß der *Constellation* erhalten und niemand giebt achtung auff das allgemeine *Nativi*tät, welches Gott nicht lang nach Erschaffung der Welt allen Menschen gestellet hat: bistu fromm, so bist du angenehm, bist du aber nicht fromm, so ruhet die Sünde vor deiner Thür. Das heist so viel, wirst du dich ümb einen gnädigen GOtt bekümmern, so wirstu wohl leben, alles soll dir zum Besten außschlagen, es mag Armuth, Kranckheit, Verachtung, Krieg und ander Unglück einbrechen, so soll es dir doch zu lauter Glücke gedeyen.

Wirst du aber auf andere Sachen dich verlassen, und gleichsam andere Götter machen, so wird alles Glücke, es mag an deiner Hand, oder in deinem *Themate natalitio* stehen, zu lauter bellenden Hunden werden, welche dich endlich in Noth und Tod so erschrecken sollen, daß die böse Stunde aller vorigen Freude und Herrligkeit vergessen wird. Ach was vor ein schön Fundament haben die Atheisten zu ihrem *absoluto decreto,* zu ihrer *prædeterminatione voluntatis,* und was die andern Grillen sein, dadurch man Gott entweder *per directum* oder *per indirectum* zu der Sünden Ursache machen will. Und dieses ist die Ursache, daß bißher vornehme *Politici* in ihren Schrifften solches ziemlich hochgehalten, weil sie durch die allgemeine Nothwendigkeit, etwas erzwingen können, das in ihrem Statistischen Kram dienet. Hier fiel ihm ein ander in die Rede, und sagte, das wäre die beste *Nativi*tät, hastu viel Geld, so wirst du reich, lebst du lang, so wirst du alt: Und wüste er einen Studenten, dem habe die Mutter sollen Geld schicken, allein sie hätte sich entschuldiget, das Bier, davon sie sich nehren müste, verdürbe so offt, er solte zuvor ein Mittel schicken, damit das Bier gut würde: drauff hätte der Sohn einen Zettel genommen, und darauff geschrieben: Liebe Mutter brauet gut Bier so habt ihr guten Abgang. Solchen hätte die Mutter angehenckt, und wäre auch ihre Braunahrung besser von statten gangen. Andere Sachen giengen weiter vor, welche doch von keiner Wichtigkeit waren, daß man sie auffzeichnen solte. Es lieff auch hernach nichts denckwürdiges vor, weil sie den Tag darauff, so bald etliche Kleider gemacht waren, auß der Stadt reiseten und anderswo mehr Narren suchen wolten.

CAP. XXIX.

Sie reiseten etliche Tage und traffen wenig sonderliches an. Einen Mittag kehreten sie auf einem Adelichen Schlosse ein, wurden auch von dem Herrn desselben Ortes gar höflich empfangen, bey der Mahlzeit klagte der von Adel, was er vor eine possierliche *action* mit seinen zween Priestern habe. Einer hätte dem andern hinter dem Rücken nach geredet, als wäre er auf der *Universi*tät mit Fidel Treutgen wohl bekandt gewesen, solches habe dieser nicht leiden wollen, sondern habe ihm durch *Notarien* und Zeugen eine schimpfliche und ehrenrührige *Retorsion* in das Haus geschickt. Jener wäre nicht zu gegen gewesen, und hätte in seiner Abwesenheit des Priesters Sohn die Sachen angenommen. Nun habe er sich in allen Juristen-*Facul*täten belernen lassen, ob er die vermeynte *retorsion* nicht vor eine hauptsächliche *Injurie* annehmen, und derhalben sich seines *Juris retorquendi* gebrauchen möge. Und als gesprochen worden, wofern er die Bekandschafft mit Fidel Treutgen nicht anders als in Ehren verstanden, so hätte freylich das Recht statt, und wäre der erste ein grausamer *Injuriant:* sey er hingangen und habe ihm eine Schkarteke in das Haus geschickt, darvor dem Hencker grauen möchte. Der erste habe gesehn die *Notarien* und Zeugen mit ihren Papiergen auffpassen, derwegen den Hausknecht geruffen, und nachdem er gebeten, sie möchten doch von den Sachen, die sie sehen würden, gleichfals ihr Zeugniß beytragen, gesagt: gehe Haußknecht, lege diesen Brieff, eh ich ihn lese, auf den Hackstock, und haue so lange drauff, biß er in kleine Stückgen ist, alsdann gehe auffs *secret,* wirff den Plunder hinein, und thue etwas drauff, ihr Herren aber werdet euch in eurem *Instrumente* darnach zu richten wissen, und werdet es meiner Gütigkeit zuschreiben, daß ich euch mein Hausrecht nicht gethan habe. *Florindo,* der mit seinem Maule sehr fix war, sagte hier, ist der geistliche Vater nicht ein Narr, daß er in die Juristen-*Facul*tät schickt, ob er *retorqui*ren darff, und schickt nicht in die Theologische *Facul*tät, ob es ihm als einem Geistlichen wohl anstehe, daß er wie Petrus mit dem Schwerd hinein schlägt, oder als ein Donnerkind Feuer vom Himmel wündscht. Ich halte der Spruch: *vos autem non sic,* gehört auch hieher.

Gelanor hatte über den freyen Reden ein sonderliches Mißfallen und straffte ihn der halben, er solte nicht so unbedachtsam von dergleichen Sachen urtheilen, so lang er nicht den Unterscheid wüste, was geistliche und was weltliche Händel wären: denn deßwegen werde niemand ein *Theologus,* daß er ohne Unterscheid, absonderlich wo die Ehre GOttes nicht darunter *versir*te, solte mit allen unhöflichen *Injurien* vor lieb nehmen: die Richter wären den Geistlichen so wohl zum Besten gesetzt als den Weltlichen. Und gewiß, *Gelanor* hatte Zeit, daß er die Sache wieder gut machte, denn der von Adel hatte einen *Præceptor,* der spielte schon mit den Augen, wie eine Meerkatze auf den Aepffelkram, als er hörte, ein Geistlicher dürffte sich nicht wehren. Wie er dann erst vor etlichen Tagen sich mit etlichen Pfeffersäcken brav herumb geschmissen, und sich einen Drescher, der vor diesem im Kriege Leutenant gewesen, *secundi*ren lassen. Wiewohl *Florindo* entsetzte sich nicht, und als er die trockene *Correction* eingesteckt, fragte er den bösen Mann, Hr. *Præceptor,* was halt ihr davon? dieser sagte, *Mons. Gelanor* habe sehr vernünfftig von der Sache geurtheilt, sonst würde es ihm, als einem *Theologo* nicht angestanden haben, solche unverantwortliche Reden zu vertragen. Hier fieng sich ein artig *disputat* an, worinn *Florindo* seinen alten Schulsack ganz außschüttete.

Flor. Domine Præceptor, an igitur es Theologus?
Præc. Ita, ita.
Flor. Sed si es Theologus, dic quæso, quot jam refutaveris hæreticos.
Præc. Ego sum Theologus, qui conciones habet.

Flor. Intelligo rem, Theologus es non disputax, sed concionax.
Præc. Ita, ita.
Flor. At ego quidem credideram concionandi artem sine notitia Theologiæ tam positivæ quàm polemicæ subsistere non posse.
Præc. Ego distinguo inter Theologum theoreticum & practicum.
Flor. Ego verò novum distinctionis monstrum video.
Præc. Theologus theoreticus discit articulos fidei: sed practicus discit conciones.
Flor. Discit igitur? utinam ipse faceret. Interim ut intelligo, theoreticum vocatis Professorem; practicum, Concionatorem.
Præc. Ita, ita.
Flor. Quid autem si argumentis evicero, Professorem esse debere practicum; Concionatorem vero ne quidem esse Theologum?
Præc. Ego negarem conclusionem.
Flor. Citra jocum. Ego sic argumentor. Quæ professio versatur circa agenda & credenda, ea est practica. Atqui professio Theologiæ sic se habet. E.
Præc. Conclusio est falsa.
Flor. Eâdem ego operâ dicam, tuam thesin esse falsam.
Præc. Sed ego hoc audivi à Doctore celeberrimo.
Flor. Si Doctor ille celeberrimus, præfiscini, adesset, sententiam suam fortè defenderet melius, nunc ordo loquendi te tangit.
Præc. Quicquid dicas, ego aliter non statuam.
Flor. Sed obstat argumentum à me propositum.
Præc. Hoc ego non curo, sicut malam nucem.
Flor. Neque tamen aliter emerget veritas & cogita, quantum tuum sit peccatum, si me relinquas in errore, cum ipsa charitas Christiana cupiat, informari proximum.
Præc. Si vis, ut tibi ad pudorem respondeam, ego dico, Professores Theologiæ legunt saltem in libris, & vident quid bonum est, & hoc dicunt aliis, qui concionantur.

Flor. Id videris statuere, Theologos illos dicere quidem, quid agendum aut credendum sit; sed tamen vi professionis suæ adstrictos non esse, ut ipsi talia agant aut credant. Et inde dici theoreticos.

Præc. Ita, ita.

Flor. Sed ubi jam ostendes Theologos practicos, cùm ipsi plerumque concionatores dicant & non faciant?

Præc. Nonne praxis est, quod concionantur?

Flor. Nonne praxis est, quod illi legunt & disputant? Studia practica non dicuntur à tractatione, quæ practica esse videtur; sed ab objecto tractationis, quod ad praxin terminatur, seu agendo absolvitur.

Præc. Qui ad omnes distinctiones debet respondere, illum oportet sibi emere Lexicon Philosophicum Rodolphi Goclenii.

Flor. Quid audio? an Goclenius, qui contradictiones philosophicas conciliavit, nostræ etiam controversiæ medelam afferre poterit?

Præc. Quid ego curo; credat unusquisque, quicquid vult.

Fl. Mirum est, Theologum practicum adeò propendere ad Syncretismum.

Præc. Hoc ego non facio.

Flor. Provoco ad auditores. Interim si displicet quæstio prior, veniamus ad alteram. Concionatores enim quatenus tales sunt, mihi quidem non videntur Theologi.

Præc. Rogo te, noli tam absurda statuere.

Flor. Ego sic argumentor; Artifex non est Theologus, Concionator quatenus talis est artifex. E.

Præc. Me oportet ridere, quòd Syllogismum profers, in quo omnes tres propositiones sunt absurdæ.

Flor. Cupis probationem?

Præc. Non non, impossibile est, ut probari possit.

Flor. Sic ego nunquam memini disputare.

Præc. Ego sæpè disputavi cum Pastoribus hujus loci, sed nemo me taxavit.

Flor. Quanti te taxaverint alii, id equidem meâ non refert. Fac saltem, ut videant reliqui, quid sentias de meo argumento.

Præc. Eja, eja quasi ego nescirem, quòd tu me vis confundere, sed tamen ut omnes audiant, quàm absurda sint omnia. Tu dicis, artifex non est Theologus. An nescis hinc inde à Theologis proponi artem moriendi, artem bene vivendi, artem credendi etc. eja, eja, ergò Theologus non est artifex.

Flor. Miserum est, ut video, cum iis disputare qui terminos philosophicos hauriunt ex Calepino aut Dasypodio. Distinguo inter artis acceptionem philosophicam & vulgarem, vulgaris de quavis sumitur notitia quæ practica est; Philosophica præcise denotat habitum effectivum.

Præc. Ego non disco philosophiam ex Calepino, ego habeo tabulas Stierii, ostende mihi hanc distinctionem.

Flor. Quem tu mihi opponis arietem? Sed consultum vix est, ut optima mea argumenta in pumice cerebri tui deteram, faciam quod olim domini bellaturi adversus servos. Illi enim non hastis aut gladiis, sed scuticis & ferulis victoriam reportabant. Sic ego leviori quadam viâ te aggrediar.

Præc. Nescio, quid dicis.

Flor. Dicebas antea, te esse Theologum, quæ res cum mihi displiceat, hoc mihi enascitur argumentum: Theologus est mortuus: Tu non es mortuus, E. Tu non es Theologus.

Præc. Nego minorem.

Flor. Cum mortuo igitur disputavi? egregiam vero umbram, quæ nullam mihi incussit formidinem.

Præc. Ego mortuus sum huic mundo.

Flor. Et vivis huic seculo?

Hier legte sich *Gelanor* darzwischen, und sagte, sie solten sich in der Lateinischen Weisheit nicht zu tieff versteigen, doch fragte er seinen Nachbar, wer dieser *Præceptor* wäre; Da erzehlte dieser, es wäre ein *Magister,* hätte feine *Dona* zu predigen, und könte er den *Heerman* fast *ad unguem* außwendig. Sein Vater wäre ein *Pastor paganus,* und ob gleich derselbe nicht *promotus Magister* wäre, so liesse er ihn doch oben an gehen. Mit dergleichen passirten sie die Zeit biß sie auffbrachen, und weiter reiseten.

CAP. XXX.

In wenig Tagen kamen sie in eine vornehme Stadt: und da legten sie sich in das beste Wirthshaus: bey Tische nahm einer die Oberstelle, welcher vor eins länger im Hause gewesen, und vors andere eine grosse und vornehme Person bedeuten solte. Er saß gantz Gravitätisch, wie ein Spanischer *Ambassadeur,* und wenn die anderen die Discurse liessen herumb gehen, machte er mit seinem Stillschweigen, daß man ihn vor einen köstlichen Mann hielt. Endlich setzte sein Junge vor dem Tische, indem er auffwarten solte, die Beine etwas krumm, da fieng er an zu fulminiren als wäre ihm etwas grosses wiederfahren. Du Stück von allen Ertzschelmen, sagte er, wie offt soll ich mich wegen deiner Unhöffligkeit erzürnen? nahm darmit sein Spanisch Rohr, und kurrentzte den armen Lauer durch alle *prædicamenta* durch, und gewiß, es war sehr verwunderlich anzusehen, wie der gute Junge so geduldig war, bald muste er die Schienbeine hinstellen, und sich auß aller Macht drauff prügeln lassen: Balt muste er mit den Händen Pfötgen halten: Bald muste er mit den Backen auffblasen, und eine Maulschelle nach der andern einfressen, und was der Händel mehr war.

Nachdem nun der arme Tropff wohl strappezirt war, fieng der Herr an, Ach du Bösewicht, siehe wie ich mir deinetwegen das Leben abkürtzen muß, ist es auch möglich, daß ein Tag vorbey geht, da ich mich nicht erzürnen muß. Wolte ich doch das Leben keinem Hunde gönnen. Ach Herr Wirth, ist keine Citrone da, die Galle läufft mir in Magen. Ach der Schelme wird noch zum Mörder an meinem Leibe, etc. die Compagnie sahe den Narren an und ließ ihn reden. Doch als ihn der Wirth in sein Zimmer gebracht, sagte *Eurylas,* nun das Glücke hält sich wohl, die Narren präsentiren sich von Tage zu Tage besser. Der Zwecken-Peter möchte sich nicht erzürnen, wann ihm die Boßheit so geschwind in die Caldaunen fährt. So will er erstlich sehen lassen, daß er Macht hat so einen elenden Jungen zu prügeln, und vors andere thut er fein närrisch, daß die Leute dencken sollen, er wird flugs sterben. Ja es mag vielleicht ein trefflicher Handel an seiner Person gelegen seyn, daß die Leute deßwegen vor der Zeit Flöre auf die Hüte knüpfften. Und gewiß es verlohnte sich wohl der Müh, daß er so einer Lumpen-Ursach willen einen Fladenkrieg anfieng. Hätte auch der Junge was gethan, so weiß ich gewiß, der Hausknecht hätte nichts darnach gefragt, und hätte ihm umb sechs Pfennige in dem Stalle eine Galliarde mit der Spießruthe gespielt. Da sagte ein ander am Tische, mein Herr verwundere sich nicht zu sehr, das ist noch nichts, gestern karbatschte er den Kutscher im Hofe herumb, als einen Tantzbär, nur daß er nicht stracks gehöret, da er zum Fenster hinauß gepfiffen: da er doch erwiesen, daß er eben dazumahl die Pferde gefüttert. Nachmittage schleppte er seinen Schreiber in der Stube bey den Haaren herum, und packte mit einem Banckbein hinten nach, daß wir alle dachten, er würde ihn krum und lahm schmeissen, und als wir fragten, was er gethan, so hatte er die Sandbüchse in der Tafel-Stube vergessen. Der Junge, der ietzund so tractirt wurde, mag sichs vor eine Ehre achten, daß er ein Spanisch Rohr zu kosten kriegt: denn sonst muß er allzeit auf der Stube die Hosen abziehen, und da tritt der grosse Staatsmann mit der Ruthe davor, und besieht die *postprædicamenta* vom Auffgang biß zum Niedergang. Unterdessen schreyt der lose Dieb, als steckte er an einem Spiesse, und rufft seinen hertzlieben, güldenen, geblümelten Herrn ümb Gnade und Barmhertzigkeit an. *Gelan.* sagte darauff ein Esel mag sich in die Löwenhaut so tieff verbergen als er will, es kucken doch die langen Ohren hervor. Und ein Kerle, welchen die Natur zu einem *Baculario* in der *A.B.C.* Schule deputirt hat, mag so Politisch werden als er will, so kuckt doch die Ruthe und der Stecken, gleichsam als zwey lange Esels-Ohren unter seiner Staats-Mütze hervor. Hiermit kam der Wirth wieder in die Stube, da fragte *Eurylas,* wer dieses gewesen wäre; Der Wirth sagte, es sey ein vornehmer Mann, er habe ein hohes Ampt, doch hätte es so einen langen Lateinischen Namen, daß er es nicht behalten könte. Zwar dieses wüste er von ihm zu rühmen, daß sich alle über ihn beklagten, als kennte er sich vor Hoffart selbst nicht, und hätte zwar geringe Meriten, doch sehr hohe Gedancken. *Gelanor* brach hierauff in folgende Worte herauß: Der Kerle strebt mit aller Gewalt nach dem *Superlativo* in der Narrheit. Was bildet er sich mit seiner vornehmen *Charge* ein? weiß er nicht, wenn die Schweine auf den Möhren- oder Rüben-Acker kommen, so erwischt die gröste Sau gemeiniglich das gröste Stücke. Es fällt mir bey, was in der alten Kirchen-Historie von einem Bischoff erzehlet wird. Dieser ließ sich viel düncken, daß er so ein vornehmes Ammt erlanget hätte, und sahe alle andere Leute gegen ihm zu rechnen vor Katzen an. Endlich erschien ihm im Schlaffe ein Engel, und redete ihn also an: Warumb erhebst du dich deines hohen Beruffs, meynst du, daß deine Qvalitäten solches verdient haben? Ach nein, die Gemeine ist keines bessern Bischoffs werth gewesen. Mich dünckt, wer manchen Rath, Superintendenten, Bürgermeister, Ammtmann, Richter und dergleichen *anatomiren* solte, es würde nichts anders heraußkommen, als Gott habe die Gemeine nicht ärger straffen können, als mit so einem geschnitzten Palm-Esel, dem man nun fast göttliche Ehre anthun müsse. Hier sagte einer am Tische, er hätte solches in der That offt erfahren. Ich kenne, sagte er, einen Burgemeister, der will sich an den Griechischen *Patribus* zu tode lesen: einen Superintendenten, der schreibt *Commentarios* über die *Politica* und *vertirt* Frantzösische *Romanen*: Einen Stadt-*Physicum*, der will *Barthii Adversaria continuiren*: Einen Schul-*Rector*, der *refutirt* die Ketzer: Einen Kauffmann, der ist ein *Chymicus*: Einen Soldaten, der sitzt Tag und Nacht über Teutschen Versen: Einen Schuster, der *Advocirt* und heist *novo nomine Licentiat* Absatz: Einen Bauer, der schreibt Calender. Das heist mit kurtzen Worten so viel gegeben, ein iedweder Narr thut, was er nicht thun soll, und darzu er von Gott beruffen ist, das setzt er hinten an, gleich müste das ἔργον dem παρέργῳ weichen. *Eurylas* sagte hierauff, mein lieber Herr, diß geht wohl hin, da thut gleichwohl ein iedweder etwas, und zeigt dadurch an, daß er nicht gantz einen Grützkopff hat. Zum wenigsten dienen diese Sachen, wie mein alter Edelmann auß dem *Tacito* offt sagte, *ad velandum segne otium*: aber was soll man bey den Leuten thun, die gar nichts verstehn, und doch, wie jener, der Teufel gar bey der Cantzley seyn. *Gelanor* fiel ihm in die Rede, es bleibt darbey, wo dergleichen vorgeht, da ist die Gemeine oder das Land keines bessern werth gewesen. Gott strafft nicht nur mit Fürsten, die Kinder sind, oder doch Kindische Gedancken haben: sondern wo man kluge und vernünfftige Leute bedarff, da kan er ein Kind hinsetzen, dadurch die allgemeine Wohlfahrt in das Decrement gebracht wird. Und dannenhero sieht ein iedweder, was dieselbe vor Narren sind, welche auf die übele *Administration* bey hoher und niedriger Obrigkeit schmähen wollen. Du elender Mensch, gib achtung auf dich, ob du mit deinem bösen Leben was bessers verdienet hast. Vielleicht hat ein Fürst oder sonst ein hoher *Minister* offtmahls mehr auf die Unterthanen zu schelten, daß sie mit ihren Sünden und Schanden GOtt erzürnen, und also viel gute *Consilia* von ihrem guten *Event* zu rücke halten. Es dencke auch ein iedweder Bürger und Bauer nach, es wird alle Sonntage von der Cantzel vor die Obrigkeit gebetet. Aber wo ist einer, der solches mit Andacht nachspricht? daß es also kein Wunder ist, daß Gott so sparsam mit den Gütern gegen uns ümbgeht, darumb er so sparsam oder wohl gar nicht angeruffen wird. Unterdessen mag ein solcher zur Straff eingesetzter Großsprecher sich nicht zu viel auf seine Farbe verlassen. Käyser Caligula wolte seinem Pferde Göttliche oder Fürstliche Ehre erweisen lassen, gleichwohl blieb es ein Pferd und ward an sich selbst zu keinem Fürsten. Also wenn Gott einen Fuchs, einen Wolff, eine Sau, einen Esel oder wohl gar eine Fledermauß von den Menschen zur Straffe will geehret wissen, so ist es zwar billig, daß man Gottes willen mit gantzem Hertzen erfüllt, doch das unvernünfftige Thier wird deßwegen kein Mensch. Ja es geht endlich wie mit dem *Attila,* der nennete sich *Flagellum Dei;* Aber nun liegt die Ruth im Höllischen Feuer und brennet. Wie ein Vater, wenn er die Ruthe gegen die Kinder gebrauchet hat, sie zuletzt in den Ofen wirfft. Mehr dergleichen wurden vorgebracht, biß die Compagnie auf einen andern Discurs gerieth, und endlich vom Wirthe vernahm, wie daß instehende Woche eine grosse Hochzeit, und auch ein groß Leichenbegängniß würde angestellet werden. Weil nun ein iedweder ohn disem gern außgeruhet hätte, ward alsobald beschlossen, beyde *Actus* in Augenschein zu nehmen.

CAP. XXXI.

Nun hatten sich bey währender Mahlzeit etliche Kerlen in die Stube gefunden, welche einen sonderlichen Tisch einnahmen und zu Trincken begehrten, die waren so treuhertzig auf das Bier und den Wein erpicht, daß sie ein groß Straff-Glaß in die Mitten setzten, welches der jenige außsauffen solte, der über drey Gläser würde vor sich stehen lassen, und wie die Redens-Art hieß, zum Schaffhäuser werden. Da gieng Bier und Wein unter einander, da truncken sie *carlemorlepuff,* da soffen sie *Flores,* da verkaufften sie den Ochsen, da schrieben sie einen Reim auf den Teller, in Summa, da plagten sie einander mit dem Sauffen, daß es eine Schande anzusehen war. Die Gäste über der Tafel stunden auf und giengen in ihre Gemächer, diese aber stocherten die Zähne biß nach Mitternacht; und ob gleich etliche das überflüßige Geträncke nicht vertragen kunten, so stund doch schon ein Becken auf dem Tische, in welchem man S. Ulrichen ein Kälbgen auffopffern kunte, und damit gieng es von forn an. Ja es kam so weit, daß die Gläser und Kannen zu schlecht waren, und daß sie auß umgekehrten Leuchtern, auß Hüten, auß Schuhen, und auß andern possirlichen Geschirr soffen, biß einer da, der andere dort in seinem eigenen Södgen liegen blieb. Der Mahler hatte diß Cyclopische und Bestialische Wesen mit angesehen, als er nun alles nach der Ordnung *referirte,* sagte *Gelanor:* Ist das nicht eine Thorheit bey uns Teutschen, daß wir so unbarmhertzig auf das liebe Geträncke loßgehn, als könten Gottes Gaben sonst nicht durchgebracht werden; und daß wir uns einander selbst solche Ungelegenheit machen. Es wird einer in dem Hauffen gewesen seyn, dem zu Ehren der Schmauß wird angestellet seyn, und da wird es morgen heissen, ha ich bin stattlich *tractirt* worden, ich habe die Thür nicht finden können, der Kopff thut mir drey Tage darnach weh, und dieß heist auf Teutsch, dem zu Gefallen bin ich ein Narr, eine Bestie, ja wohl gar ein Teufel worden. Nun wird niemand leugnen, daß offt einer in der *Compagnie* den andern zwinget, da doch keiner rechte Lust zum Sauffen hat. Und doch muß die Gewonheit ihren Lauff behalten, und es heist, sie sind lustig gewesen. Wann ich einen Feind hätte, und könte ihn so weit bringen, daß er einen Tag sich an stellte als ein rechter gebohrner Narr, und den andern Tag vor Schmertzen nicht wüste, wo er den Kopff lassen solte, so meinte ich, meyne Rache wäre sehr köstlich abgelauffen. Nun aber thun sie solches nicht ihrem Feinde, sondern ihrem besten Kern-Freunde, den sie sonderlich *respecti*ren wollen, und iemehr sie einen *obligi*ren wollen, desto schärffer setzen sie einem zu, daß mancher Glückselig ist, der wenig Freunde hat, und also bey seiner Vernunfft ungehindert gelassen wird.

Eurylas sagte hierauff: es nimt mich offt wunder, warum ein Mensch solche grosse Lust an seiner Unvernunfft und an anderer hernachfolgenden Verdrießlichkeit haben kan: dann, daß niemand den Befehl Christi in acht nimmt, hütet euch vor Fressen und Sauffen, das ist in der Atheistischen Welt kein Wunder, da man Gottes Gebote offt hintan setzt. Sondern diß scheinet vor solche *Politicos* zu ungereimt, daß, indem sie in allem auf ihr Bestes sehen und dencken wollen, gleichwol ihre Vernunfft, ihre Gesundheit und alles in dem Weinfasse zurück lassen. Da kömmt ein Priester, und hätte die Gaben, daß er eine feine andächtige Predigt ablegen könte: Aber weil der gestrige Rausch noch nicht verdauet ist, so geht es ab wie Pech vom Ermel, und hat er selbst neben seinen Zuhörern, die höchste Ungelegenheit darbey. Das Nachsinnen kömmt ihn sauer an, kein Wort henckt an dem andern, das Maul ist so dürr, daß ihm die Zunge als ein alter Peltzfleck an dem Gaumen herum zappelt.

Von andern Ständen mag ich nichts sagen, wolte Gott! die jungen Leute spiegelten sich an den alten podagrischen, trieffäugigten, zitternden Herren, welche in Städten und Dörffern offt verursachen, daß ein gemeines Wesen auff schwachen Füssen steht, da sie doch solcher Schwachheit wohl könten geübrigt seyn, wann sie in der Jugend ihre gesunde und starcke Naturen nicht so sehr *forcirt* hätten. Und wie mancher wäre ein beliebter und gesegneter Mann blieben, wann er im Truncke nicht alle Heimligkeit geoffenbahrt, oder mit einem andern unnöthigen Streit angefangen oder sich sonst mit närrischen Reden und Geberden *prostituirt* hätte.

Gelanor gedachte darbey an einen Studenten, welchen er zu seiner Zeit auf *Universi*täten gekennt hatte, von diesem sagte er, ich habe mein Tage keinen Menschen gesehn, der sich mit bessrer Manier vom Sauffen abfinden kunte. Einmahl solte er ein Glaß voll Wein ungefehr von einer Kanne außtrincken, und stellte sich der andere, der es ihm zugetruncken, so eifrig an, als wolte er sich zureissen, doch dieser sagte; Mein Freund, ich habe ihn vom Hertzen lieb, doch ist mirs lieber, er wird mein Feind, als daß ich soll sein Narr werden. Ein ander sagte zu ihm, entweder das Bier in den Bauch, oder den Krug auf den Kopff, da war seine Antwort: Immer her, ich habe lieber nüchtern Händel, als in voller Weise. Wieder ein ander trunck ihm eines grossen Herrn Gesundheit zu, da sagte er: GOTT gebe dem lieben Herrn heute einen guten Abend, meine Gesundheit ist mir lieber als seine. Ferner solte er seines guten Freundes Gesundheit trincken, da war diß seine Entschuldigung: Es wär mir leid, daß ich die Gesundheit oben oder unten so bald weglassen solte. Einmahl bat ihn einer, er solte ihn doch nicht schimpfen, daß er ihn unberauscht solte von der Stube lassen, aber er *replicir*te: Mein Herr schimpffe mich nicht, und sauffe mir einen Rausch zu. Mehrentheils war dieß seine *Exception.* Herr, sagte er, wil er mir eine Ehre anthun, so sey er versichert, ich suche meine Ehre in der Freyheit, daß ich trincken mag, so viel mir beliebt: wil er mich aber zwingen, und mir zuwider seyn, so nehme ich es vor eine Schande an, und dancke es ihm mit etwas anders, daß er mich gebeten hat. Gleich in dem fragte *Florindo,* ob sie nicht wolten zu Bette gehn, und verstörte also das schöne Gespräche.

CAP. XXXII.

Am Morgen stunden sie auf und spatzierten durch die Stadt, als sie nach Hause kamen, war der Richter an demselben Orte von einem andern *pro hospite* genommen worden, der führte lauter Christliche *Discurse*. Ja sagte er, was hat ein Mensch, das ihm Gott nicht giebt. Ach Gottes Vorsorge muß das beste bey unserer Nahrung thun. Wie müssen doch die Menschen dencken, welche Gott nicht vor Augen haben, und ihr Hertze an das Zeitliche hencken? Ach ein gutes Gewissen ist ein ewiges Wohlleben. Ich wolte lieber Saltz und Brod essen, als einen gemesteten Ochsen mit Unrecht. Diesen Ruhm wil ich einmahl mit in die Erde nehmen, daß ich niemanden sein Recht gebeugt habe. *Gelanor* sperrete Augen und Ohren auf, und verliebte sich fast in den Gewissenhafftigen Richter. Aber als die Mahlzeit geendigt war, und *Gelanor* seine Gedancken dem Wirthe eröffnete, sagte dieser, mein lieber Herr, weiß er nicht, daß sich die schwartzen Engel offt in Engel des Lichts verstellen. Es ist kein ärger Finantzen-Fresser im Lande, als der Mann, zwar dieses muß ich ihm nachsagen, er ist so heilig, als ein Bettelmünch, dann gleich wie dieser kein Geld anrührt, so greifft er kein Geschencke an; er spricht nur, Jungfrau nehmt ihrs, ich kans mit gutem Gewissen nicht nehmen, ich habe geschworen. *Quasi verò,* als wäre Mann und Weib nicht ein Leib. Uber diß nimmt er alle *accidentia* mit Recht ein, denn er verdoppelt die Gerichts-Gebühren, und spielt die Sachen, welche man in einem Termin *debatti*ren könte, in die lange Banck hinauß, daß viel unnöthige Zeugen abgehöret, viel nichtige *Exceptiones* zugelassen werden, nur daß die Gebühren fein hoch lauffen, weil man solche doch mit gutem Gewissen einstreichen kan. Item, er hält etliche Advocaten auf der Streu, die müssen ihm jährlich etliche hundert Gülden geben. Und dieses läst sich mit gutem Gewissen nehmen, denn *donatio inter vivos* ist ja ein *titulus Juris:* Inzwischen thut er den guten Wohlthätern die *courtoisie,* und fördert ihre Sachen, daß sie zuträgliche *Clienten* bekommen, und also heist es recht; Ach GOTT der theure Nahme dein, muß ihrer Schalckheit Deckel seyn. Hierauff sagte *Gelanor,* nun so hab ich noch keinen solchen Heuchel-Narren angetroffen: der blinde Mann meinet, es sey gar wohl außgericht, wann er nur den Nahmen GOttes im Munde führe, gesetzt, daß er solchen in der That mehr als zu sehr verleugne. Nun, nun verlasse dich auf dein *fas & nefas,* das heist, auf deine Besoldung und *accidentia,* du wirst zu recht kommen, nur sieh dich vor, daß keiner auf den Jüngsten Tag *appellirt,* da möchte der Hencker zum Strassenrauber werden, und möchte dich hohlen, ehe du alle deine *Liquidationes legitimirt* hättest. Als dann wirst du erfahren, welches du manchem *Inquisi*ten nicht glauben wilst; *Ex carcere malè respondetur.* Indem fiengen sie an zu läuten, da eilte der Wirth, daß er kunte zu der Leiche gehn, und gab seinen Gästen Anleitung, wo sie in der Kirche die Predigt hören solten, denn die Eitelkeit, die so wol im *Process,* als in der Trauer selbst gehalten worden, mag ich nicht berühren: Weil es doch so gemein damit ist, daß sich niemand mehr darüber verwundert. Darumb eilen wir zu der Predigt. Nun war die gantze Stadt voll, was der verstorbene vor ein böser Mensch gewesen, also daß etliche sagten, er wäre nicht einmahl wehrt, daß er auf den Gottes-Acker begraben würde, dessen aber ungeacht, war die Leichpredigt so tröstlich und *delicat* eingericht, daß mancher vor Freuden gestorben wäre, wann er sich an seinem Ende solcher Predigten hätte versichern sollen.

Endlich kam es an den Lebens-Lauff, da war es voller Christlicher und Himmlischer Tugenden, da hatte er in der Schule die vortrefflichsten *specimina* abgeleget, und alle Leute sagten, er hätte sich mit etlichen *Præceptoribus* geschlagen, wäre hernach zum Fenster hinauß gesprungen, und was dergleichen Leichtfertigkeiten mehr waren. Ferner solte er sich auf *Universi*täten eine geraume Zeit mit sonderbahren Nutzen auffgehalten haben, und iederman sagte, er wäre einmahl auf die Leiptziger Messe gezogen, und hätte sich im Auerbachs-Hoffe auf dem Bilderhause umbgesehen, wäre darnach in das rothe *Collegium* gangen, und hätte der *Deposition* zugesehen, von dar hätte er in dem Fürsten *Collegio* eine Kanne Bier getruncken, und damit wäre er wieder nach Hause kommen. Absonderlich muste *Eurylas* lachen, daß erzehlet wurde, wie er sich so wohl mit den bösen Nechsten vertragen, alles mit Christlicher Gedult übersehn, und niemahls böses mit bösem vergolten hätte: denn er fragte, wo denn der böse Nechste wäre, dem man alles müsse zu gut halten, weil dergleichen Ruhm in allen Leichpredigten zu befinden wäre. Es müsten vielleicht diejenigen seyn, welche mit der halben Schule begraben würden, und keine Predigt kriegten. *Gelanor* sagte, es wäre nicht so zu verstehen, als wenn sie eben so gut und heilig gelebt hätten, sondern daß sie also hätten leben sollen, damit die Lebenden sich ihrer Schuldigkeit dabey erinnern, und das Leben genauer anstellen möchten. Ja wohl versetzte *Eurylas,* hätten sie also leben sollen; aber wer wil sich einbilden, daß iemand durch diese Erinnerung gebessert wird. Ich meynte vielmehr, weil andere mit ihrem liederlichen Wesen so ein Lob verdienet hätten, so wolte ich es gleich so bunt treiben, und doch die stattlichsten *Personalia* darvon tragen. Nein nein, antwortete *Gelanor,* die Meynung hat es nicht, sondern es wird so viel darunter verstanden. Seht ihr Leute, dieser Mensch hat an seinem letzten Ende noch die Gnade gehabt, daß er zum Erkäntniß kommen ist. Ihr andern wagt es nicht darauff, ihr habt kein Brieff und Siegel darüber, daß ihr auch mit solcher Vernunfft hinfahren könnet. Unter diesen Reden hatten sie auf das übrige nicht achtung gegeben, daß sie also nichts mehr davon zu hören kriegten: alldieweil die Music wieder angieng, und alle mit hellem Halse zu sammen anstimmten, denn der Tod kömmt uns gleicher Weiß. Als sie nach Hause kamen, brachte der Wirth einen Pack Leichen Carmina mit, darein er hätte vor zehen Thaler Pfeffer und vor fünffzehn Gülden Ingwer einwickeln können, *Gelanor* sahe sich in denselben etwas umb, und fand unter andern folgende Kern-Verse, oder daß ich einer iedweden Sache ihren rechten Namen gebe, folgendes *Madrigal,* von viertzig Versen weniger eins.

O Tod du grimmer Menschen Fraß,
Du Streckebein du Leute-Schlächter,
Du Lebens-Dieb, du Blecke-Zahn,
Du Schatten-Kind, du Sensen-Mann,
Du Freund der *Atropos,* O du der *Clotho* Schwager,
Du Hertz der *Lachesis,* sag an, was heist denn das?
Du bist von Knochen nur und bleibest allzeit mager.
Weßwegen frist du denn die Menschen so dahin?
Hier stirbt ein grosser Mann, ist dieses denn dein rechter?
Bewegt dich nicht der Tugendhaffte Sinn?
Hörst du nicht unsre Klagen?
Ach nein du kanst es auß dem Sinne schlagen,
Du grausams Ebenbild, du gifftigs Wunderthier,
Du Basiliske du, du Stadt und Land-Verderber,
Das Tiger oder doch du Tiger Kind.
Du bist mit deiner Sichel blind, etc.

Gelanor hatte grosse Gedult, daß er es im Lesen noch so weit gebracht. Doch weiter mochte er die Nießwurtzel nicht in sich fressen, sondern warff das Papier in das Fenster, und sagte, es bleibt darbey, der Kerle ist ein Narr, und wenn sonst kein Poete ein Narr mehr wäre. Was hat der übersüchtige Sausewind auf den Tod zu lästern? Der Tod ist GOttes Ordnung, der läst die Menschen sterben, und setzt uns ein Ziel, welches niemand überschreiten kan. Daß die Heidnischen Poeten, welche von Gott nichts gewust, unterweilen solche Fratzen mit eingemengt, das ist kein Wunder; Aber daß ein Christ dem Tode gleichsam vor der Thüre wetzt und ihn herauß fordert als einen andern Berenheuter, das ist fürwar eine von den grösten Schwachheiten. In währendem Gespräche kam ein heßlicher Dampff in die Stube gezogen, daß alle meynten, sie müsten von dem widrigem Geruche vergehen. Als sie nun hinauß sahen, wurden sie etliche Kerlen gewahr, welche Tabackpfeiffen im munde hatten, und so abscheulich schmauchten, als wenn sie die Sonne am Firmament verfinstern wolten. *Gelanor* sahe ein wenig zu, endlich sagte er, sind das nicht Narren, daß sie dem Teufel alles nachthun und Feur fressen. Ich möchte wohl wissen, was vor Kurtzweil bey dem Lumpenzeuge wäre. Der Wirth hörte es, und meinte, es müste mancher wegen seiner Phlegmatischen Natur dergleichen Mittel gebrauchen. Doch *Eurylas* fragte, wie sich denn die Phlegmatischen Leute vor zweyhundert Jahren curirt hätten, ehe der Taback in Europa wäre bekandt worden, sagte darneben, es wären etliche Einbildungen, daß der Taback solte die Flüsse abziehen, er brächte zwar Feuchtigkeit genug in dem Munde zusammen: Allein dieses wären nicht die rechtschüldigen Flüsse, sondern die Feuchtigkeit, welche im Magen der *concoction* als ein *vehiculum* dienen solte, würde hierdurch abgeführt: dannenhero auch mancher dürre, matt, hartleibicht, und sonst elende und kranck davon würde. Der Wirth wandte ein, gleich wohl kennte er vornehme *Doctores* und andere Leute, die auch wüsten, was gesund wäre, bey welchen der Taback gleichsam als das tägliche Brot im Hause gehalten würde. Ey sagte *Eurylas,* ist denn nun alles recht, was grosse Leute thun? In Warheit es steht schön, wann man in ihre Studierstuben kömmt, und nicht weiß, ob man in einer Bauer-Schencke, oder in einem Wachhause ist, vor Rauch und Stancke. Warumb müssen etliche den Taback verreden und verschweren, wollen sie anderst bey der Liebsten keinen Korb kriegen! warumb schleichen die armen Männer in die Küche, und setzen sich umb den Herd, daß der Rauch zum Schorstein hinauß steigen kan? warumb ziehen sie andere Kleider an, und setzen alte Mützen auf? Gelt, wenn sie sich des Bettelments nicht schämen müsten, sie würden es nicht thun. *Florindo* sagte hierauff, ey was sollen sich die Leute schämen. Wisset ihr nit, wie wir unlängst in einer namhafftigen Stadt auf die Trinckstube gehen wolten, und vor der Stube einen Tisch voll *Doctores* antraffen, welche *Collegialiter* die Tabackpfeiffen in dem Munde hatten. Dazumahl lernte ich, was die weitläufftigen *Programmata* an den Doctoraten nütze wären, dann zur Noth könten die lieben Herren *fidibus* darauß machen, und Mußquetier-Taback vor Virginischen gebrauchen. Dem Wirthe waren die Reden nicht angenehm, drum gieng er fort und sagte, wem der Gestanck zuwider wäre, der möchte sich eine Balsambüchse zulegen, er könte den Geruch nicht besser schaffen, als er von Natur wäre.

CAP. XXXIII.

Folgenden Tag war die Hochzeit angesetzt, da muste unsere Compagnie Maul und Nase auffsperren, daß sie alles recht betrachten und einnehmen kunten. Die Gäste waren auf das Köstlichste herauß geputzt, die Tractamenten waren sehr delicat, die Music ließ sich mit sonderlicher Annehmligkeit hören, die Täntze wurden mit grossem Tumult vollbracht. Einer schnitt Capreolen, der andere machte Floretten, der dritte stolperte über die hohen Absätze: da mochte sauffen, wer ein Maul hatte. Denn andern Tag ward die Braut mit ihrem neuen Schlaffgesellen unerhört auffgezogen, da kamen die Weiber und Männer, und versuchten ihr Heyl. Absonderlich hätten ihr die Junggesellen, oder die Herren Braut-Lümmel bald den Kopff mit Band und Haaren abgerissen, weil sie den Krantz mit starckem Drate unter den Haaren fest verwahret hatte. Und bey diesem *Actu* giengen solche *obscœna æquivoca* vor, daß sich züchtige Ohren billig davor zu schämen hatten. Als nun der Wirth mit unsrer Compagnie wieder zu sprechen kam, sagte *Eurylas,* es gefällt mir an diesem Orte sehr wohl, indem es lauter wohlhabende und vergnügte Leute hier giebt. Ich sehe alles in Kostbahren Kleidern, in köstlichem Essen und Trincken, in Wollust und Herrligkeit daher stutzen. Doch der Wirth gab zur Antwort; mein Herr, es ist nicht alles Gold, was gleisset. Solte er unsere Hoffart auf den Probierstein streichen, sie würde nicht gülden herauß kommen. Es geht manche Jungfer, die hat ihr gantz *Patrimonium* an den Hals gehenckt, nur daß sie desto eher ein ander *Patrimonium* mit verdienen will. Zu Hause zotteln sie in Leinwat-Kütteln, und essen trocken Brod, nur daß sie allen Alamodischen Bettel schaffen können. Mancher wirfft den Spielleuten, oder Hochteutsch zu reden, den Herren Instrumentisten einen Thaler auf, den er an drey und zwanzig Ecken zusammen geborgt hat. Mancher tantzt die Schuh entzwey, ehe er weiß, wo das Geld herkommen soll, damit er den Schuster *contentirt*. Braut und Bräutigam selber werden in drey Jahren nicht so viel einnehmen, als sie auf ihre Pralerey auffgewendet haben. Da sagte *Eurylas*, du blinde Welt, bist du so närrisch, und knüpffst keine Schellen an die Ohren? da hätte mancher meynen sollen, es wäre lauter Fürstlich und Gräfflich Reichthumb darhinder, so sehe ich wohl, es ist mit einem Quarge versiegelt.

Gelanor gab sein Wort auch darzu. So haben die Leute, sagte er, schlechte Ursache so üppig und wohllüstig ihre Sachen anzustellen. Sie möchten an statt ihrer Zotten und unzüchtigen Rätzel etliche Gebete sprechen, daß sie GOtt auß ihrer Armuth erretten, und ihnen ein zuträgliches Außkommen bescheren wolle.

Es ist ohn diß eine Schande, daß die zarte Jugend durch dergleichen ärgerliche Händel zu böser Lust angereitzet wird. Und da möchte man nachdencken, warumb vor alters bey denen Hochzeiten Nüsse unter das junge Volck außgeworffen worden? nehmlich daß sie nicht solten umb die Tische herumb stehen, wenn irgend ein muthwilliger Hochzeit-Gast ein schlipffrich Wort liesse über die Zunge springen. Nun wer will sich wundern, daß so wenig Heyrathen wohl außschlagen, da mit solcher Uppigkeit alles angefangen wird. Wenn nun die Nachfolge nicht so süß ist, als sich manches die Einbildung gemacht hat, so geht es auf ein Klagen und Lamentiren hinauß: da hingegen andere, welche den Ehestand als einen Wehestand annehmen, hernachmahls alle gute Stunden gleichsam als einen unverhofften Gewinn erkennen, das Böse aber nicht anders als ein *telum prævisum* gar leicht entweder vermeiden, oder doch mit Gedult beylegen können.

Hierauff gedachten sie an das Tantzen, und meynte *Eurylas*, es wäre eine Manier von der klugen Unsinnigkeit, daß eines mit den andern herumb springe und sich müde machte: aber *Gelanor* führte diese entschuldigung an. Es ist nicht ohne, sagte er, es scheinet etwas liederlich mit dem Tantzen. Doch die gantze Jugend kömmt den alten Leuten eitel und liederlich vor. Und darzu kan es auch von Alten mit Masse gebrauchet werden: denn die Bewegung ist dem Menschen nicht schädlich, absonderlich wenn im trincken ein klein Excesgen vorgegangen, da sich der Wein desto eher verdauen und auß dem Magen bringen läst, und also desto weniger *exhalationes* das Gehirne beschweren. Wie man offt sieht, daß einer, der am Tische ein Narr war, auf dem Tantzboden wieder nüchtern wird. Zwar etliche *Theologi* sind hefftig darwider, doch sind etliche nicht so wiederwärtig und Tantzen eins mit, daß ihnen die Kappe wackelt. Die Warheit davon zu sagen, so haben auch etliche alte Kirchenlehrer gar scharff darauff geschrieben, daß sie auch gesagt: *chorea est circulus, cujus centrum est Diabolus*: doch ist es der alten Väter Brauch, daß sie das Kind offt mit dem Bade außschütten, und da sie den Mißbrauch tadeln solten, den rechten Gebrauch verdammen wollen. Denn solche leichtfertige Täntze, wie der Zeuner Tantz bißweilen gehalten wird, und wie Anno 1530. zu Dantzig einer von lauter vermummten nackichten Personen angestellet worden: oder wie Anno 1602. zu Leipzig auf dem damahligen Rabeth ein Schneider Geselle mit einer unzüchtigen Breckin vor allen Leuten nackend herumb gesprungen: oder wie auf Kirmsen und andern gemeinen Sonntagen, Knechte und Mägde zusammen lauffen, oder auch in Städten heimliche Rantzwinckel gehalten werden, die soll man mit Prügeln und Staupbesen von einander treiben. Und da heists, *non centrum modo, sed ipsum circulum possidet Diabolus*. Aber dieses alles auf die sittsamen und züchtigen Ehren-Täntze bey Hochzeiten und Gastereyen zu appliciren, ist etwas zu scharff gebutzt. Ach wie ist mancher Vater so gewissenhafftig, ehe er sein Kind auf eine Hochzeit gehen läst; oder wenn er Schande und naher Freundschafft halben sie nicht zu Hause behalten kan, so muß sie doch alsbalde vom Tische wieder heim, da er sie doch mit besserm Gewissen von andern heimlichen Zusammenkunfften abhalten möchte: denn auf einem öffentlichen Tantzboden wird keine so leicht verführet, als wenn sie hinter der Haus-Thür einen *Rendezvous* von zwey Personen anstellet, und mit drey Personen wieder hervor kommt.

Eurylas fragte, warumb aber die Täntze bey Hochzeiten so gemein worden? *Gelanor* antwortete, die lieben Alten hätten es darumb angestellet, daß ein Junger Mensch, der sich nunmehr nach einer Liebsten zu seiner Heyrath umbsehen wolle, an einem Orte Gelegenheit hätte, ohne sonderlichen Verdacht mit etlichen bekandt zu werden. Allein die heutige Welt habe es umbgekehrt, denn, sagte er, da müssen alles gelschneblichte Stutzergen seyn, die noch in vierzehen Jahren keine rechte Liebste bedürffen. Und manche Jungfer steht sich selbst im Lichten, die offt einen ehrlichen Kauff- oder Handwercksmann, der sie in allen Ehren meynet, über Achsel ansieht, und einen Buntbändrichten *Monsieur* ihm zu Trotze mit vortrefflichen Liebkosungen bedienet, darüber sie endlich zur alten Magd wird: und da mag sie wohl versichert seyn, wann sie den Kirch-Thurm scheuern wird, so wird ihr keiner von den vorigen Auffwärtern Wasser zutragen. Hier ward etwas anders drein geredet, und *Eurylas* erinnerte, ob man nicht künfftigen Tag weiter reisen wolte. Solches ward beliebet, und weil gleich eine Landkutsche auf eine andere Stadt abfahren wolte, setzten sich *Florindo*, *Gelanor* und *Eurylas* darauff, und liessen ihre übrigen Leute mit den Pferden hinten nach kommen.

CAP. XXXIV.

Die Kutsche war mit acht Personen besetzt, und unter denselben befanden sich zween Studenten, welche erstlich von ihren Büchern und *Collegiis* viel zu reden hatten. Endlich kam es herauß, daß einer ein *Sperlingianer*, der andere ein *Zeisoldianer* war. Denn da fiengen sie *de Materia prima* so eiffrig an zu *disputiren*, als wenn die Seeligkeit dran gelegen wär. Einer sagte, *materia tua prima est eus rationis,* der andere *retorquirte, & materia tua simplex insignem tuam arguit simplicitatem.* Und in dergleichen Streite mangelte es wenig, daß es nicht zu Schlägen kam. *Gelanor* schlug sich zu letzt ins Mittel, und sagte, ihr Herren, warumb zancket ihr euch, ihr habt alle beyde recht. Eure *Magistri* haben euch was weiß gemacht, das ihr in kurtzer Zeit vor Eitelkeit halten werdet. Denn seht die *Philosophie,* ob sie zwar *in partem principalem & instrumentalem* abgetheilet wird, so ist sie doch in unserm studieren nichts mehr als ein Instrument oder ein Werckzeug, dessen wir uns in den höhern Facultäten bedienen müssen. Ihr wisset ohne Zweiffel das Sprichwort: *Philosophia ancillatur Theologiæ,* oder wie es ein vornehmer Mann nicht uneben *extendirt, Philosophia inservit superioribus facultatibus.* Nun sagt *Aristoteles, servus est instru mentum Domini.* Und folgt also, *quòd Philosophia sit instrumentum superiorum facultatum.* Nun will ich euch die gantze Sache in einem Gleichnüsse vorbilden. Es sind drey Zimmerleute, die haben drey Beile, einer hat Affen und Meerkatzen lassen drauff stechen. Der andere führt Blumen und Gartengewächse drauff. Der dritte hat auf seinem nichts, als das Zeichen von der Schmiedte, da das Beil gemacht ist. Sie kommen in der Schencke zusammen, und *disputi*rt ein ieglicher, sein Beil ist das schönste. Aber wenn sie den Tag hernach an die Arbeit kommen, schmeist einer sowohl drauff, als der andere, und ist im *Effect* kein Unterscheid. So geht es mit der *Philosophie* auch her. Weil ihr auf *Universi*täten seyd, da wollet ihr ein ander tod *disputi*ren, über solchen Sachen, die nicht viel besser herauß kommen, als Affen und Meerkatzen; Aber wenn es zum Gebrauch selber kömmt, so macht es einer so gut als der andere. Ob einer *Metaphysicam per Sapientiam* oder *per Scientiam definirt.* Ob es ein *Lexicon Philosophicum,* oder eine sonderliche *disciplin* ist: ob drey *Affectiones Entis* sind *Unum, Verum, Bonum,* oder ob *Ubicatio* und *Quandicatio* darzu gerechnet werden, so versteht einer die *terminos* so wohl als der andere, und ist in den Haupt-*disciplinen* einer so glückselig als der andere. Ingleichen ob einer *materia primam* oder *materiam simplicem statuirt,* ob er *transelementationem* beweist oder verwirfft; ob er sagt, *Calidum est, quod calefacit,* oder *Calidum est, quod congregat homogenea & separat heterogenea.* Ja ob einer gar dem *Cartesio* in das Gehäge geht, und ausser der Materie und des Menschen Seele keine andere *Substanz* annimmt, und alle *Aristote*lische *formas substantiales* auf einen *confluxum certorum accidentium* hinauß lauffen läst, so ist es doch in dem Hauptwercke bey einem so wohl getroffen, als bey dem andern, wie in der *Astronomie* keiner irret, er mag das *Systema Coperniceum* oder *Tychonicum* annehmen. Drumb ihr lieben Herren, lernet nur gut hacken, ihr mögt einen Sperling oder einen Zeisig auf dem Beile haben. Zu wündschen wäre es, daß etliche gute Leute auf *Universi*täten sich hierinn mässigten, und die jungen Studenten nicht in dergleichen *Theoreti*sche Irrthümer führten, sondern vielmehr den *usum* in den höhern *disciplinen* zeigten, und in den andern *adiaphoris* einen ieglichen bey seinen neun Augen liessen. Die jungen Studenten machten ein paar grosse Augen, und verwunderten sich, daß ein *Politicus* in bunten Kleidern von solchen Sachen also frey urtheilen wolte. Doch war der *Respect* gegen ihre *Præceptores* so groß, daß sie die Erinnerung so gar umbsonst und undisputirt nicht begehrten anzunehmen, drumb fragte einer, ob es rathsam wäre, zwey *contradictoria* vor wahr zu halten? Es wäre ja unmöglich, daß nicht eines von beyden müste falsch seyn.

Gelanor sagte, ihr lieber Mensch reissen euch die *contradictoria* so sehr im Leibe? gebt doch zuvor achtung drauff, ob dieselbe sich in dem Hauptwercke oder in dem Nebenwercke befinden? oder daß ich deutlicher rede, sehet ob die *contradictoria* den *finem* oder die *media* betreffen? die *media* oder die *Hypotheses* mögen wohl bey andern von *contradictoriè* angenommen werden, wenn nur die *conclusiones* allenthalben richtig sind. Wie es ein schlechter Unterscheid ist, ob man die Erde stille stehn oder herumb lauffen lasse, wenn nur auf beyden Theilen die *Phænomena* einerley herauß kommen. Ich gebe ein Gleichniß. Es wollen ihr zween von Leipzig auf Hamburg. Einer zeucht mit der fahrenden Post über Magdeburg, der andere geht zu Pferde über Qvedlinburg, hier sind *in medio* sichtbare *contradictoria*. Denn Magdeburg ist nicht Qvedlinburg, und Qvedlinburg ist nicht Magdeburg: allein es nimmt der Sache nichts, wenn sie nur *in fine* einig sind, und alle beyde auf Hamburg, und nicht auf Bremen oder Lübeck kommen, wie jener Eulenburgische Bote der auf Torgau wolte, und sich verirrete, daß er auf Leipzig kam. Wären aber dieses nicht abscheuliche Narren, wenn sie einander zu Ketzern machten, daß einer nicht so wohl als der andere über Magdeburg oder Qvedlinburg reisen wolte? Also machen es manche *Philosophi*, die suchen andere Wege genauer zum Zwecke zu kommen. Und da fangen sie ein Gezäncke darüber an, als wenn der Himmel einfallen wolte. Endlich aber im Zwecke selbst sind sie so einig, wie Zweckenpeter mit Hirsemerten in der Schencke. Hier fieng einer an zu klaffen, *Eja Eja contradictoria non sunt simul vera*. Aber *Florindo* wolte ihm gleich den Schnabel wischen mit den *contradictoriis veris & apparentibus*, wenn nicht etwas wäre darzwischen kommen. *(notetur hæc formula,* sagte jener *Bacularius).*

CAP. XXXV.

Es saß einer auf der Kutsche, der hatte sich im währenden Gespräche zu rechte gelegt und schlieff eines auf der *Philosophie* Gesundheit. Endlich fiel ihm der Hut vom Kopffe, darüber erwachte er, und fieng eben zu der Zeit, da *Florindo* am nothwendigsten zu *disputiren* hatte, an zu schreyen: halt, halt, halt Kutscher, mein Hut, mein Hut. Der Kutscher mochte auch seine Liebes-Grillen vor sich haben, also daß er das Geschrey nicht in Acht nam, nach langem Ruffen hielt er still. Aber als er den Hut wieder auffheben wolte, hatte sich ein grosser schwartzer Wasserhund darüber gemacht, und lieff damit querfeld ein. Der gute Mensch wolte hinden nach setzen; doch vier Beine lieffen schärffer als zwey Beine, und damit war der Hut verlohren. Er *lamentir*te abscheulich, der Hut koste an sich selbst zwey Reichsthaler, die Krempe hätte er keinem umb vierdthalb Thaler gelassen, das Futter käme ihn auf sieben Groschen zu stehen, und die Schnure würde er unter funfzehn Groschen nicht wiederschaffen, und da war es erschrecklich, was der Hund vor *injurien* und vor häßliche Ehren-Titul muste über sich nehmen, ja er hätte sich lieber an den Kutscher gemacht: Allein dieser gab ihm Wahre dran, daß die gantze *Compagnie* lachte, und er Schande halben stillschweigen muste. *Eurylas* gab ihm einen Trost, wie wär es, sagte er, wenn er zu Schiffe gewesen, und der Hut wäre ihm in das Wasser gefallen, so hätte der Schiffer nicht einmahl können stillhalten. *Florindo* sagte, der Thor-Wärter in der Stadt wird stoltz werden, denn er wird sich einbilden, als habe er den Hut ihm zu Ehren abgenommen; Der Dritte sagte, man solte ihn gehen lassen, wenn er einen neuen Hut kauffte, so hätte er das beste Ansehen in der *Compagnie*. Der Vierdte sagte, es würde mich greulich kräncken, wenn ich den Schaden hätte, absonderlich wenn ich nicht wüste, ob dieses ein ehrlicher Kerl wäre, der ihn nach mir tragen solte. Der Fünffte sagte, wenn ich nicht wüste, wie er wäre darum kommen, so meynte ich, er hätte kein Geld, und hätte den Hut müssen zum Pfande lassen. Der sechste brachte dieses vor, ihr Herren, sagte er, ihr wisset viel, was der Handel zu bedeuten hat. Wer weiß, wo ein Frauen Zimmer in der Nachbarschafft ist, die den Hut hohlen läst, wenn er nur nachlieffe, und sein Glücke zu suchen wüste: denn es kam mir vor, als wäre es kein natürlicher Hund. *Gelanor* sagte zuletzt, ey lasset ihn zu seinem Schaden unvexirt, es ist ein Zufall, da er nichts davor kan. Wer weiß wo ihm das Glücke günstig ist, daß er einen Hut vor vier Thaler, und eine Krempe vor sieben Thaler geschenckt kriegt. Inzwischen saß der arme Donner und spintisirte, wo er einen andern Hut schaffen wolte. Doch als sie an ein Dorff kamen, hielt ein Kerle auf einem Pferde, und fragte, ob iemand von der Kutsche einen Hut verlohren hätte, es wäre ümb ein Trinckgeld zu thun, so wolte er ihm solchen wieder zuweisen. Dem guten Menschen wackelte das Hertz vor Freuden wie ein Lämmer-Schwäntzgen. Nur das Trinckgeld verstörte ihm die Freude ein wenig, doch es halff nichts davor, und sagte der obgedachte Sperlingianer zu seinem Troste, *è duobus malis minus est eligendum*. Hierauff sahen sie Unterschiedene zu Pferde, welche wohl zwantzig Stücke Jagt-, Wind- und Wasser-Hunde nach sich lauffen hatten. Da sagte *Eurylas,* wenn der Wallensteiner hier wäre, so würde er sprechen, da läufft eine kleine Bestie, und eine andere kleine Bestie kömmt hinten nach, dem folgt eine grosse Bestie, drauff sitzt wieder eine Bestie, die jagen einander im Felde herumb. Hierauff sagte ein Studente, es wäre eine Schande, daß man solch ungezieffer an allen Höffen so häuffig auffziehen liesse, man solte die Bestien in das Wasser werffen, die Hasen und die Füchse würden sich doch wohl fangen lassen. *Florindo* lachte und fragte, ob er etwan auch Hasen schiessen wolte, wie jener der hätte drey Hasen im Lager schlaffend gefunden, und wäre hingangen, und hätte einen nach dem andern auffgehoben, und gefühlt, welcher der schwerste wäre, hernach wäre er zurück getreten, und hätte den schwersten auß dem Hauffen herauß geschossen, daß die Haare gestoben. Er wüste viel, was die Hunde vor ein Nutzen hätten, er solte solche Sachen *unreformirt* lassen. *Gelan.* fiel ihm in die Rede: Es ist war, sagte er, die Hunde haben ihr Lob, doch daß mancher so viel im Hause herumb lauffen läst, die ihm den gantzen Kornboden möchten kahl fressen, da er doch alle seine Jagten mit einem paar guten Zwittern oder Bauerhunden bestreiten könte, das ist eine Sache, die Abmahlens werth ist. Uber dieß sind etliche so gesinnet, daß ehe sie einem Hunde was abgehen oder zu Leide thun liessen, ehe schlügen sie drey Knechte, 6. Bauren und wohl gar das beste Pferd in die Schantze, und wenn man hernach das Raben-Aaß beym Licht ansiehet, so verdienet es kaum die Beine, geschweige das Fleisch und das liebe Brot. *Eurylas* sagte; Ey mit den grossen Hunden geht es wohl hin, denn wenn sie sonst nichts nütze sind, so dienen sie zum Staat. Es sieht gleichwol prächtig, wenn mann in ein Haus kömmt, und solche schöne Thiere herumb lauffen sieht. Und ich gesteh es, wäre ich ein grosser Herr worden, ich hätte mich trefflich auf *rare* Hunde befliessen. Doch dieses ist ein erbärmlicher Handel, daß viel Leute ein halb Schock kleine und unnütze Stubenklecker halten, die nicht werth sind, daß man sie mit Heckerling mästet, geschweige daß sie mit den *delicat*sten Süppgen und müßergen sollen gefretzet werden, welche man offt mit besserm Gewissen krancken und nothleidenden Leuten zuwenden könte. Ich kenne, sagte er ferner, eine vornehme Frau, die lebt sonst sehr prächtig und kostbar; allein in ihrem Zimmer ist ein Stanck von Hunden, daß man eher einen Schinder, als etwas rechtschaffenes da suchen solte. Hierauff sagte ein ander, diese Thorheit gehet noch hin: Allein wo man die Meerschweingen, Caninichen, Eichhörngen, und ander solch Gezichte in Stuben und Cammeru hegt, davon ein Gestanck entstehet, als wäre man in die tieffste Schundgrube gefallen, das giebet ansehnlichen und grossen Leuten schlechte *reputa-*

tion. Florindo konte dieß wieder nicht leiden. Was? sagte er, soll vornehmen Leuten alle Ergetzligkeit zur Thorheit gemacht werden? Ich gesteh es, daß mich keine *curios*ität so sehr *afficirt,* als wenn ich solche Thiere zahm und gewohnet sehe, die sonsten wild und furchtsam seyn. Jener *replicir*te, er wolte niemanden seine Lust ab*disputi*ren. Dieses verwunderte ihn nur, daß etliche ihre Lust zur Unlust, und ihr *divertissement* zu lauter Gestanck machten. Doch sagte er, es ist Gottes Ordnung so wunderlich, daß reiche Leute auch ihre liebe Noth haben müssen. Wer sich in der Schule mit Kindern blacken muß, der wird vor unglückselig außgeschrien, weil er von den selben, ich weiß nit was aufflesen muß, und es nähme manch *delicat* Gemüthe nicht viel Geld, und bliebe einen halben Tag in einer solchen Stube. Doch die Kinder sind noch vernünftige Creaturen. Da sie hingegen von solchen unnützen Bestien sechsmahl mehr Unflat und Widerwertigkeit aufflesen, und endlich zur schuldigen Danckbarkeit sich in die Hand oder in den Finger beissen lassen. Hier fiengen sie an von den grossen Thieren zu reden, ob es an hohen Höfen verantwortlich wäre, Löwen, Beeren, Tigerthier, Luchse und dergleichen zu halten, weil man unzehlige Exempel hätte, daß sie entweder loß gerissen und Schaden gethan, oder doch ihre Wärter bißweilen so empfangen wären daß ihnen das Fell über dem Kopffe herunter gehangen. Doch sie kamen zu bald an die Stadt, daß sie dem *discurs* seine endschafft nicht gaben.

CAP. XXXVI.

Im Wirths-Hause war etliche Stunden zu vor eine Kutsche von 6. Personen ankommen, also daß der Wirth eine grosse Taffel decken ließ. Nun befand sich unter den Gästen ein junger Kerl, der wolte mit gantzer Gewalt ein Narr seyn, denn da mochte man vorbringen, was man wolte, so hatte er einen Possen fertig, zwar bißweilen kam es so uneben nicht heraus: doch gemeiniglich klang es so lahm, daß den andern das Weinen so nahe war, als das Lachen. Weil er aber bloß dahin zielte, daß die *Compagnie* lachen solte, nahm *Eurylas* seine Gelegenheit in Acht, als der vermeynte Pickelhering in der Küche war, und der Köchin den Planeten lesen wolte. Ihr Herren, sagte er, wir können diesen Abend keine bessere Freude haben, als daß wir den lustigen Menschen vor uns nehmen. Er wil uns mit aller Gewalt zum Lachen zwingen; wir wollen ihm den Possen thun, und allzeit sauer sehen, so offt er einen Schnaltzer fahren läst. Dessen waren sie alle zu frieden und satzten sich zu Tisch, da kam der gute Hans Wurst auß der Küche gelauffen, und dachte die Suppe wäre schon versäumet, halt, halt ihr Herren, schrie er, nehmt mich auch mit, ich sehe wol, wenn ich den grünen Scharwentzel nicht besetzt hätte, ich wäre auf drey Däuser Labeth. Darauff sahe er sich um und verwunderte sich, daß niemand lachte, doch sagte er, botz tausend, es geht scharff, es geht gewiß vor vier und zwantzig Pfennige, wie Eulenspiegel einmal gefressen hat, doch des Schwanckes ungeacht, sassen sie alle vor sich, und machten saure Gesichte. Er satzte mit an, und aß seinen Theil auch mit. Endlich, als er so viel Händel vorbrachte, und gleichwohl nicht einen zum Lachen bewegen kunte, schämte er sich, daß ihm seine Kunst nicht besser ablauffen solte, und grieff sich derhalben auß allen Kräfften an. Ihr Herren sagte er, wir sitzen da an der Taffel zu trocken und zu stille. Ich muß euch etwas von meinem Lebens-Lauffe erzehlen. Der Wirth, der von dem abgelegten Karren nichts wuste, bat ihn gar sonderlich, er möchte es doch erzehlen, und die Gäste lustig machen, darauff fieng er also an. Es sind nun vier Jahr, daß mich mein Vater an einen fremden Ort schickte, da hatte ich mir vorgenommen, mit dem Frauengezieffer recht bekand zu werden, und wolte so lange auf die *Courtoisie* gehen, biß ich ein wichtig Weiber *Stipendium* zusammen bringen könte; Aber wie ich eingeplumpt bin, das ist unbeschreiblich: Wie ich mich aber *revengirt,* das ist unerhört. Meine erste Liebe warff ich auf ein Mädgen, die kam mir vor als ein Meerkätzgen. Denn gleich wie dieses halb ein Affe, und halb eine Katze ist, so war jene auch halb eine Magd, und halb eine Jungfer. Unter dem Gesichte sahe sie ein Bißgen auß wie ein abgeklaubter Kirmeß-Kuchen, sonsten mochte sie in ihren *essentialibus* noch gut genug seyn. Da lieff ich nun mit der Latte, und wuste nicht, wo ich den Rosenstock solte angreiffen. Ich mochte thun, was ich wolte, so war es vergebens, biß mir das Glück die Gedancken eingab, daß ich sie anbinden solte, da deuchte mich, als hätte sich der böse Sinn umb ein paar Querfinger gebessert. Zwar das Angebinde an sich selbst, bestund in einer Teute Zucker, und einem Stück Band vor acht Groschen, nebenst diesen hertzbrechenden Versen, die ich halb und halb auß einer gedruckten und flüchtigen Feld Rose sehr künstlich nach machte.

> Halt, halt Cupido halt, du Schelme,
> Du thust mich gar zu sehr quälen.
> Ich schwere bey deinem offenen Helme,
> Und bey deiner armen Seelen,
> Läst Du mein Hertz in liebes-Feuer verlodern,
> So will ich dich auf den Hieb und auf den Stoß wie einen andern etc. herauß fodern.
> Sichst du nicht meine abscheuliche Liebe,
> Ach weh mir armen Schäffer-Knaben!

Mein Hertz sieht auß wie eine welche Rübe,
Da die Mäuse den Zippel abgebissen haben,
Und ie länger ich muß hoffen und harren,
Je mehr werd ich zum klugen Menschen.
Galathee die Schönste von unsern Nimpfen,
Besitzt mein Hertze und thut mich erhitzen,
Nun kan sie mich nicht leichtfertiger schimpfen,
Als wenn ich ihr Hertze nicht soll wieder besitzen,
Ich seh euch schon so wacker,
Wie eine vierzehn-tägige Kuhblum auf dem Acker.
Viel Glücks zu deinem erwünschten Nahmens-Feste,
Ich wünsche dir von Gold ein Häusgen,
Das Dach von Pfefferkuche auf das allerbeste,
Und die Latten von Zuckerstengeln, mein liebstes Mäußgen
Von Roßmarin Fensterlein
Und von Zimmetrinde Scheiben drein.
Biß der Ochse wird Filtz-Stiefeln tragen,
Biß der Quarck wird die Sau fressen,
Biß die Kuh wird auf der Theorbe schlagen,
Als denn will ich deiner vergessen,
Biß der Esel seinen Schwantz hat forne,
Und die Ziege auf dem Steiß ein Horne.

Das war ungefehr meine herrliche Erfindung, die mich so beliebt machte, daß ich den Tag darauff zu ihr in das Haus bestellt ward. Ich war gehorsam, und folgte meiner Gebieterin, wie der Kuhschwantz dem Hornbocke: doch, als ich angestochen kam, erinnerte sie mich, ich möchte ja kein grossen Lermen machen, sie hätte einen Vater, bey dem sie nicht des Lebens sicher wäre, wenn er hinter die Sprünge kommen solte. Ich zischelte meine Complimenten so heiser zu, als hätte ich den Wolff tausendmahl gesehen, doch meiner stillen Music ungeacht, knasterte was an der

Thür, und wolte in die Küche: da war mein Hertze wie eine gefrorne Pferde-Qvitte. Die Liebste bat mich, ich möchte sie nicht in Leibs- und Lebens-Gefahr bringen: Ich bat sie wieder, sie möchte mir eine Außflucht weisen. Nach langem Nachdencken muste ich in ein Wasserfaß steigen, und etliche Brete darüber legen lassen, da saß mein Narr frisch genug. Und ich werde es mein Tage nicht vergessen, wie sich meine lederne Hosen an dem Leib anlegten, darumb dachte ich auch, und wenn dich alles verläst, so halten die lederne Hosen bey dir. Aber als ich das kalte Wasser etwas schärffer empfand, ward mir die Zeit allmählich lang, doch es wolte mit dem herumblauffen in der Küche kein Ende werden. Nach drithalb Stunden ward es still, und da kam meine Liebste geschlichen, und fragte mich, ob ich meine Liebes-Hitze abgekühlet hätte? Aber ich bat umb schön Wetter, daß ich nur zum Fasse und Hause hinauß kam. In meinem Quartier zog ich mir den Possen erst zu Gemüthe, und wuste nicht, was ich der untreuen Seele vor einen Schimpff erweisen wolte. Nach langem Nachsinnen erfuhr ich, die Jungfer würde auf eine Hochzeit gehen, und ihre Mutter würde Tutsche-Mutter seyn, da bewarb ich mich bey dem Bräutigam, daß er mich auch bitten ließ. Nun wolte sich keiner zum Vorschneiden verstehen, ich aber bot mich selbst an, die Jungfer Tafel zu versorgen, da muste die gute Jungfer einen Verdruß nach dem andern einfressen, denn ich legte ihr alle Keulen, und sonst nichts rechtes vor; wann die andern Schmerlen kriegten, muste sie auf ihrem Teller mit Petersilge vor lieb nehmen. Summa Summarum, ich machte sie trefflich böse, doch dieses alles war mir noch nicht genug: sondern ich ließ meinen Jungen unter die Tafel kriechen, und ließ gleich unter die Jungfer ein groß Glaß Bier gantz sachte außgiessen, daß es nicht anders außsahe, als hätte das liebe Mensch garstig gethan. Als denn nahm ich meine Gelegenheit in Acht, als die Tutsche Mutter in die Stube kam, und zum rechten sehen wolte, da ruffte ich sie zu mir, fieng mit ihr an zu schwatzen, fragte sie, ob es ihr sauer würde, und ob sie ein Stück Marcipan haben wolte? Indem entfiel mir das Messer, da war die gute Frau höfflich, und nahm das Licht vom Musicanten-Tische weg, und wolte das Messer suchen. Allein wie sie der grossen Katz-Bach unter dem Tische ansichtig ward, und den ersten Qvell bey ihrer Tochter abmerckte, überlieff sie eine schamhafftige und boßhafftige Röthe, daß sie außsah wie ein Zinß-Hahn, und der Tochter alsobald befahl, sie solte auffstehn. Die gute Schwester wuste nicht, was die Mutter in der Küchen- Kammer so heimlich mit ihr zu reden hätte, ich halte sie stund in den Gedancken, weil keine Hochzeit vorbracht würde, da man nicht eine andere erdächte, so würde sie nun die Reihe treffen, und würde ihr die Mutter *Instruction* geben, wem sie am höfflichsten begegnen solte. Aber mich deucht, sie kriegte die *Instruction,* daß ihr die Ohren summten, und daß ihr das Geschmeide vom Kopffe fiel. Da war kein erbarmen, da halff keine Entschuldigung, da folgte ein Schlag auff den andern; das beste Glück war, daß eine kleine Seiten-Treppe zur Hinter-Thüre zu gieng, da diese geputzte *Venus* mit der Magd heimlich fortschleichen kunte. Es hat mir auch ein guter Freund, der neben anwohnte, erzehlt, daß der Bettel-Tantz zu Hause erst recht angangen, und daß man auß allen Umständen hätte schweren sollen, das liebe Kind von neunzehen Jahren wäre umb das hinterste Theil ihres Leibes mit der Ruthe verbrämet worden. An diesem Unglücke hätte ich sollen besänfftiget werden; doch die unbarmhertzigen Angst-Läuse stacken mir in Haaren, daß ich die Historie in der gantzen Stadt außbreitete, und das Mensch in einen unerhörten Schimpff brachte. Ja, weil ich eine sonderliche *Vene* zu teutschen Versen bey mir merckte, setzte ich folgendes Lied auf, und ließ es vor ihrer Thür absingen. Ihr Herren, daß ihr die Melodey mit begreiffen könnet, so will ichs auch singen im Thon: Ach traute Schwester mein, etc.

1.

Bullé Bullé Bullé
Ach weh, ach weh, ach weh!
Hättestu die Stube nicht naß gemacht,
So hätten wir dich nicht außgelacht,
Bullé Bullé Bullé :,:

2.

Bullé Bullé Bullé
Ach weh, ach weh, ach weh!
Wie schmecken dir die Kuchen fein,
Die in der Kuchen-Kammer zum besten seyn,
Ach weh, ach weh, ach weh :,:

3.

Bullé Bullé Bullé
Ach weh, ach weh, ach weh :,:
Hättestu nicht zu tieff in das Bier getütscht,
So hätte dich die Mutter nicht mit der Ruthe geklitscht,
Ach weh, ach weh, ach weh :,:

CAP. XXXVII.

Hier sahe sich der Stümper um, und wuste nicht, was es heissen solte, daß sich niemand über seine Possen verwundern wolte. Doch dessen ungeacht, wolte er in der Erzehlung fortfahren. Allein *Gelanor* machte eine unfreundliche Mine, und redete ihn folgender Gestalt an: Ihr Kerle, wer ihr seyd, habt ihr nun das grosse Wort über dem Tische allein, und sind wir gut genug eure Zotten und Saupossen anzuhören. Wollt ihr einen Stocknarren *agi*ren, so habt ihr in unserer *Compagnie* nichts zu thun, vor den Tisch gehören solche Gauckeler, da sie die Nasenstüber zur Hand haben. In ehrlichen Gesellschafften soll es ehrlich und vernünfftig zugehen, so kommt ihr und verunehret uns mit euren unvernünfftigen und unverantwortlichen Narrentheidungen, gleich als wäre kein GOtt, der von allen unnützen Worten Rechenschafft fordern wolte. Oder, als wenn der Apostel gelogen hätte, indem er von Schertz und Narrentheidung gesagt, die den Christen nicht geziemen. Es solte ein jedweder froh seyn, der seinen gesunden Verstand gebrauchen könte. Doch es ist eine Schande, daß sich mancher stellt als wäre er auß dem Tollhause entlauffen. Ein höflicher Schertz zu seiner Zeit geredt, wird von niemanden getadelt. Vielmehr werden dergleichen sinnreiche und anmuthige Köpffe bey allen in sonderlichen Ehren gehalten. Allein wer mit seinen abgeschmackten Pickelherings-Possen überall auffgezogen kömmt, und die Sau-glocke brav darzu läuten läst, der ist nicht werth, daß er einem ehrlichen Manne soll an der Seite sitzen. Daß Fürsten und Herren ihre Hoffnarren halten, das hat gar eine andere Ursache, die den *Politicis* bekandt ist, wie man auch offt erfahren, daß so ein kurtzweiliger Rath mit einem Worte mehr Nutz geschafft als andere, die sich so kühn und offenhertzig nicht dürffen herauß lassen. Gleichwohl muß ich bekennen, daß ich dergleichen Leute vor die Elendesten halte, und fast so lieb wolte von dem Türcken gefangen seyn, als in solcher Qvalität zu Hoffe leben. Und wie schwer werden es dieselben bey Gott zu verantworten haben, welche bißweilen ein Kind mit Wissen und Willen verwarlosen, und zum Narren machen, nur daß es nicht an kurtzweiligen Personen mangelt.

Als nun *Gelanor* solche *Discurse* führete, saß der lustige Pickelhering mit niedergeschlagenen Augen, und schämete sich: denn seine Vernunfft sagte es ihm klar genug, daß er sich vor erbaren Leuten scheuen, und mit dergleichen liederlichem Wesen hätte sollen zurücke halten. Doch was wolte er machen, verantworten kunte er sich nicht, und darzu muste er in furchten stehen, es möchten noch Berenheuter und Ohrfeigen unter einander auf ihn zufliegen, wie denn *Florindo* ein gutes Lüstgen gehabt, wenn *Gelanor* sein *Votum* darzu gegeben hätte. Das beste war, daß er auffstund und sich unsichtbar machte. Da erzehlte einer seinen gantzen Lebens-Lauff, wie daß er von Jugend an nichts anders vorgehabt, als lächerliche Possen zu machen, und in der *Compagnie* vor einen *Jean potage* zu dienen. Er wäre auch dessentwegen in grosse Verachtung, offtmahls auch wegen seiner freyen und ungezäumten Zunge in grosse Ungelegenheit gerathen: also daß sein Vater ihn längst vor verlohren gehalten, und seine Hoffnung von ihm abgesetzt, doch lasse er sich unbekümmert, und bleibe bey seiner Natur. Hierauff sagte *Eurylas,* ich wüste, wie dem Menschen zu rathen wäre, das Zucht-Haus möchte ihm zu beschwerlich seyn. Ich kenne einen Mann der bringet sich mit seinen Sau-Possen durch die Welt, und wo er was zu suchen hat, da schicket er etliche Zötgen voran, die ihm gleichsam den Weg zur guten *expedition* bahnen müssen. Wie wär es, wenn wir den Menschen hin *recommendir*ten, sie würden treffliche Boltzen mit einander finden. Ja, sagte *Gelanor,* es wäre von nöthen, daß man die Narren dahin *recommendir*te; schickt einen klugen Menschen davor hin, der ihm die Possen vertreiben kan, und damit stunden sie auff. Nun war einer bey Tische, der saß die gantze Zeit traurig, und that weder dem Essen noch Trincken gar zu übrig viel nicht. *Gelanor* sah ihn etliche mahl genau an, und ließ sich seine Person nicht übel gefallen. Darumb fragte er ihn, warumb er so Melancholisch gewesen? Mich dünckt, ihr beyde seyd zu ungerechten Theilen kommen, einer hat die Lust, der andere die Melancholie mit einander kriegt. Doch dieser gab zur Antwort: Ach wie kan der frölich seyn, der zu lauter Unglück gebohren ist? *Gelanor* versetzte: Was, im Unglücke sol man sich freuen, denn man hat die Hoffnung, daß es besser wird. Ein Glückseliger muß traurig seyn, denn er hat die Furcht, es möchte schlimmer werden. Dieser unbekante sagte drauff: Die Erfahrung habe ihm offt genug dargethan, daß er sich in seinem Glücke keiner Besserung trösten dürffte. *Gelanor* sprach ihm einen Trost zu, und nach weniger Wortwechselung fragte er, worinn denn eben sein Unglück bestünde? Da erzehlte er folgendes. Ich, sagte er, habe dem Studieren in das achte Jahr obgelegen, und habe mich an meinem *Ingenio* so unglücklich nit befunden, daß ich nicht in all meinem Vornehmen guten Fortgang gespüret. Meine Studiergenossen hielten viel von mir, und beredeten mich endlich, als wüste ich etwas, weil sie alle von mir lernen wolten. Und gewiß, es mangelte mir auch an Patronen nicht, welche mich schon zu unterschiedenen *Functio*nen bestimmten; Ach hätte ich nur eine Sache nachgelassen, die mich nun biß in die Grube drücken wird. Denn da war ein vornehmer Mann, der hatte eine grosse Cyprische Katze, die ihm mochte ziemlich lieb seyn, die fieng an einem Beine etwas an zu hincken, wie sie denn allem Ansehen nach in dem Gedränge gewesen war. Allein des Mannes Sohn, ein Knabe von sechs Jahren gab vor, ich hätte sie mit dem Stabe geschlagen, und davon wäre sie lahm worden, und da halff keine Entschuldigung, es dauert mich auch diese Stunde noch, daß ich der liederlichen Sache halben so viel Schwüre habe herauß stossen müssen: denn dieß war nicht ohne, ich mochte sie mit dem Stabe angerühret, und im Vorübergehen mit ihr gespielet haben, doch wuste ich wohl, daß sie davon nicht wäre hinckend worden. Dessen aber ungeacht, warff der Mann so einen unendlichen Haß auf mich, daß er sich also bald verschworen, er wolte mich an meinem Glücke hindern, wo er wüste und könte. Und gewiß, er hat seinen Schwur nicht vergebens gethan, Gott weiß, wie er mich gedruckt, wie er mich bey allen Leuten verkleinert, wie er mir die Patronen auffsätzig gemacht; Ja wie er mir viel falsche und unverantwortliche Sachen angedichtet. Offt meynte ich, mein Glücke wäre noch so fest eingericht, so hatte mir der Boßhafftige Mann schon in die Karte gesehen, und damit muste ich wieder das Nachsehen haben. Ja wenn ich Gelegenheit gesucht, anderswo fortzukommen, hat er mich allezeit daran verhindert, nur daß er sein Mütgen länger an mir kühlen kunte. *Gelanor* sagte hierauff: Mein Freund, gebet euch zufrieden? der böse Mann denckt es schlimm mit euch zu machen; Aber ihr wisset nicht, daß er euch zu eurem Besten verhindert hat: GOtt hat euch was bessers auffgehoben. Doch muß ich gestehen, der grosse Mann wer er auch ist, mag ein rechter Hauptnarr seyn. Erstlich daß er umb einer Feder willen einen bleyern Zorn fassen kan. Darnach, daß er den Haß so lange bey sich halten kan. Er muß ja das Vater unser niemahls beten, oder er muß es machen wie jener Narr, der ließ in der fünfften Bitte allzeit die Worte auß: Als wir vergeben unsern Schuldigern: und dachte, er wäre der Gottsfürchtigste Mensch in der Welt. Ja, ja, du bist auff dem rechten Wege, zürne nur stattlich mit deinem Nächsten, und gieb dem lieben GOtt Anleitung, wie er es einmahl mit dir machen soll. Hiermit kam er auff unterschiedene Fragen, und befand, daß der Mensch sehr wohl *qualificirt* war, ein und ander vornehmes Ampt mit Ruhm zu verwalten, darumb *resolvirte* er sich, ihn mit in die *Compagnie* auffzunehmen, biß sich das Glücke günstiger fügen wolte. Und diesem werden wir ins künfftige den Nahmen *Sigmund* geben.

CAP. XXXVIII.

Den andern Tag wolten sie weiter reisen, allein *Florindo* befand sich so übel, daß sie, grössere Gefahr zu vermeiden, zurück blieben. *Gelanor* zwar bildete sich so grosse Noth nicht ein, und ließ ihn etwas von der *tincturâ Bezoardi* einnehmen, darauff er schwitzen solte. Doch die Artzney war zu schwach, also daß sich in wenig Tagen ein hitziges Fieber anmeldete. Und da muste *Gelanor* lachen, so wenig als er Ursach darzu hatte, denn der Wirth solte einen *Medicum* schaffen, der dem Ubel im Anfang zuvor käme: So brachte er nicht mehr als ihrer drey zusammen, die *curir*ten alles *contra*. Einer kam, und sagte, ich bitte euch um Gottes willen, gebt dem Patienten nichts zu trincken, weil er den *Paroxysmum* hat, es ist so viel, als wenn im Bade Wasser auff die heissen Steine gegossen wird, und es wäre kein Wunder, daß er die Kanne im Munde behielte und gählinges Todes stürbe. Der andere kam: Was wolt ihr den Menschen quälen, gebt ihm zu trincken, was er haben will, Kofent, gebrande Wasser, Julep, Stärck-Milch etc. wenn er trinckt, wird die Hitze *præcipiti*rt, und darzu das Fieber muß etwas angreiffen. Ist nichts im Magen, so greiffts die Natur an, wird es schaden, so will ich davor stehen. Der Dritte sagte: Mann lasse es gehn, und beschwere den Patienten mit keiner überflüssigen Artzney, wir wollen vor sehen, wie sich der neunte Tag an läst. In dessen verschrieben die andern brav in die Apothecken. Einer verordnete große Galenische Träncke, der andere hatte kleine Chymische Pulver, und gewiß es lieff *contrar* durch einander. Ja es blieb bey dem nicht, es meldeten sich auch alte Weiber an, die wolten ihre Wunderwercke sehen lassen, eine hatte eine Ruthe auß einem alten Zaun gebrochen, die hatte neun Enden oder Zweige, und damit solte sich der Patient beräuchern lassen. Eine andere lieff in eine Erbscheune und hohlte ungeredt und ungescholten vom Boden etliche Hand voll Heu, und mischte andern Quarck darunter, das solte zum Räuchern gut seyn. Die dritte gab vor, er hätte das Maß verlohren, er müste sich auf das neue Messen lassen. Andere machten andere Gauckelpossen. *Gelanor* und *Eurylas* hätten gerne das beste herauß genommen: doch sie waren so klug nicht, die Heimligkeit der Natur außzuforschen. Gleichwol aber hielten sie sein Leben zu köstlich, daß er durch solche *contraria* solte zum Tode befördert werden. Nun es lieffen etliche Tage dahin, ohn einige Anzeigung zur Besserung. Endlich gerieth *Florindo* auf einen possierlichen *appetit,* und wolt einiger Nöthen Sauerkraut essen. Es widerriethen solches zwar alle, mit Vorgeben die Speise wäre offt gesunden Leuten gleichsam als eine Gifft, was solte sie nicht einem Krancken schaden können: Doch dessen allen ungeacht, blieb *Florindo* bey seinem Sauerkraute, und bat seinen Hoffmeister Himmel hoch, wenn er ja nichts davon essen solte, er möchte ihm doch etwas bringen lassen, daran er nur riechen könte. Wiewol es blieb darbey, der Patiente solte kein Kraut essen. Aber was hat *Florindo* zu thun? er kriegte einen Pagen auff die Seite, bey dem vernimmt er, daß die Köchin einen grossen Topff voll Sauer-Kraut gekocht, und in den Küchen-Schranck gesetzt habe: Damit als es Abend wird, und ein Diener nebenst einer alten Frau bey ihm wachen, schickt er den Diener in die Apothecke nach Julep; der alten Frau befiehlt er, sie solte noch ein Hauptküssen bey der Wirthin borgen, und wenn sie auß dem Schlaffe müste erweckt werden. Nachdem er also allein ist, schleichet er auß allen Leibeskräfften zur Stuben hinauß, und die Treppen hinunter zur Küchen zu und über den Kraut-Topff her, fristu nicht, so hastu nicht, die Frau und der Diener kommen wieder, und weil der Patiente nicht da ist, vermeinen sie, er sey mit Leib und Seele davon gefahren. Machen derohalben einen Lermen und ruffen alle im Hause zusammen. Es weiß niemand, wie es zugeht, biß die Köchin zugelauffen kömmt, und rufft, sie möchten nur in die Küche kommen, da lag er und hatte den Topff so steiff in die Arme gefast, als wäre alle

Gesundheit daran gelegen, und schmatzte etlich mahl mit der Zunge, als hätte es noch so gut geschmeckt. *Gelanor* wuste nicht, was er darzu sagen solte, bald wolte er sagen, er wäre ein Mörder an seinem eigenen Leibe worden, bald furchte er sich, die harte Zurede möchte ihm am letzten Ende ein böß Gewissen machen, weil er es doch nicht lang mehr treiben würde. Das rathsamste war, daß sie ihn auffsackten und wieder hinauff trügen, und da erwartete *Gelanor* mit Schmertzen, wie es den künfftigen Tag ablauffen würde. Und weil er in solchen Gedancken biß gegen Morgen gelegen, gerieth er in einen matten und annehmlichen Schlaff, also daß er vor neun Uhr nicht wieder erwachte. Indessen hatte er viel schwere und verdrießliche Träume, wie es bey denselben kein Wunder ist, die sich in der Nacht müde gewacht haben. Bald dauchte ihn, als käme ein Hund, der ihn beissen wolte: bald fiel er ins Wasser, und wenn er umb Hülffe ruffen wolte, so kunte er nicht reden: bald solte er eine Treppe hinan steigen und kunte die Füsse nicht auffheben. Bald gieng er im Schlamme, bald in einem unbekanten Walde. Und gewiß wenn solches einem andern vorkommen wäre, der hätte sich in allen Traumbüchern belernen lassen, was die Händel bedeuten solten.

So war *Gelanor* in dergleichen zweiffelhafften Sachen schon durchtrieben, daß er wuste, ob gleich etliche Träume einzutreffen schienen, dennoch etliche tausend dargegen zu fehlen pflegten, und daß hernach die gewissen gemercket und fleissig auffgeschrieben; die ungewissen hingegen leichtlich vergessen würden. Drum ließ er sich solche Grillen nicht viel anfechten, und, nachdem er erwachte, fuhr er auß dem Bette herauß, und wolte sehen, was er seinem untergebenen vor einen Leichen-Text bestellen würde. Doch siehe da! *Florindo* hatte seine Unter-Kleider angelegt, und gieng nach aller Herrligkeit in der Stube spatzieren herum. Wäre iemand anders hinein kommen als *Gelanor,* der hätte geglaubt, er wäre schon todt, und fienge schon an umbzugehen oder zu spücken. So fragte er doch, warumb er nicht im Bette bliebe. Allein er muste sich berichten lassen, daß er vom Sauerkraute so weit *restituirt* wäre, und endlich keines schlimmern Zufalls sich besorgen durffte. Gleich indem stellete sich ein guter Bekandter ein, der dem Patienten die *visite* geben, und Abschied nehmen wolte. Mit diesem überlegte *Gelanor* die wunderliche und gleichsam übernatürliche Cur; Doch wuste er bald seine Ursachen anzuführen, denn sagte er, Leib und Seele stehen in steter Gemeinschafft mit einander, und wie es einem geht, so gehts dem andern auch, doch ist die Seele mehrentheils am geschäfftigsten, und dannenhero auch am kräfftigsten, also daß sie so wohl ihre Freude als ihre Betrübnüß dem Leibe weiß mit zutheilen. Drum heist es, die Einbildung ist ärger, als die Pestilentz, und drum sagen auch die *Doctores,* keine Artzney wircke besser, als da man den Glauben darzu habe. Weil nun dieser Patiente sich das Sauerkraut heilsam eingebildet hat, ist der Leib der Seele nach gefolget, und hat sich eben dieses zur Artzney dienen lassen, was sonst vielleicht sein Gifft gewesen wäre. *Gelanor* dachte dieser *Sympatheti*schen Cur etwas nach; *Eurylas* aber fieng an zu lachen, gefraget warumb? sagte er, ich erinnere mich eines jungen *Doctors* in Westfahlen, der hatte den Brauch, daß er allzeit eine Schreib-Tafel bey sich führte, und also bald eine Artzney glücklich angeschlagen, solches mit sonderbahrem Fleisse einzeichnete. Nun solte er einen Schmiedt am viertägichtem Fieber curiren, dieser wolte ohne des Henckers Danck, Speck und Kohl fressen, der gute *Medicus* hatte seine Bücher alle auffgeschlagen, doch fand er kein gut *votum* vor den Kohl, darum bat er die Frau, so lieb sie ihres Mannes Leben hätte, so fleißig solte sie sich vorsehen, daß er keinen Speck mit Kohl zu essen kriegte. Was geschicht da die Frau nicht wolte, bat der Meister seinen Schmiedknecht, er möchte ihm was bey dem Nachbar zu wege bringen. Der ist nicht faul und trägt ihm unter dem Schurtzfell eine Schüssel zu, daran sich drey Meißnische Zeisigmagen hätten zu tode gessen, die nimmt der arme Krancke, schwache Mann auff das Hertze, den Tag hernach, als der *Medicus* in seiner Erbarkeit daher getreten kömmt, und mit grosser Bekümmernüß der gefährlichen Kranckheit nachdenckt, siehe da, so stehet der Schmied wieder in der Werckstadt, und schmeist auff das Amboß zu, gleich als hätte er die Zeit seines Lebens kein Fieber gehabt, der *Doctor* verwundert sich über die schleunige Veränderung, und als er sich berichten läst, fährt er geschwind über seine Schreibtaffel, und schreibt, S p e c k u n d K o h l s i n d g u t f ü r d a s v i e r t ä g i g e F i e b e r.

In kurtzer Zeit bekam der wohl und hocherfahrne *Practicus* einen matten Schneidergesellen, der eben mit dem Fieber behafftet war, nun schien er nicht von sonderlichen Mitteln zu seyn, daß er viel aus der Apotecke hätte bezahlen können, drumb gab er ihm das Hauß-Mittel, er solte nur fein viel Speck und Kohl zu sich nehmen, doch der gute Mensch starb wie er noch den Kohl in Zähnen stecken hatte. Da wischte er noch einmal über seine Eselshaut, und Schrieb: S p e c k u n d K o h l h e l f f e n v o r d a s v i e r t ä g i g e F i e b e r; a b e r n u r e i n e m W e s t p h ä l i s c h e n S c h m i e d e.

CAP. XXXIX.

Die lachten darüber, doch hatten sie ihre gröste Freude daran, daß *Florindo* so leicht darvon kommen. Nur dieß besorgten sie es möchte leicht ein *recidiv* zuschlagen, wenn sie gar zu bald die Lufft verändern wolten, drumb beschlossen sie, weil ohn dieß der Winter einbrechen wolte, und darzu der Ort so unannehmlich nicht war, etliche Monat außzuruhen. Da lieffen nun viel Thorheiten vor, doch waren die meisten von der Gattung, derer oben gedacht sind, also daß sie nur mehr Exempel zu einer Thorheit antraffen. Eines kan ich nicht unberühret lassen. Es kam die Zeit, da man die Weynacht Feyertage zu begehen pfleget, da hatten sich an dem vorhergehenden heiligem Abend unterschiedene Partheyen bunt und rauch unter einander angezogen, und gaben vor; sie wolten den heilgen Christ *agiren*. Einer hatte Flügel, der ander einen Bart, der dritte einen rauchen Peltz. In Summa, es schien als hätten sich die Kerlen in der Fastnacht verirret, und hätten sie anderthalb Monat zu früh angefangen. Der Wirth hatte kleine Kinder, drum bat er alle Gäste, sie möchten doch der *solenni*tät beywohnen. Aber *Gelanor* hörete so viel Schwachheiten, so viel Zoten und Gotteslästerungen, die absonderlich von denen also genanten Rupperten vorgebracht wor den, daß er mitten in währender *action* darvon gieng. Den andern Tag als sie zu Tische kamen, sagte *Gelanor,* ist das nicht ein rechtes Teufelswerck, daß man in der heiligen Nacht, da ein iedweder sich erinnern soll, was vor einen schönen und tröstlichen Anfang unser Heil und unsere Erlösung genomen, alles hingegen in üppigen und leichtfertigen Mummereyen herum läufft. Ich halte mancher trägt es einer Magd das gantze Jahr nach, biß er sie bey dieser anständigen Gelegenheit auff die Seite bringen, und die Beschwerung mit ihr theilen kan. Darnach gehts, wie mir die Gotteslästerliche Rede einmahl vorgebracht worden. Ich weiß nicht wer (Gott vergebe mirs, daß ich es nur halb vorbringe) habe der Magd ein Kind gemacht. Ja es geschicht daß der Nahme bey etlichen bekleibt, und also einer oder der andere etliche Jahr der heilige Christ heissen muß. Wie man nun darbey den hochheiligen Namen, davor die Teufel erzittern, mißbraucht, ist unnoth viel zu erzehlen. Ja bey dem gemeinen Volcke sind so grobe unbedachtsame Redens-Arten im Schwange, darbey die Kinder von Jugend an sich liederlicher und Gottsvergessener Reden angewehnen. Ein Schuster, wenn er seinen Kindern ein paar Schuh hinleget, so ist die gemeine Redensart, der heilige Christ habe sie auß dem Laden gestohlen, gleich als wären die Kinder nicht so klug, daß sie könnten nachdencken, darff der stehlen, der heilig ist, und den ich anbeten muß, so darff ichs auch thun. Dergleichen thun andere Leute auch. Der Wirth hörte ihm zu, endlich sagte er: Ey wer kan alle Mißbräuche abschaffen; Die Gewonheit ist doch an sich selbst löblich. Es wird den Kindern eine Furcht beygebracht, daß sie desto eingezogener leben, und auß Begierde der Christbescherung sich frömmer und fleißiger erweisen. *Gelanor* versetzte dieß, mein Freund, sagte er, das ist auch das eintzige Mäntelgen, darunter die Papistischen Alfentzereyen sich verdecken wollen. Doch gesetzt, es wäre ein Nutz darbey, weiß man denn nicht, daß der Nutz kein Nutz ist, wenn er einen grössern Mißbrauch nach sich zeucht. Es ist ein eben thun umb die Furcht und um die Freude, die etwan drey oder vier Tage währet. Ist die Furcht groß, so ist die Verachtung desto grösser, wenn sie hernach den heilgen Christ kennen lernen, da haben sie ein gut *principium* gefast, sie dürffen nicht allem glauben, was die Eltern von der Gottesfurcht vorschwatzen. Ja weil sie noch in ihrer Einfalt dahin gehen, sehen sie augenscheinlich, daß der heilige Christ seine Gaben nicht nach der Gerechtigkeit außtheilet. Reicher Leute Kinder sind die muthwilligsten, und die bekommen das Beste. Die Armen haben bißweilen den Psalter und den Catechismus etliche mahl auß gelesen, und müssen mit ein paar Krauthaupten und etlichen Möhren oder Rüben vorlieb nehmen. Mich dünckt der Eltern Ruthe ist der beste Ruppert, und ihr Zucker oder was sie sonst Jahr auß Jahr ein pflegen außzutheilen, ist der beste heilige Christ. Dieses muß 360. Tage kräfftig seyn. Warumb will man einen solchen Lermen auf fünff oder sechs Tage anfangen, der niemanden zuträglicher ist, als den Puppen-Krämern. Ich besinne mich, sagte er ferner, daß in einer vornehmen Stadt ein gelehrter Mann war, der sich mit den Gauckel-Possen nicht wohl vertragen kunte, der ließ die Kinder kaum drey Jahr alt werden, so sagte er ihnen den gantzen Handel, und stellte ihnen an dessen Statt die Ruthe für, die *operirte* mehr als bey den Nachbarn ein vermumter Küster-Junge. Drumb als sich auch die Andern beschwerten, es hätten dessen Kinder ihre verführt, und ihnen den heiligen Christ kennen lernen, lachte dieser und sagte, warumb seyd ihr nicht so klug und sagts ihnen selbst, so dürfften es meine Kinder nicht thun. Hier gab der jenige, von dem wir *cap.* 37. gedacht haben, daß er in die *Compagnie* auffgenommen worden, und der ins künfftige *Sigmund* heissen soll, sein Wort auch darzu. Die Gewonheit, sagte er, ist so weit eingerissen, daß man schwerlich eine Enderung hoffen kan, und über diß scheint es zwar, als wären die Mummereyen den Kindern zu gefallen angestellt. Doch die Alten thun es ihrer eigenen Ergetzlichkeit wegen, indem sie auß übermässiger Liebe den Narren an den Kindern fressen, und dannenhero in ihren *Affecten* nie besser vergnügt sind, als wenn sie dergleichen Auffzüge vornehmen sollen. Drumb worzu die Leute ingesamt Lust haben, das läst sich schwerlich abbringen.

Solche *Discurse* wurden *continuirt,* biß sie auf etwas anders fielen. Da war ein vornehmer Hoffrath mit am Tische, welcher sich der *Ferien* zu gebrauchen, etliche Meilen von dar auf eine Gevatterschafft begeben wolte. Der hatte an den Gesprechen ein sonderlich Gefallen, und damit er auch etwas von dem seinigen möchte beytragen, sagte er: Ihr Herren, ihr habt viel Sachen auf die Bahn gebracht, ich wil auch etwas vorbringen, darin ich eure

Meynung gern hören möchte. Unlängst war ein ansehnlicher Pfarrdienst ledig worden. Zu diesem gaben sich unterschiedene *Candidati tàm Ministerii quàm Conjugii* an. Unter andern waren etliche *Supplicatio*nen sehr possierlich eingericht, die ich abschreiben ließ, in Hoffnung, ich könte mich auf der instehenden Zusammenkunfft nicht lustiger machen, als wenn ich die Händel mit guten Freunden belachen solte. Ich muß sie doch *communiciren,* und hören, welchen sie wohl am ersten befördert hätten, wenn sie an des Fürsten Stelle gewesen.

Die erste *Supplication.*

P.P. E. Fürstl. Durchl. besinnen sich gnädigst, daß ich schon vor sechs Jahren in dero *Consistorio ex aminirt* und unter die *Expectanten* eingeschrieben, auch bißhero auf gewisse *promotion* vertröstet worden. Ob ich nun wohl gemeinet, ich würde in so langer Zeit meines Wunsches gewähret werden, daß ich meine wohlhergebrachten *Studia,* GOtt und der Christlichen Kirchen zu Ehren hätte können an den Mann bringen, so will es doch fast scheinen, als hätte ich meine fünff *Disputationes* auf der *Universit*ät, und meine hundert und fünffundsiebentzig Predigten in währender *Expecta*ntz gar umbsonst gehalten. Sonderlich weil andere, die mir nicht zu vergleichen, gantz auf unverantwortliche Weise vorgezogen worden, also daß andere Leute an meiner *Erudition* zu zweiffeln anfangen, da es doch denen, so mich *examinirt,* am besten wird bekant seyn, daß ich nicht in einer Frage die geringste *Satisfaction* bin schuldig blieben. Und dieses hab ich etliche mahl so hefftig *ad animum revocirt,* daß ich gäntzlich beschlossen, nicht einmahl anzuhalten; weil sie doch meine Qualitäten wüsten: und bey vorfallenden Bedürfftniß mich leicht erlangen könten. Jedennoch solches hätte bey etlichen *passionirten* Gemüthern, dergleichen ich mehr als zu viel wider mich habe, vor eine Verachtung mögen außgeleget werden, gleich als hielte ich E.F. Durchl. nicht so würdig, daß sie ein unterthänigstes *Supplicat* von mir sehen solten. Uber diß hätte sich E.F. Durchl. einmahl entschuldigen mögen, als hätte ich mich nicht zu rechter Zeit angegeben, daß sie also bey dero hochwichtigen Angelegenheiten meiner vergessen. Drumb wil ich mein letztes Bitten hier in *optimâ formâ* ablegen. E.F. Durchl. wolle gnädigst geruhen, mir das verledigte Pfarrdienst zu NN. vor andern zu gönnen, und in gnädigster Versicherung zu leben, daß ich keine Stücke von meiner *Erudition* werde unangewendet lassen. Ist keine Schande mehr in der Welt, daß ich über Verhoffen solte darhinter hingehen, so will ich auch die Zeit meines Lebens nicht mehr anhalten, und wil meine schöne *studia* aller Welt zu schimpffe verderben lassen. Nun ich versehe mich noch des Besten, und wünsche dannenhero etc.

Gelanor sagte hierauff: der Kerle muß ein vielfältiger Narr seyn, erstlich weil er seine *Erudition* so hoch rühmet, da sie doch allen Umbständen nach nicht viel über das mittelste Fenster wird gestiegen seyn: darnach weil er vom Fürsten und Herren eine Gnade abtrotzen wil. Es heist ja *ex beneficii negatione nulla est injuria*. Und wie würde der Mensch beten, wenn er sich in Gottes *horas & moras* schicken solte, da er in sechs Jahren an allem Glücke verzweifeln wil. Wäre ich Fürste gewesen, ich hätte ihm an statt des Dienstes eine *Expectan*tz auf zwölff Jahr gegeben, mit angehängter Vertröstung, wenn er nach verflossener Zeit, höflicher würde, und sich gebührlich angebe, solte er nach Befindung seiner *meriten accommodirt* werden.

Die andere *Supplication*.

P.P. E. Durchl. haben viel Brieffe zu lesen, drumb muß ich meinen kurtz machen. Es hat sich zu N.N. das Pfarrdienst verlediget, das möchte ich gern haben. Nun weiß ich, wer nicht *supplici*rt, bekömmt nichts: Aber ich sehe, daß viel *supplici*ren, die auch nichts bekommen. Dannenhero ist an E.F.D. mein unterthänigst gehorsamstes Bitten und Flehen, sie wollen doch dero angebohrnen Gnade nach, mir einen Weg an die Hand geben, darbey dero Hochfürstlichen Gemüthe ich gewinnen, und den Dienst darvon tragen möchte. Solche, etc.

Gelanor sagte, wo dieses dem Fürsten zur guten Stunde ist überreicht worden, so ist kein Zweiffel, er wird sich an der artigen *Invention* ergetzt, und desto lieber in des *supplican*ten Begehren eingewilligt haben: hat er aber die Zeit nicht getroffen, so möchte er eher eine *Vocation* zur *Superintendentur,* in der Narren-Schule, als zu diesem Kirchendienste bekommen haben, ich wolte es keinem rathen, der nicht *Patro*nen auf der Seite hätte, die es bey vorfallender Ungnade, mit einer milden und angenehmen Außlegung entschuldigen könten.

Die dritte *Supplication.*

Ehrnvester, Hochweiser und Allmächtiger Hr. Fürst.

Euer Ehrentugenden thue ich mich gantz und gar befehlen, und bitte euch gar sehr, macht mich doch zum Pfarr in NN. Ich habe predigen gelernt, ich kan auch die Lateinischen Bücher verstehn, ich weiß auch das *Examen eorum qui* gantz außwendig, und ich halte nicht, daß sich einer so hübsch an den Ort schicke als ich, ach gnädiger Juncker, laßt euch nicht andere Leute überreden, die grosse *Complemante* machen, ihr sollet so einen rechtschaffenen Mann an mir haben, der alle Wochen acht Buß-Psalmen vor euch beten soll. Nun lieber Herr, meint ihr, daß ich mit dem Dienste versorget werde, so schreibt mirs doch fein bald wieder. Im Gasthoffe zur güldenen Lauß ist ein Fuhrmann Karsten Frantze, der kan den Brieff biß auf die halbe Meile nehmen, da will ich auf ihn warten, daß er meiner nicht verfehlt. Unterdessen Gott befohlen.

Euer guter Freund, und wann ihr wollt zukünfftiger Pfarr.

N.N.

Sigmund sagte, dieses muß ein blöder einfältiger Schöps seyn, der sich vielleicht besser zu einem Schweintreiber, als einem Seelsorger schickte, da möchte man seinen Namen auf die Schweinkoben schreiben, und darzu setzen *Pastor hujus loci*.

Die vierdte *Supplication*.

<u>*Serenissime Princeps.*</u>

Vacat in oppido N.N. munus Ecclesiasticum, quod Te agnoscit Patronum. Proinde ut locum suppleas, necessitatis est; ut è multis unum eligas, clementiæ tribuitur, cujus utinam ego tam fierem particeps, quàm hactenus egens fui. Nulla hominum est gratia, quæ me commendet: sed eâ nec opus est in divino munere. Splendidam & superciliosam non profiteor doctrinam; sed sine quâ Deo placere possumus. Paupertas me premit; sed quæ Christum & Apostolos non oppressit. Deum veneror in cujus manu corda Principum. Sanè quid rogare debeam? ignoro: quid cupiam, scio. Tu quid faciendum, judicaveris. Id saltem oro, si Deo visum fuerit eam mihi committere provinciam, nolis paterne ejus directioni resistere, An vicem exsoluturus sim, non addo. Beneficium quippe quod refundi postulat locatum videtur opus. Neque indiget Princeps subditorum praemiis, nisi præmiorum loco ponere velis obedientiam, precesque ad Deum pro incolumitate tuâ indefessas, quam quidem solutionem plenis tibi manibus offero. Vive Pater Patriæ & Vale.

225

Gelanor hatte wieder seine Gedancken darbey. Der gute Mensch mag seine Lateinische *Autores* wohl gelesen haben. Doch weiß ich nicht, ob man allzeit auf die alte Manier schreiben darff. Die Welt will sich lieber in *abstracto,* anreden lassen, und es scheint annehmlicher *tua serenitas,* als *tu,* ob man gleich nicht leugnen kan, daß viel Redens-Arten bey solchen weitläufftigen *abstractis* zu schanden werden. Sonst leuchtet eine *affectir*te Art zu schreiben herauß, die einer kleinen *Theologi*schen Hoffart ähnlich sieht. Er hätte seine Meynung viel deutlicher können von sich geben, so hat er was sonderliches wollen vorbringen. Gott gebe daß er nicht einmahl im *Ministerio* mit hohen Worten auffgezogen kömmt. Darzu ist es nicht unrecht, daß man einem Fürsten, sonderlich zu der Zeit, wenn man umb Gnade bitten wil, mit demütigen und unterthänigen Worten begegnet.

Der Hoffrath hatte gedultig zugehöret. Endlich sagte er, der andere hätte das beste Glücke davon getragen. Dem vierdten wäre anderweit Beförderung versprochen worden. Die übrigen hätte man schimpflich abgewiesen. Eines *referirte* er von den Prob-Predigten, daß einer ohne die beyde noch dazu begehret worden, der eine prächtige aber nicht allzu trostreiche Predigt gehalten. Doch wäre ein Juncker in der Kirche gewesen, der hätte ihn verrathen, daß sie von Wort zu Wort auß einem Frantzösischen Jesuiten übersetzt, und dannenhero von wenig Trost und geistlicher Erquickung gewesen. Drumb hätten die *Censores* auch sich verlauten lassen. Sie wolten lieber einen blossen Postillen-Reiter haben, der fromme und geistreiche Männer *imitirte,* als einen solchen Hülsen-Krämer, der unter dem Schein einer sonderlichen Wissenschafft und eines unvergleichlichen Fleisses nichts als Spreu und lehre Worte vorbrächte. Man hätte auß der Erfahrung, daß solche Prediger zwar *delectirten,* doch bey den Zuhörern, sonderlich bey einfältigen Leuten, auf welche man vornehmlich sehen solte, gar schlechten Nutz schafften.

CAP. XL.

Hier ward der *discurs* durch einen unverhofften Lermen verstört, der sich vor der Stube zwischen der Frau und den Mägden erhub. Der Wirth lieff zu, und wolte zum Rechten sehn. Doch ward es viel ärger, und thät er nichts bey der Sache, als daß er das Geschrey grösser machte. Endlich kam der Hausknecht, den fragten sie, was für ein Unglücke entstanden wäre, dieser berichte, die Mägde wolten alle viere in die Kirche gehen, die Frau wolte hingegen haben, es solte eine bey den Kindern zu Hause bleiben. *Eurylas* verwunderte sich über die grosse Andacht, die er bey dem heutigen Mägde-Volcke nicht gesucht hätte. Der Knecht halff ihm auß der Verwunderung. Denn er sagte, sie rissen sich nicht umb die Predigt oder sonst umb den Gottesdienst: sondern sie würden in der Kirche das Kind wiegen, den Vogelgesang und den Stern mit den Cimbeln gehen lassen, deßwegen wolte keine die schönen Sachen versäumen. Sonst wüste er wohl, daß man vier Wochen zu schelten hätte, ehe man sie einmahl könte in die Kirche bringen. *Eurylas* sahe die andern an, und als sie nichts darzu reden wolten, fragte er, was sie von dieser Kirchen-Gauckeley hielten. Ob es nicht ein Anhang wäre von dem vermummten heiligen Christo? *Sigmund* gab zur Antwort, in diesem Stücke möchte er leicht zum *Purita*ner werden, und die Papistischen Ceremonien mit dem kindischen Kinderwiegen abschaffen. Die Leute würden zwar *delecti*rt, absonderlich hätte es bey den Kindern gar ein schönes Ansehen, doch wäre es besser, man *delecti*rte sie mit geistlichen Weynacht-Liedern, als daß man sie mit solchen *Vanitæ*ten von der Andacht abführte. Der Hof-Rath sagte, das wäre ein geringes, gegen den *Chosen*, die sonsten auff der Orgel getrieben würden. Er wäre unlängst an einem Orte in der Kirche gewesen, da hätte die Gemeine gesungen, Erbarm dich mein, O HErre Gott, der Organist hätte indessen drein gespielet mit lauter sechsviertheil und zwölff achtheil *Tact*, daß man also lieber getantzet als die Sünden beweinet hätte. Ingleichen wüste er anders wo einen Organisten, der hätte an stat des *Subjecti,* das altväterische Lied durch geführt; So wollen wir auff den Eckartsberg gehn. Ja er hätte wol eher in der Kirche *Sonaten* gehört, die nicht viel geistreicher herauß kommen, als Hertzeliebe Liese. Doch hiermit fiengen sie an in die Kirche zu läuten, und stunden alle vom Tische auff. Etliche giengen in die Predigt, etliche blieben zu Hause. Nach der Kirche kam ein junger Stutzer, der wolte ungeacht des heiligen Tages auff dem Schlitten fahren, und hatte sich den Zeug darzu gar prächtig auffgeputzt: doch er mochte wol an keinem Fürstlichen Hofe seyn Stallmeister gewesen, oder zum wenigsten mochte das Pferd kein Hochdeutsch verstehn. Denn es kam alles so verkehrt und seltzam herauß, daß wohl hundert Jungen hinter drein lieffen, und mit hellem Halse schrien, Haber, Haber, Haber, Haber. Der Handel verdroß ihn, und gewiß, 15. Thaler wären ihm lieber gewesen, als der Schimpf, doch meinte er, es wäre noch zu verbessern, und wolte auff dem grossen Platze gleich vor dem Wirthshause etliche Rädgen herum drehen, und kam den alten Weibern, die Aepffel, Nüsse, Kraut, Käse und andere Höckereyen feil hatten, mit den Kuffen in ihre Körbe, daß eines hin das andere her flog. Die Jungen lieffen zu und lasen auff, die alten Weiber warffen mit ihren Feuerpfängen darzwischen, und wolten ihre Wahren nicht preiß geben. Das Pferd ward von dem Getöse scheu gemacht, daß es durchgieng, biß der Schlitten an einem Eckstein in tausend Stücke zersprang, und der Stutzer in seinem Luchsbeltze auff dem Eise herum baddelte, wie ein Floh im Ohre. Wo das Pferd hinlieff, konten sie auß dem Gasthofe nicht sehn. Doch in kurtzer Zeit kamen etliche Jungen, die hatten es angepackt, und ritten so lange in der Stadt herum, biß der Kerl, dem das Pferd zustund die Reuterey zerstörete. *Florindo* hatte seine sonderliche Lust daran, und sagte, ein andermal bleib an dem heiligen Tage zu Hause, und den folgenden Tag sieh zu, ob dir das

Schlittenfahren von statten geht, wo nicht so bleib wieder zu Hause. *Eurylas* sagte: Ich möchte gerne wissen, warum einer so gern in der Stadt auff dem Schlitten fährt. Ich lobe es im freyen Felde, da mag ich thurnieren nach meinem Gefallen, und stosse an keinem Eckstein an: Ich mag auch so offt umwerffen als ich wil, und ist doch niemand, der mich außlacht, oder mir das Unglück gönnt. Ja wohl, sagte *Sigmund,* ist die Lehre nicht zu tadeln, wenn man auß Lust auff dem Schlitten fährt. Wo man aber dem Frauenzimmer zu gefallen sich wil sehen lassen, da giebt es auf dem freyen Felde schlechte Possen. Drumb gleich wie iener blinde Bettelman nirgend lieber gieng, als wo er von dem Volcke gedränget und gedruckt ward: also fahren auch solche verliebte Hertzen am liebsten, wo die Ecksteine und die Qvergassen am gemeinsten sind. Indem sie noch davon redeten, kam der gewöhnliche Postwagen, welcher Tag vor Tag fort zu gehen pfleget, im Wirthshause an, und hatte unterschiedene Personen auffgeladen, denen der Wirth mit einem Trunck warmen Seckt begegnete, daher sie nach der Kälte gar wohl erquicket wurden. Doch hatten sich etliche so sehr erkältet, daß sie den Abend drauff nicht wieder fort wolten: sondern biß auf bessere Gelegenheit in der warmen Stube sitzen blieben. Auff den Abend bey der Mahlzeit kamen sie mit zu Tische, da saß einer gantz ernsthafftig, als ein erstochener Bock, daß auch die andern nicht wusten, woher ihm einiges *disgusto* möchte entstanden seyn. *Eurylas,* der solche Sauertöpfische Gesichter in der Gesellschafft nicht gerne leiden konte, fragte ihn, warum er sich so betrübt befände? Dieser gab die unbescheidene Antwort von sich, er habe in acht Tagen kein süsses gessen. *Eurylas* merckte den Bauer wohl, daß er von derselben Gattung wäre, die keinen Schertz vertragen können; drum hatte er seine Lust, daß er ihm noch mehr Verdruß erwecken solte, und sagte, mein Herr, hat er nichts süsses gessen, so hat er doch vor dem Essen süssen Wein getruncken. Dieser fuhr ungestümm herauß, es hätte ihm niemand seinen Wein vorzuwerffen, hätte er was getruncken, so wäre es auch von seinem Gelde bezahlet worden, es gienge einen andern nichts daran ab, was er endlich verzehren wolte. *Eurylas* der höhnische Gast hatte den Trotzer auf dem rechten Wege, dannenhero winckte er auch den andern, absonderlich dem *Florindo,* sie möchten nichts darzwischen reden, dadurch die Lust verderbet würde, und sagte hingegen, der Herr habe keinen Ungefallen an meinem Schertze, die Freundschafft, die ich bey ihm verlange gibt mir Anlaß darzu. Der gute *Mopsus* warff das Maul auff und sagte, er hätte ihm noch keinen Boten geschickt, der ihn um die Freundschafft ansprechen solte. Und vielleicht schickt sichs, daß wir das gantze Gespräche ordentlich fortsetzen.

Euryl. Hat er mir keinen Boten geschickt, so wil ichs thun, und wil selbst mein grosser Bote seyn.
Mops. Solchen Boten pfleget man schlecht zulohnen.
Euryl. Eine schlechte Belohnung ist besser, als gar keine.
Mops. Ey was sol das heissen? wollet ihr einen Narren haben, so schaffet euch einen, ich zehre hier vor mein Geld, und bin so gut als ein ander, ich laß mich keinen vexiren, und solte der Hagel drein schlagen.
Euryl. Ich sehe, bei dem Herrn ist ein kleiner Mißverstand.
Mops. Was? was? wer hat einen Mistverstand? ich habe keinem Bauer Mist geladen, und ich halte den jenigen selbst vor einen Ertz-Mist-Hammel, der mir solches wil Schuld geben.
Euryl. Wenn der Herr an D. Luthers Stelle wäre gewesen, solte er nicht eine schöne Außlegung über den Catechismum gemacht haben.
Mops. Und ihr sollet die Außlegung über den Eulenspiegel machen.
Euryl. Was ist denn der Eulenspiegel vor ein Ding?

Mops. Er ist ein Kerle gewesen, vor dem niemand hat können zu frieden bleiben.
Euryl. Hat er auch können Schertz verstehen?
Mops. Ja wenn es ihm gelegen war.
Euryl. Nun so gilt es ein halbes auff *Mons.* Eulenspiegels gute Gesundheit.
Mops. Ihr möcht wol selbst ein Eulenspiegel seyn.
Euryl. Ich wolte viel schuldig seyn, daß ichs wäre, so hätte ich ohne Zweiffel bey dem Herrn bessere *addresse,* als itzund.

Bey diesen Worten stund *Mopsus* vom Tische auff, warff Teller, Messer und Gabel von sich, und fluchte alle Elemente nach der Ordnung daher, biß er oben in sein Zimmer kam, da er die Boßheit nach seinem Gefallen außlassen mochte. Einer, der mit ihm auf dem Postwagen gesessen, konte nicht gnug erzehlen, was sie vor Müh auff der Reise mit ihm gehabt; es hätte niemand den geringsten Schertz dürffen vorbringen, so hätte er alles auff sich gezogen, und zwar mit so einer lächerlichen außlegung, daß man fast ein Buch davon schreiben möchte. Und über diß hätte er keinen Schimpff wollen auff sich ersitzen lassen, sondern hätte sich allezeit mit lächerlichen *retorsionibus* gewehret. Ich muß, sagte dieser, nur etliche Exempel anführen. Einmal ward auff dem Wagen gefragt, was man guts im Wirthshause zu hoffen habe, und sagte einer diß, der andere was anders. Ich sagte, haben wir sonsten nichts, so haben wir einen guten Stockfisch. Da befand er sich also bald *offendirt,* und sagte, er wäre darumb kein Stockfisch, wenn er schon bey einem Fischhändler wäre zu Tische gangen; wer ihn davor hielte, möchte wohl ein gedoppelter Stockfisch seyn. Nun konte ich wol mit Grund der Warheit sagen, daß ich nicht gewust, woher er gewesen, viel weniger wo er zu Tische gangen, also daß ich wol ausser verdacht war, daß ich ihn nicht gemeinet hatte. Ferner fragte einer ob Nürnberg in Schwaben läge? Da fuhr dieser auff als eine Wasserblase im Bade, und sagte, es könte ihm kein ehrlicher Kerle nachsagen, daß er ein Schwabe wäre, er hätte sein Vaterland viertzig Meilen von Schwaben abgelegen, doch sehe er wohl, sie hätten es ihm zum Verdruß und zum Angehör vorgebracht. Ein ander schwatzte von Kleidern, und meynte, wer itzt einen Beltz wolte machen lassen, der solte nur nach guten Futter fragen, der Uberzug möchte leicht von Berenheuterzeug gut genug seyn. Da wolte er schliessen, man hätte ihn einen Berenheuter geheissen. Doch es fehlete nicht viel, daß er nicht ein paar dichte Maulschellen davon getragen. *Eurylas* sagte, der Kerle müste ein wunderlicher Narr seyn, der sich in keine Gesellschafft schicken könte. Doch nam sich *Gelanor* seiner an, und redete sein Wort. Laßt ihn einen Narren seyn, sagte er, was kan er davor? seine Natur bringet es nicht anders mit sich. Er hat ein Melancholisch verdrießliches *Temperament,* dadurch er von aller Lust und Kurtzweil abgehalten wird. Muß man doch leiden, daß in einer Compagnie, da alle Käse essen, einer die Nase zuhält und nicht mit macht. Mancher isset keine Buttermilch, ein ander trinckt kein Bier, ja man findet Leuthe, die kein Brot riechen können. Gleich wie nun solche Menschen deßwegen vor keine Narren zu halten seyn, ob sie gleich dasselbe nicht nachthun, was andern angenehm ist: Also muß man auch von diesen urtheilen, die an Schertz und andern Lustigkeiten gleichsam von Natur einen Abscheu haben. Doch solte ein solcher Mensch sich entweder der Gesellschafft gantz äussern, und sein Vergnügen in der Einsamkeit suchen: Oder wenn er ja nicht Umbgang nehmen könte, bey Leuthen zu seyn, so solte er seine Natur zwingen, und nicht alles mit so grosser und lächerlicher Ungedult aufnehmen. Denn was hat ein ander darvon, daß er seine Worte so übel außlegen lassen, und daß er seiner Freymüthigkeit wegen sich allerhand Ungelegenheit über den Hals ziehen soll.

CAP. XLI.

Den folgenden Tag kamen unterschiedene junge Weibergen, und besuchten die Wirthin, welche allem äusserlichen Ansehen nach, bald wolte zu Winckel kriechen. Nun hatte *Gelanor* mit den seinigen das Zimmer neben ihrer Stube eingenommen, also daß man alles vernehmen konte, was darüber geredet ward. Solcher Beqvemligkeit bediente sich *Florindo,* und hörete die anmuthigen Gespräche mit sonderbahrer Freuden an. Die Wirthin fragte eine, Schwestergen, gehestu nicht zur Hochzeit? da antwortete diese ach was solte ich zur Hochzeit machen, ist es doch eine Schande, wie man hinunter gestossen wird. Es hat meinen Mann wol tausend mal getauret, daß er nicht ist *Doctor* oder zum wenigsten *Magister* worden. Da hat er das seinige verreiset, und hat wohl mehr gesehen als ein ander. Aber es gehet hier zu Lande nicht nach Geschickligkeit. Sonst wolten ich und mein Mann wohl über die Taffel kommen. Eine andere sagte. Eben darumb habe ichs meinem Manne gar fein abgewehnet, daß er an keinen vornehmen Ort zur Leiche oder zur Hochzeit gehen darff. Ich lobe es bey geringen Leuten, da hat man das Ansehen allein, und geht über die andern weg. Es ist auch wahr, die Vornehmen haben es doch keine Spanne höher, als die andern; Die dritte sagte: Ja hätte diß nicht gethan, mein Mann hätte nicht so viel Geld dürffen hingeben, daß er wäre Fürstlicher Rath worden. So dencke ich, sechshundert Thaler sind leicht zu vergessen, wenn man nur allen stoltzen Kluncker-Füchsen nicht darff nach treten. Die erste fiel ihr in die Rede: Ja Schwestergen, sagte sie, wer weiß, wie lange es mit der Herrligkeit währet, weist du nicht, wie viel Leute Geld dargegen spendiren wollen, daß sie deinen Mann wieder herunter bringen. Ach thäte daß nicht, ich hätte lang ein stücke Gut verkaufft, daß wir auch einen solchen Ehrenstand kriegt hätten. Die andere sagte: Ich wil mich umb den Gang nicht zu Tode grämen. Nur das verdreust mich an meinem

Mann, das er nicht vier biß fünffhundert Thaler dran wagt, daß wir dürffen Sammet-Peltze tragen. Die dritte sagte: Ich weiß wohl, es sind viel Leute, die uns unsere Ehre nicht gönnen. Aber wir wollen darbey bleiben, und solte es uns noch tausend Thaler kosten. Es ist ein eben thun umb den Großsprecher, der uns zu wider ist, wenn er sat zu fressen hätte. Da frisst der kahle Hund welcke Rüben, und hertzt die Frau, damit tritt er an die Haußthüre, und stochert in den Zähnen, so dencken alle Bauren, die vorübergehen, er hat Fleisch gessen. Die vierdte hatte bißher still geschwiegen, nun gieng ihre Klapperbüchse auch loß. Ach sagte sie, ich lasse mir auff die Hochzeit ein schön Kleid machen. Wir sind Freundschafft, da werden wir vorgezogen. Ach es gefält mir gar zu wol, wenn die stoltzen Weiber, die sonst immer oben hinauß und nirgend an wollen, so brav das Nachsehen haben, und mir hinten nach zotteln. Die erste sagte: Ja ich besinne mich, was ich bey meiner Mutter Begräbniß vor eine Freude hatte, daß ich durffte über die Burgemeisters Weiber gehn. Die andere sagte: Ja, als hätte ich neulich die Ehre nicht gehabt, da mein Vater begraben ward, da giengen mir zwölff *Doctors* Weiber nach. Die dritte sagte, unlängst gieng mein Mann über etliche Edelleute, und es soll mich mein Lebetage reuen, daß ich bin zu Hause blieben, wie hätte ich die grossen Frauen von Adel wollen über Achsel ansehn, wann sie wären hinter mir angestochen kommen. Die Vierdte sprach: Ach botz tausend hätte ich doch bald das beste vergessen, sprechen doch die Leute Herr N.N. ist Rathsherr worden, wer wird nun mit seiner Frau außkommen, die stoltze Noppel wuste ohn dem nicht, wie sie das Maul solte krum genug außzerren. Mein Mann ist sonst gut Freund mit ihm gewesen; Aber der Hencker solte ihm nun das Liecht halten, wenn er weiter mit ihm Freundschafft hielte. Ja wohl, daß er ihn liesse oben an gehen. Ach nein trinckt dort numm, es sind der Sauren, ich mag sie nicht. Es verlohnte sich der Müh mit der Bauer-Magd. Vor sechs Jahren hätte sie noch die Gähse gehütet, und Qvarck-Käse gemacht, nun solte sie mir vorgezogen werden. Ja, ja schiers künfftig wenn Pfiengsten auf den Grünen-Donnerstag fällt. Ich thue es nicht, und wenn ich sechs Jahr nicht solte auß dem Hause gehen. Die erste versetzte: Ey Schwestergen, glaube es nicht, sie werden so einen höltzernen Peter nicht zum Rathsherrn machen. Ja wenn es Mistladens gülte, so möchte er weise gnug darzu seyn, und wenn er auch so klug wäre, als der weise König Salomon, so thäten sie es der Frauen wegen nicht, wer wird denn einen solchen Nickel lassen oben an gehen, wo wolten wir Strümpffe kriegen, die wir dem Bauer-Mutze anzögen: denn du weist wohl, die Beine geschwellen den gemeinen Leuten, wenn sie zu viel Ehre kriegen. Die Wirthin hatte zwar zum Gespräche Anlaß gegeben, doch konte sie nicht wieder zu einem Worte kommen. Und da gemahnete sie dem *Florindo,* wie jener *Superintendens,* der war zur Hochzeit, und als einer sagte, es wunderte ihn, warumb die Weiber so stille sässen, sagte dieser hingegen, gebt euch zufrieden, ich will den Weibern bald zu reden machen, und ruffte seiner Frau überlaut: Jungefrau wie viel gabt ihr gestern vor einen Stein Flachs? damit war das Wespen-Nest rege gemacht, daß die Männer ihr eigen Wort nicht vernehmen konten, und ihre *retirade* zur Stuben hinauß nehmen musten. Also hatte die gute Wirthin mit einer Frage so viel zuwege bracht, daß sie stillschweigen kunte, weil ihr doch das Reden etwas saur ankam: doch war es ihr unmöglich, daß sie gar ungeredt darbey sitzen solte, drumb sagte sie dieß darzu: Ach mein Mann hätte lange können Rathsherr werden, wenn er gewolt hätte, aber das Prackdezeren bringt ihm mehr ein. Sonst dürffte er wider den Rath nichts annehmen. Er ist bey einem Freyherrn Gerichts-Verwalter, das wird ja so vornehm seyn als ein junger Rathsherr.

Bey diesem Gespräche war eine alte Frau, welche bey der Wirthin Niederkunfft solte Wärterin werden, die muste ihren Dreyhellers-Pfennig auch darzu geben. Ihr jungen Weibergen, haltet mirs als einer unverständigen Frau zu gute, daß ich auch was drein rede. Sind es nicht rechte Narren-Possen mit dem oben an gehen. Ich dächte, wenn man gute Kleider am Leibe, und gut Essen, und Trincken im Bauche hätte, so thät ich was auf die elende Ehre. Man wird ja weder fett noch dürre davon, ob mann im ersten oder im letzten Paar geht. Ich hätte mei Sile nicht zu einen Manne getocht, wäre mir eine Frau mit den Obenangehen auffgezogen kommen, ich hätte ein Banckbein außgetreten, wann sonst kein Stecken wäre zur Hand gewesen, und hätte ihr die sechshundert Thaler zu gezehlt. Zu meiner Zeit waren auch vornehme Leute, sie giengen in ihren mardernen Schauben daher, daß einem das Hertze im Leibe lachte. Allein von solchen Narren-Possen, wie die Leute itzt vornehmen, hab ich nie gehört. Ach ihr jungen Spritzen, lasset es bey den alten Löchern bleiben, und lasset die neuen ungebohrt.

CAP. XLII.

Florindo hätte gern gehört, was die Weibergen vor eine Antwort würden gegeben haben, doch der Wirth kam in die Stube, und empfieng sie, brachte auch hernachmahls andere Fragen auf die Bahne, daß der *præcedenz* mit keinem Worte mehr gedacht ward. Es lieff auch in seiner Stube etwas vor, daß er abgehalten ward ferner zu zuhören. In etlichen Tagen aber begab sich ein possierlicher *Casus,* denn *Florindo* mochte den künstlichen Schlittenfahrer einen gedoppelten Berenheuter geheissen haben, und solches war dem Kerlen durch den Haußknecht hinterbracht worden. Drumb weil er sich mit dem Degen nicht erkühnete alles außzuführen, gieng er zu einem *Notario publico,* und ließ sich eine Klage auffsetzen, übergab solche dem Stadtrichter, welcher auch auß obliegendem Ampt dieselbe alsobald *insinui*ren ließ, mit Begehren, mit der Gegen-Nothdurfft bey Straff Ungehorsams ehistes einzukommen. *Florindo* zeigte die Klage dem *Gelanor,* welche folgender Massen eingerichtet war.

Hochweise Herren Stadt-Gerichten.

E. Hochw. bey dieser heil. und hochfeyerl. Zeit zu belästigen, hab ich auß hochdringender Noth nicht Umbgang nehmen können. Indem ein junger von Adel, der sich *Florindo* nennet, und im Gasthoffe zum güldenen Kachelofen zur Herberge liegt, mich verschiehenen 25. Decembr. halb vier Uhr nach Mittage, ohne alle meine Schuld und Verbrechung einen doppelten Berenheuter gescholten. Wenn ich denn solche grausame und unverdiente *Injurie* mir nicht allein, wie einem ehrlichen Menschen zusteht, gebührender Massen *ad animum revocirt,* sondern auch *in Primo motu iracundiæ* so sehr erbittert worden, daß ich auß Zorn in meiner Stuben zwey Fenster eingeschmissen, hernach drey Venedische

Gläser vom Simmse geworffen, endlich auch mit einem grossen Stocke einen Schieffer-Tisch in Stücken geschlagen, dadurch ich, leichtlichem Ermessen nach, in grossen und hauptsächlichen Schaden bin gesetzt worden. Als gelanget an E. hochw. mein unterdienstliches Bitten und Suchen, sie wollen obgedachten *Florindo* auß Obrigkeitlicher Macht und Gewalt, krafft welcher sie über alle Einheimische und Einquartierte gleich zu gebieten haben, aufferlegen, mir nicht allein vor meinen erlittenen Schaden, welcher sich auf eilff Gülden siebenzehen Groschen acht Pfennige belauffen thut: sondern auch vor allen Dingen, wegen des angethanen Schimpffes, welchen ich auff eilff tausend siebenhundert und acht und viertzig Gülden *ex legitimâ affectione, qvam famæ meæ debeo* schätzen und *æstimi*ren wil, gebührende und vollkömmliche *satisfaction* zu geben. Wenn auch uber alles Vermuthen, offterwehnter *Florindo* sich auf die Klage nicht einlassen, und so lang in *possession* verbleiben wolte, daß ich ein gedoppelter Berenheuter sey, biß ich solches in *petitorio* außgeführet hätte; Als will ich alles in sein Christliches Gewissen zur endlichen Eröffnung geschoben haben. Und weil er alsdenn solches nicht wird leugnen können, versehe ich mich bey E. Hochw. einer gerechten *decision* und verbleibe etc.

Florindo wuste nicht, ob er lachen oder fluchen solte, doch ruffte er überlaut, halt du *Cujon,* ich will in *possess* bleiben, daß du ein doppelter etc. bist, und deiner funffzehen sollen mich nicht herauß setzen, du solst mit mir in das *petitorium,* und da will ich dir sehen lassen, daß ich die *leges* besser versteh, als du, und dein kahler *Concipient:* doch *Gelanor* dachte den Sachen besser nach und sagte:

Hoc scio pro certo, quoties cum stercore certo;
Vinco seu vincor, semper ego maculor.

Ließ also den Wirth kommen, hielt ihm die Klage für, und bat er möchte den Stadtrichter dahin *disponi*ren, daß sie als fremde nicht ohn Ursach *discommodirt* würden, und an höheren Orten Hülffe suchen müsten. Doch war dieser kaum auß dem Haus, so kam der Stadtrichter selbst, der mit dem *Gelanor* auf *Uni versi*täten wohl bekand gewesen, und auf solche Masse mit ihm suchte wieder in Freundschafft zu treten. Da lieff die gantze *action* auf eine sonderliche Lustigkeit hinauß, daher *Florindo* leicht abnehmen kunte, daß er bey seiner ruhigen *possess* wol würde geschützet werden. Absonderlich *delectir*ten sich alle an der schönen Klage, die so artig war auffgesetzt worden; Doch hatte der Richter noch etliche *Inventiones* bey sich, welche noch besser kamen, und daran sich *Florindo* am besten besänfftigen ließ.

Die Erste verhielt sich also:

P.P.

Vor *N.* erscheinet *N.* mit Vorbehalt aller rechtlichen Wolthaten: Insonderheit sich zu keinem überflüssigen Beweiß, denn so viel ihm zu bestätigung seiner Gerechtigkeit von nöthen seyn wird, zu verstricken und zu verbinden, bestellet und setzet seine Klage nicht in Form eines zierlichen *libells,* sondern schlechter *Narration* kürtzlich sagende, daß ob wohl im Rechten deutlich versehen, daß ein iedweder ehrlicher Biederman in seinem Hause ruhig und unmolestirt wohnen solle, dessen allen dennoch ungeachtet, beklagter N. sich gelüsten lassen bey Nächtlicher Weile vor klägers Hause vorbey zu gehen, und einen grossen abscheulichen Wind, *salva reverentia,* streichen zu lassen. Weil demnach solche unmenschliche *Injurien* ungerochen nicht dürffen hingehen, als bittet Kläger im Rechten zu erkennen und außzusprechen, daß Beklagter den Staupenschlag verwircket, und nebenst demselben vier tausend

Reichsthaler in *specie* Klägern wegen des erlittenen Schimpffs außzuzahlen schuldig sey. Rufft hierüber das richterliche Ampt an, und bittet ihm Gerechtigkeit mit zu theilen, und Beklagten durch ordentliche Mittel dahin zu zwingen und anzuhalten, damit sowohl der hochheiligen Justiz als zuförderst ihm Klägern *satisfaction* geschehen möge. Solches etc.

Die Andere lautete also.

P.P.

Kläger erscheinet, und giebt mit wehmüthigen Klagen zu verstehen, daß Beklagter *N.* sein Nachbar einen Birnbaum habe, der mit etlichen Zweigen in seinen Klägers Hoff hinnüber reiche. Ob nun wohl Beklagter gewust, daß hierdurch alle Birnen, so auf den hinüber hangenden Zweigen wachsen, ihm als Nachbarn verfallen wären: Auch keine Mittel gesehen, wie er sich solcher Birnen theilhafftig machen könte: hat er doch auß unchristlichem boßhafftigen Gemüthe bey dunckler Nacht-Zeit offt erwehnte Birnen, mit Gunst und *reverenz* zu melden, mit Menschen-Koth beschmieret, und hierdurch Anlaß gegeben, daß, als er folgendes Tages eine abgeschlagen und essen wollen, ihm ein hefftiger Eckel zugestanden, der wohl gar in ein hitzig Fieber hätte *degeneriren* können, wenn ihm nicht durch kräfftige *medicamenta* wäre begegnet worden. Weil denn solch freventliches Beginnen andern zu mercklichem Abscheu muß gestraffet werden; Als bittet Kläger im Rechten außzusprechen, daß er schuldig sey, eben eine solche beschmierte Birne mit Haut und Haar auffzufressen. Und gleich wie es einem hochweisen Richterlichen Ammte an Mitteln nicht ermangelt, ihn auf vorhergegangene Wegerung dahin an zuhalten, also verspricht Kläger etc.

Mehr dergleichen schöne *libelli* kamen vor, die der Richter, als ein sonderlicher Liebhaber dergleichen Händel *colligirt* hatte. Einer klagte den Nachbar an, er habe einen Schweinsdarm mit einem Ende an den Röhrkasten und mit dem andern in sein Kellerloch geleget, dadurch der Keller voll Wasser worden, und als er solches *per legitimam retorsionem* wollen nachthun, sey er mit allen Haußgenossen herauß gefallen und habe ihm Schläge darzu gegeben. Der Andere beschwerte sich über *Titium,* er habe einen Churfürstlichen Reichsthaler in ein Schnuptuch gebunden, und solchen an die Decke gehangen, mit Versprechen, wer ihn mit dem Maule erschnappen würde, der solte ihn behalten. Allein als er Kläger solchen gefangen, sey ein Kuhfladen an statt des Thalers darinne gewesen; bitte derhalben Beklagten anzuhalten, daß er ihm geschehener Abrede nach, den Rthl. zahlen solte. Der Dritte klagte, *Sempronius* habe eine Kugel von *assa fœtida* in seinen Taubenschlag geschossen, dadurch ihm 600. Paar Tauben vertrieben worden, und weil er hiermit über 20. Ducaten gefähret worden, vermeinte er, Beklagter hätte den Galgen wohl verdienet, und was die anderen Possen mehr waren. Kurtz, der Abend ward mit solchen lustigen Rechts-Sachen *passirt.*

CAP. XLIII.

Uber etliche Tage wurden sie zu gedachtem Stadtrichter wieder zu Gaste gebeten, da befand sich ein Kerle, der sich vor einen *perfecten* Lautenisten außgab. Der schüttete seinen gantzen Sack voll auß, und meynte, es fehlte nicht viel, daß nicht die Steine wie bey dem *Orpheus* zu tantzen anfiengen. Doch waren alle Stücke von altväterischen Manieren, von alberer *application,* von *confusen tacte,* mit einem Worte, wer einem andern wäre einen elenden Lautenisten schuldig gewesen, und hätte mit diesem Musicanten bezahlt, der hätte noch dritthalb Groschen wieder herauß bekommen. Endlich sagte der Richter, ob niemand in der Compagnie wäre, der Lust hätte ein Schulrecht abzulegen, er hätte neulich auf ihrer Stuben eine Laute gesehen, und könte leicht abnehmen, daß unter dem Hauffen ein Liebhaber wäre. *Florindo,* der bey einem guten Meister von Jugend auff war *informirt* worden, und im Lautenspiel wenig seines gleichen hatte, bekandte zwar, daß er vor etlichen Jahren zwey oder drey Stückgen gelernet; doch schämte er sich an einem solchen Orte sich damit hervor zu thun, da er Meister vor sich hätte. Der Lautenist präsentirte ihm also bald seine Laute, und sagte: *Monsieur,* ich mache *profession* von diesem *Instrument,* ob ich nun gleich geübter darauff bin, so ist es doch keinem eine Schande, der seine *profession* in anderen Sachen sucht. Ich bin der schlechten Stückgen bey meinen *Discipuln* wohl gewohnt, er lasse hören, ob er einen bessern Meister gehabt hat, dann ich erkenne es bald am ersten Griffe, was hinter einem ist. *Florindo* dachte, halt ich wil dir den ersten Griff weisen, daß du des letzten darbey vergessen solst, und nahm die Laute an. Aber was machte der Ertzkünstler vor grosse Augen, als er solche Händel auff der Laute hörete, die er sein, Lebtage nicht in der *partitur* gesehen hatte. Es gieng ihm wie einem Calecutischen Hahn, oder wie man das zahme Wildpret auff hoch Teutsch nennet, einem Truthahn, der zeucht den Schwantz wie ein Pfau, lässet die Flügel biß auf die Erde hangen, und stellet sich, als wolte er die gantze Welt braviren: doch wenn der kleineste Haußhahn die *Courage* nimmt, und auff ihn zu läufft, so ist Schwantz, Flügel, Bauch und Rücken ein Ding, und aller *bravade* ist vergessen. Und ohn allen Zweiffel würde er ohne sonderliches Vexieren nicht seyn darvon kommen: doch zu seinem Glücke, und zu der gantzen *Compagnie* Verdruß, kam eine Frau mit einem *Notario,* die brachte klagend vor, ihr Mann wäre von dem Nachbar schelmischer und hinterlistiger Weise erschossen worden; der Richter solte *ex officio* das *Corpus delicti* in Augenschein nehmen. Hiermit war die Lust verstört, und weil der Wirth weggehen muste, gaben ihm die Gäste das Geleite, und wolten auch sehen, ob ein erschossener Mensch anders gestalt wäre, als eine gemeine Leiche. Sie kamen in das Hauß, da lag die Leiche, und war mit dem Rücken gantz bloß und voll Blut. Der Richter befand kein Leben da, drum befahl er dem Balbier, er solte darnach sehen, ob der Schuß tödlich gewesen, oder nicht! *(quasi verò non potius ex intentione agentis, quàm ex effectu judicandum sit. Sed Mundus vult decipi: ac proinde in favorabilibus excusat intentionem, in odiosis negligit effectum, ne utrinque via claudatur patrocinio)* der Balbirer war fleissig drüber her, wischte das Blut mit warmen Wasser rein ab; doch da war keine Wunde, da man sich eines Blutvergiessens her vermuthen sollen. Der Rücken und was dran hangt, war unversehrt, und iemehr sie nachsuchten, desto weniger funden sie. In dem kamen die Häscher, und brachten den Thäter, der trat vor den Richter, und entschuldigte sich folgender Massen: Hochweiser Herr Stadtrichter, ich weiß nicht, warum ich so geschimpfft werde, daß mich die gemeine Knechte auffsuchen müssen. Ich will gleich herauß sagen, was die Sache ist. Der Kerle der sich stellt, als wäre er erschossen, hat bißher den löblichen Gebrauch gehabt, daß er Abends vor meine Thüre kommen, und mir was anders, das ich nicht nennen mag, davor gesetzt. Nun ist er offt freundlich erinnert worden, er solte seine bürgerliche Pflicht bedencken, und seine Nachbarn ungeschimpfft lassen, doch dessen ungeacht, hat er solches unterschiedene mahl *continuiret.*

Dannenhero ich endlich gezwungen worden, ihn von dergleichen bösen und leichtfertigen Beginnen abzuhalten. Gestalt ich eine Büchse mit Rinds-Blut geladen, und als er, seiner täglichen Gewonheit nach, mit dem blossen Rücken meine Haußthüre angesehen, unversehens Feuer gegeben, und ihn so blutig gemacht, daß er sich leicht eines grössern Schadens hat befürchten können.

Ist er nun vom Erschrecken gestorben, so mag man ihn mit was anders zu Grabe läuten. Ich bin auß aller Schuld. Denn dieser ist kein Schalck, der einen Schalck mit Schalckheit bezahlt.

Der Richter hätte bald über der artigen Erzehlung gelacht, wenn ihn das Ansehen seines tragenden Amptes nicht davon abgehalten. Doch befahl er, man solte dem Todten Cörper brennende Liechtschnuppe vor die Nase halten, ob er dadurch wieder lebendig würde; und fürwar der Anschlag war so uneben nicht, denn der Todte regte sich, und weil er meynte, er wäre schon in den *Campis Elysiis,* hätte er gerne Hebräisch geredet, wenn er nur hätte den unterscheid zwischen *Schiboleth* und *Siboleth* machen können.

Er hatte in einer *Disputation* gelesen in jener Welt würden die Leute Hebräisch reden, und weil er nicht darauff achtung gegeben, was ein anderer *opponirt, quòd in altera vita planè non simus locuturi, cum æternitas consistat in puncto: locutio autem inferat prius & posterius, seu quod idem sonat, generationem & corruptionem,* so war es kein Wunder, daß er bey solcher Einbildung verblieb. Doch fragte der Richter nach seiner Sprache nicht; sondern da er ihn nur lallen hörete, befahl er den Hauß-Genossen, seiner zu warten, und gieng davon. Zwar es hätte so übel nicht gestanden, wenn die Gäste wieder wären mit ihrem Wirthe gegangen, doch der Stundenrüffer hatte die Uhr verschlaffen, und ruffte eins auß, als er 11. ruffen solte. Damit gieng ein ieglicher nach Hause.

CAP. XLIV.

Den folgenden Tag gieng *Florindo* in der Stube hin und wieder, als er auff dem Simse eines Buches gewahr ward, welches forne am Titul seiner *intention* sehr bequem schiene. Denn es hiesse die närrische Welt. Er nahm es mit grosser Begierde vor sich, und befand zwar, daß die Sachen ohne allen Unterschied gantz *confuß* unter einander geworffen waren, doch notirte er folgende Sachen darauß.

Einer wolte dem andern eine Heimligkeit vertrauen, und bat höchlich, er möchte sie bey sich behalten, und keinem Menschen davon gedencken, da sagte dieser: du Narr, wenn ich schweigen sol, warumb schweigstu nicht, so bistu am sichersten. Oder meynestu, daß mir das Schweigen möglich ist, da es dir unmöglich ist?

Einer hätte gerne ein Weib genommen, es war ihm nur keine schön genug, da sagte sein Schwager: ihr närrischer Kerle, nehmt doch eine, die eures gleichen ist, deßwegen lässet GOTT auch häßliche Männer leben, daß er damit gedenckt die häßlichen Jungfern zu verthun.

Einer hielt um ein *recommendation*-Schreiben an, damit er an andern Orten möchte vor fromm gehalten werden, zu diesem sagte der Patron: Ihr wunderlicher Mensch, mein Schreiben wird euch nicht fromm ma chen, ihr aber könnet mich wol zum Lügner machen, ein rechtschaffener Kerle *recommendirt* sich selbst.

Einer beschwerte sich, es wäre Schande, daß keine Land-Kinder mehr befördert, und hingegen lauter Fremde vorgezogen würden, dem antwortete ein ander, du Narr, wenn man keine Pferde zu Hause hat, muß man freylich Esel von andern Orten hohlen.

Einer wündschete, daß er brav sauffen könte, so wolte er wohl in der Welt fortkommen, zu diesem sagte ein ander: du Narr, wünsche dir, daß du klug wirst, so kömmstu noch besser fort.

Ein Kauffmann hatte sich an der Messe in den Weinkeller gesetzt und soff einen Rausch über den andern, diesen fragte einer, ob er auch wüste, was dieses heisse: wer in der Erndte schläft, der ist ein Narr. Ein Student saß darneben, der gab es Lateinisch also: *Bibite vos Domini, ne Diabolus vos inveniat otiosos.*

Einer wolte nirgend hingehn, da er nicht oben an sitzen durffte, diesem gab einer die Lehre: du Narr, zeuch auffs Dorff und geh in die Schencke, da lassen die Bauern einen Bürger oben an sitzen.

Ein junger Stutzer kauffte eine Kutsche mit zwey kostbahren Pferden, zu diesem sprach sein alter Tischwirth: Ihr thut wohl, daß ihr die Beine schont, im Alter werdet ihr gnug müssen zu Fusse lauffen.

Einer wolte ein Pferd miethen, und gab einen Thaler drauff, als er nun meynte, es wäre gewiß, war der Pferdhändler davon geritten. Zu dem sagte einer: Du Narr, ein andermahl gib das Geld mehr vorauß.

Ein Verwalter bat seinen Edelmann zu Gaste, und hatte herrlich zugeschickt, des Edelmanns Narr wolte nicht mitgehn, denn er sagte: Zween Narren vertragen sich nicht. Nun muß der Verwalter ein Narr seyn, daß er sich so läst in die Karte gucken. Ich frässe mein Wildpret allein, und bestreute das Gesichte mit Bohnen-Meel, daß ich nur vor dem Juncker elend gnug außsehe. Aber wenn man fallen sol, so wird man zuvor ein Narr.

Einer ließ sich von etlichen Sauff-Brüdern einen grossen Schmauß außführen. Gefragt, warum er solches liedte? sagte er, ich thue es, daß ich wil Friede haben; doch er muste die Antwort hören: du Narr, wenn du mit Bratwürsten unter die Hunde wirffst, so wirstu ihr nicht loß, wiewol *retorquirte:* du Narr, wer keine Knüttel hat, muß wohl Bratwürste nehmen.

Einer wolte vor den andern Bürge werden, da sagte sein Vetter: du Narr, fühle doch zuvor an den Hals, ob du kützlich bist, denn es heist: Bürgen sol man würgen.

Einer wolte mit keinem Freundschafft halten, der geringer war, als er, zu diesem sagte ein ander: du Narr, wenn deine Höhern auch so gedächten, mit wem wollestu umbgehen?

Einer rühmte sich, als wär er wegen seines losen Mauls allenthalben im Beruff, diesen fragte einer, ob er auß den Worten *Salomonis* könte einen *Syllogismum* machen: Wer verleumdet, der ist ein Narr. Ein Narren-Maul wird geschlagen.

Einer konte keinen Anschlag heimlich halten, diesen erinnerte ein ander, du Narr, wenn du wilst das Netze außwerffen, daß die Vögel zusehn, so wirstu langsam auf den Vogelmarckt kommen.

Einer fieng mit etlichen Grossen an zu zancken, da sagte sein Bruder: du Narr, haue nicht über dich, die Späne fallen dir in die Augen.

Einer kandte sich nicht vor Hoffart, von diesem sagte einer: Der Kerle ist ein Narr; doch möchte ich seyn, was er sich einbildt.

Einer draute dem andern, wo er ihm kein Geld liehe, wolte er sein Feind werden. Der sagte: Immer hin, die erste Feindschafft ist mir lieber, als die letzte, wenn es zum bezahlen kömmt.

Einer sagte, es ist natürlich, daß Männer und Weiber einander lieb haben, dem begegnete ein ander: Du Narr, wenn dich der Teufel holt so ist es auch natürlich.

Einer klagte die Zeit wäre ihm lang, den fragte ein ander: Du Narr, warumb klagstu denn, daß dir das Leben kurtz ist.

Ein Student wolte alle Handwercke begreiffen, dem schrieb ein ander ins Stammbuch: Wer unnöthigen Sachen nachgeht, der ist ein Narr. *Prov.* 12.

Einer hielt einen andern hönisch, weil er einen Buckel hatte, diesen schalt einer: Du Narr, was kan er davor, daß ihn GOtt so buckelicht haben will, ficht es mit seinem Schöpffer auß.

Einer muste in der Gesellschafft sein Maul allzeit forne fürhaben, diesen erinnerte ein ander: Du Narr, schweig doch still, so halten dich die Leute auch vor einen *Philosophum*.

Einer trotzte auff seine Erbschafft, die doch in lauter papiernen Schuld-Verschreibungen bestund, zu diesem sagte ein Kauffmann: du Narr, hebe die Zettel auff biß an den jüngsten Tag, da gelten sie so viel als baar Geld.

Einer rühmete sich, er hätte auff der Franckfurter Meß über sechs hundert Tahler außgegeben, und wüste nicht wovor, diesem halff ein ander auß dem Traum: Wenn Narren zu Marckte ziehen, so lösen die Krämer Geld.

Einer praalte mit vielen Geschencken, die ihm hin und wieder wären verehrt worden, diesem gab ein ander folgende Antwort: Du Narr, du hast deine Freyheit viel zu wohlfeil verkaufft.

Einer lachte den andern auß, weil er in eine Pfütze fiel, doch muste er dieses hören: Du Narr, du lachst, da mir es übel geht, und erschrickst nicht, da dir es auch begegnen kan.

Einer sagte, das kalte Fieber diente zur Gesundheit, diesen wiederlegte ein ander: Du Narr, das ist eine elende Artzney, wo man der Gesundheit halber kranck wird.

Einer lobte seinen Patron gar zu sehr, doch dieser rieff ihm zu: Du Narr, was schimpffstu mich, lieber schilt mich auf das hefftigste, so glauben es die Leute nicht, und ich werde gelobet.

Einer befließ sich sehr *obscur* und unverständlich zu schreiben, diesem ruffte ein ander zu: Du Narr, wilstu nicht verstanden werden, so schreib nichts: so hastu deinen Zweck gewiß.

Es kriegte einer Gäste, und wolte eine Henne abwürgen lassen, doch als die Henne auff die Scheune flog und nicht herunter wolte, sagte er, ich wil dich wohl herunter langen, und schoß damit die Henne von dem Dache weg. Allein das Dach brennete an, und gieng das gantze Haus zu Grunde, da sagte sein Gast, du Narr, wenn du in Stroh schiessen wilst, mustu eine Windbüchse nehmen.

Eine vornehme Frau hatte eine krancke Tochter, auff welche sie viel gewendet. Als sie aber der guten Wartung ungeacht sterben muste, und nunmehr in den letzten Zügen lag, gieng die Mutter hin, gab ihr eine dichte Maulschelle, und sagte du ungerathenes Teufelskind, das hab ich nun vor meine Müh und vor meine Wohlthaten, daß du mir stirbst. Darüber fielen unterschiedene *Judicia.* Einer sagte, in diesem Hause ist übel zu leben, aber noch übeler zu sterben. Der andere sagte: Wer bey dieser Frauen sterben will, muß eine Sturmhaube auffsetzen. Der dritte: Je lieber Kind, je schärffer Ruthe. Der vierdte: die Tochter kriegt eine Ohrfeige, wo der Mann stirbt, der kriegt gar einen Schilling. Der fünfte: Ich halte wenn sie sterben wolte, sie kriegte dessentwegen keine Maulschelle Der sechste: Es ist Wunder, daß der *Medicus* keine Wespe davon getragen hat: doch sie hat sich gefürcht, er möchte sich mit einem bißgen Hütterauch *revengi*ren. Der siebende: Die Frau soll den Teuffel vom Todtbette vertreiben. Der achte: Es ist ein Dieng, ob der Teufel da ist, oder ob er seinen Stadthalter da hat. Der neundte: Wenn die Frau mein wäre, ich liesse sie vergülden und mit Roßmarien bestecken, gebe ihr eine Pomerantze ins Maul, und verkauffte sie dem Hencker vor ein Spanferckel. Der zehnde: Vielleicht hat sie die Seele wollen erschrecken, daß sie solte drinne bleiben. Der eilffte: Die liebe Jungfer hat gewiß gedacht, *S. Peter* schlegt sie mit dem Schlüssel vor den Kopf. Der zwölffte: Wenn ich solte eine Grabschrifft machen, so liesse ich eine Hand mahlen, und schriebe darüber: Die mütterliche Verlassenschafft.

Einer wolte fallen, und hielt sich an ein Bierglaß, zu dem sagte einer, du Narr, das Bier hilfft wider den Durst, aber nicht wider das Fallen.

Einer wolte Geld borgen zu spielen, da sagte der ander, du Narr, was ich dir leihe, das nehme ich dir, und was ich dir nicht leihe, das schenck ich dir.

Einer sagte: Ich habe es verschworen, ich wil dich nicht mehr grüssen, dieser gab zur Antwort: du Narr, ist das was sonderliches? Ein Esel grüsset mich nicht und hat es doch nicht verschworen.

Einer sagte: Es verdreust mich, daß ich den Mann *respecti*ren muß, dem antwortete ein ander: du Narr, ich weiß ihrer zehen, die verdreust es, daß sie dich *respecti*ren müssen:

Einer erzehlte etwas, und sagte darbey, es wäre gewiß wahr, er habe es von einem vornehmen Manne gehört. Ein ander versetzte, du Narr, ein vornehmer Mann hat gut reden, er weiß, daß du ihm glauben must.

Ein Causenmacher verwunderte sich, daß er zu nichts kommen könte, da sagte einer: Du Narr, was mit Drummeln kömmt, geht mit Pfeiffen wieder weg.

CAP. XLV.

Florindo hätte weiter gelesen, doch er ward verstört, und muste zu Tische gehn, und ob er gleich den Vorsatz hatte, noch weiter drine zu lesen, schob er es doch in die lange Banck, biß nichts drauß ward. Nun begunte unsrer *Compagnie* die Zeit allmählich lang zu werden, indem sie auff des *Florindo* Besserung so lang gewartet, und nun wegen des unfreundlichen Winterwetters nicht fort kunte, doch es halff nichts, sie musten verziehen biß auff Fastnacht. Und da gab es so ein Land voll Narren, daß der Mahler furchte es möchte an Farben mangeln, wo er alle abschildern solte. Der Priester hatte zwar den Sontag zuvor nicht allein erinnert, daß man um die heilige Zeit der gleichen Heidnisches Unwesen unterlassen, und sich zu einer Christlichen und bußfertigen Fasten schicken solte; sondern er hatte auch auß des blinden *Bartimæi* Worten: Herr, daß ich sehen möge, sehr schön angeführt, was vor ein edel thun es wäre so wohl umb das Gesichte des Leibes, als vornehmlich umb das Gesichte des Gemühtes oder umb die Klugheit: und wie unverantwortlich sich dieselben bezeigten, welche als blinde und närrische Leute, ihren Verstand gleichsam verleugneten. Doch die Predigt hatte so viel gewirckt, als sie gekönnt. Unterdessen blieb es bey der alten Gewonheit, man muste die heilige Fastnacht feyern, drumb sagte auch *Gelanor,* er wolte nit viel Geld nehmen, und einen unter dem Hauffen einen Narren heissen, da doch alle mit einander sich vor Narren angezogen, und nichts anders als Narrenpossen vornehmen. Einen lächerlichen Possen gab es, denn es war eines vornehmen Mannes Sohn zum Mahler gelauffen, hatte sich da liederlich angezogen, und hatte begehrt, er solte ihm das Gesichte gantz schwartz mahlen: denn unter der *Masque* könte er nicht sauffen, der Mahler war auch mit seinen Farben vor ihn getreten; aber er hatte die Pinsel nur in klar Wasser gesteckt, und ihn über und über naß gemacht, der gute

Kumpe meinte, nun solte ihn niemand kennen und lieff herum als ein unsinnig Mensch. Endlich gerieth er an eine Magd, die rieff, Herr Frantze, seyd ihr ein Narr? da erschrack er und machte sich auff die Seite, doch die Sache war verrathen, und durffte er in einem vierthel Jahre seinem Herrn Vater nicht vor die Augen kommen.

Bey solcher Gelegenheit erinnerte *Florindo* seinen Hofmeister, ob es nicht bald Zeit wäre nach Hause zu reisen. Es wären ja Narren gnung hin und wieder betrachtet worden, daß man leicht die drey grösten herauß lesen, und abmahlen könte. Doch *Gelanor* war gantz einer andern Meynung. Der sagte: Mein Freund, wir haben noch nicht gantz Deutschland durchwandert, und solten nun von der gantzen Welt urtheilen, wir müssen weiter gehen, In Franckreich, Spanien, Engeland, Polen. Ja absonderlich in Italien wird auch etwas auffzuzeichnen seyn. *Florindo* machte zwar ein saur Gesichte: Allein *Gelanor* trotzte auf seine *Instruction,* also daß der gute untergebene sich wegen der Liebste noch keine süsse Gedancken durffte ankommen lassen. Derhalben bat er auch, man möchte an einem Orte die Zeit nicht so vergebens verlieren; sondern ehe heute als morgen sich zur Reyse schicken, wiewohl *Gelanor* trauete der ungesunden Lufft nicht, und blieb biß gegen Ostern still liegen, immittelst kam etliche mahl Post, dabey *Florindo* Brieffe von seiner Liebsten erhielt, doch kunte er alles so verbergen, daß man so eigentlich nicht wuste, in was vor *terminis* die Sache bestehen möchte, zu grossem Versehen, hatte er den Schlüssel am Reiß-Kuffer stecken lassen, und war zu einem guten Freunde gangen, da er allem Vermuthen nach, sobald nicht gedachte wieder zu kommen, drumb ließ sich *Gelanor* die *Curios*ität verleiten, den Brieffen nach zu suchen, wiewohl er fand keinen, als den neulichsten, welcher dieses Inhalts war:

Liebster Besitzer meiner verliebten Gedancken.

Nachdem ich die Bitterkeit der Liebe sattsam empfunden, wäre es Zeit, daß ich durch einige Süssigkeit erfreuet würde. Wie lange ist es, daß ich mein Hertz und meine Seele in fremden Ländern herumb schweben lasse? und wie lange soll ich meine Hoffnung noch auffschieben. Ach mein Kind! weist du was mir vor Gedancken einfallen? Ach die Liebe ist furchtsam, drumb halt mir auch meine Furcht zu gute, denn es scheinet, als wäre die versprochene und mit so vielen Eydschwüren bekräfftigte Liebe, etwas kaltsinnig worden. Wäre es so wohl in meiner Gewalt, dir zufolgen, als du Gelegenheit hast mich zu suchen, ach ich wolte den Adlern die Flügel abborgen, und zu dir eylen. Nun bleibst du an einem Orte, da du erweisest, daß du ohne mich vergnügt leben kanst. Wir armen Weibesbilder lassen uns die Leichtgläubigkeit offt übel belohnen, der gütige Himmel helffe, daß ich solches nicht durch mein Exempel bestätigen müsse. Doch komm Ende, komm Tod, und verzehre mich zu vor, ehe ich solches erleben, und mein süsses Kleinot einer andern Besitzerin überlassen solle, doch mein Hertz, ich traue dir solche Falschheit nicht zu. Erkenne du nur auß dieser Furcht meine Beständigkeit, und wo du Lust hast mich bey dem Leben zu erhalten, so komm der Kranckheit zuvor, welche sich durch nichts wird erquicken lassen, als durch deine höchstverlangte Gegenwart. Und diese wird mir das Glücke ertheilen, daß ich noch ferner heissen kan

  Deine
  lebendige und treuverbund.
  Dienerin
             Silvia.

Gelanor sagte zu *Sigmunden,* das Frauen-Zimmer hat das Ansehen, als wenn sie ihre Brieffe mehr auß Alamode-Büchern, als auß dem Hertzen schrieben. Rechte Liebe braucht andere Reden, welche mehr zu Hertzen gehen. Und wer weiß, wo sie einen Tröster hat, der diesen Brieff zu erst auffgesetzet. *Sigmund* war nicht sonderlich darwider, doch suchten sie weiter, und fanden seine Antwort, die er ehistes Tages fortschicken wolte, und darinn er sich bemühet hatte, den *Senecam, Tacitum, Curtium* und andere zuverteutschen oder doch zu *imiti*ren

Mein Hertz, meine Seele, meine Göttin.

Deine Furcht tödtet mich, deine Liebe erquicket mich, ich sterbe über deinem Mißtrauen, und erhalte mich bey meinem guten Gewissen. Meine Liebste rufft mir, und mein Verhängniß hält mich zu rücke. Ich wil etwas, und darff nicht sagen, was ich will. O mein liebstes Hertz, vergib deinem diener, daß er so verwirrt schreibt, darauß solst du meine verwirrte Seele erkennen und beklagen lernen, ach wie gern wäre ich zu Hause! hätte mir mein Unstern nicht einen Hoffmeister zugeführt, der seine Lust in der Welt suchte, unter dem Vorwand, mir zu Nutzen, da ich doch den Mittelpunct aller meiner Nutzbarkeit in die Feste gestellet habe, du bist meine Reise, dahin ich meine Gedancken abfertige, wenn gleich der Leib sichtbarlicher Weise anderswo gefangen lebt. Ich weiß du bist dem Schweren feind; sonst wolte ich alles zu Zeugen anruffen, daß ich so wohl äusserlich, als im Hertzen stets dahin getrachtet zu verbleiben

Meiner lieb-werthesten *Silvie*
unbefleckter und unveränderter

Florindo.

Gelanor schüttelte zwar etlichmahl den Kopff darüber, doch wuste er, daß ein Liebhaber nicht allzeit verbunden wäre, die Warheit zu schreiben, und schloß derhalben den Kuffer gar höfflich wieder zu, mit vorbehalt, daß er bey erster Gelegenheit solches auffmutzen wolte.

Also vergieng die Zeit biß auf Ostern, da sie keinen sonderlichen Narren angetroffen, mit dem sich es der Müh verlohnet, daß sie ihn auffgezeichnet. Zwar sie waren nicht nachlässig, und liessen sich in dem benachbarten Walde das neuangelegte Bergwerck gefallen. Da sie denn allerhand Spiele der Natur abmerckten, welche wohl so annehmlich waren, als die Narrenkuckerey.

CAP. XLVI.

Nach Ostern diengten sie einen Kutscher, der sie mit auf die Leipziger Messe nehmen solte, von dar sie in Holland und ferner in Engeland mit der Post reisen könten. Und sie erfreueten sich, daß, nach dem sie in vielen Städten waren bekand worden, sie auch in Leipzig einig *divertissement* haben solten, angesehen diese Stadt ihnen sehr offt war gerühmet worden, sonder daß sie Gelegenheit gehabt, dieselbe in Augenschein zu nehmen. Sie hatten in dem verdeutschten *Lucas de Linda* gelesen, es wäre daselbst Frauenzimmer, das auch auß einem steinern Hertzen die Liebe erzwingen könte. Ja sie wusten sich zu besinnen, daß schon vor anderthalbhundert Jahren D. Ecken von D. Luthern vorgeworffen worden, wie daß er sich die *venereas veneres* daselbst auffhalten lassen: doch glaubten sie nicht, daß dieses der eintzige Ruhm sey, dadurch die hochlöbliche Stadt fast in der gantzen Welt bekand und beruffen wäre, sondern sie verhofften daselbst gleichsam in einem kurtzen begrieff anzutreffen, was sie anderswo zu einzelen Stücken gefunden und rühmlich *observirt* hatten. Die herrliche *Universi*tät, den wohlgefasten Rath, die hochansehnlichen Rechts *Collegia*, die nutzbare Kauffmannschafft, und was sonst an zierlichen und bequemen Wohnungen, an niedlicher Schnabelweyde, an köstlicher Music, und an anderer Lustigkeit mag gefunden werden. Doch in solcher Hoffnung wurden sie zwar nicht betrogen, wenn sie nur solche hätten fortsetzen können. Denn als sie auf Leipzig kamen, fügte sich das Glücke oder das Unglücke, daß sie gleich eine anständige Gelegenheit biß auf Amsterdam antraffen, mit welcher sie fortgiengen, mit vorbehalt, bey künfftiger Zeit die *visite*, welche sie dieser annehmlichen Stadt schultig geblieben, gebührend abzustatten. Also reiseten sie durch Holland, hielten sich zu Leyden, absonderlich aber in Haag eine ziemliche Zeit auf, giengen von dar auf Roterdam und ferner in Engeland, da sie die herrliche Stadt

Londen, wie sie vor dem Brande außgesehen, unter der höchsten Gewalt des damahligen Königl. *Protectoris* mit verwunderung betrachteten. Sie wären gern tieffer in das Land hinein gangen, hätten auch gern eine *tour* biß Edenburg gethan, doch sie liessen sich berichten, wer Londen gesehen hätte, der hätte gantz Engeland gesehen. Drumb liessen sie es bey dem bewenden, und satzten sich zu *Doevers* auf die Frantzösische Post, und fuhren über daß *Canal* biß *Cales,* da säumten sie sich nicht, und machten einen kleinen Umschweiff durch die Spanischen Niederlanden, biß sie auf Paris kamen, da hielten sie sich lang auff, biß sie auf *Nantes* zu giengen da sie Gelegenheit fanden in Spanien und Portugal zu reisen. Von Lisabon wandten sie sich gegen die Strasse, und giengen an den Spanischen und Frantzösischen Cüsten biß in Italien. Zu Venedig giengen sie über das Tyrolische Gebürge biß auf Wien, da wären sie gern in Pohlen gereiset. Doch der Krieg machte alles unsicher, daß also *Gelanor* wider seinen Willen den *Florindo* vertrösten muste, nun wolten sie wieder nach Hause.

Nun möchte aber einer fragen, ob sie denn in so weiten und grossen Ländern keine Narren *observirt?* doch es ist zu antworten, daß solches zwar mit eben so grossem Fleiß geschehen, als in Teutschland. Gleichwohl haben sie vor gut angesehen, einen iedweden in seiner eigenen Sprache zu beschreiben. Wie der *Sigmund* diese müh auf sich genommen und die Frantzösische, Spanische, Englische, Italiänische Reysebeschreibung fleissig in Ordnung zu bringen, und mit Kupfferstücken herauß zu geben versprochen hat. Ob es wird geschehen, das stehet bey der Zeit. Ohne Zweiffel wird er seinen Fleiß nicht sparen. Solte auch ein Liebhaber gefunden werden, der seine *Curios*ität nicht länger befriedigen könte, so ist es umb eine kleine Nachfrage zuthun. Massen die *Compagnie* so *discret* ist, daß sie einen iedweden mit richtiger Antwort versehen wird.

CAP. XLVII.

Nun mangelte nichts, als daß *Florindo* zu seiner Liebsten reisen solte, doch *Gelanor* sagte, man müste zuvor einen vollkommenen Schluß machen, welches eben die drey grösten Narren gewesen, damit die Mahlerey im Schlosse könte ihren Fortgang haben. Und also setzten sie sich zusammen, und wusten viel von Narren zu reden: Gleichwohl befanden sie den Mangel, daß sie so eigentlich nicht erwogen hatten, worine eben die Narrheit bestünde: Dannenhero man desto eigentlicher im urtheilen hätte können fortfahren. Nun *Florindo* war hitzig und sehnte sich nach Hause: *Gelanor* hingegen wolte zuvor den rechten Grund treffen, biß endlich diß *conveniens* vorgeschlagen wurde, *Sigmund* solte in ein *Collegium Prudentium* reisen, und sich daselbst in der gedachten zweiffelhafftigen Frage *informi*ren lassen. Solches ward alsobald beliebt und satzte *Gelanor* folgende Urtheilsfrage auf:

Hochgelehrte etc.

Demnach in einer wichtigen Angelegenheit die Frage vorgestellet, worinne die Narrheit bestehe? und so fort, welches vor die höchste Thorheit zuschätzen sey? Und aber hierinn einiger Streit sich ereignet, da durch man schwerlich zum Zwecke gelangen kan. Als ist das gute und zuversichtliche Vertrauen auff Dero Weltbekandte *dexteri*tät und Wissenschafft gesetzet worden, das jenige, was Sie in dieser Frage setzen und schliessen werden, vor gut und bekand anzunehmen. Gelanget derowegen an Dieselben unser Dienstfreundliches Ansinnen, sie wollen sich belieben lassen, der Sache nachzudencken, und gegen Danckgeziemende Vergeltung dero vielgültige Meynung schrifftlich zu eröffnen. Solches werden wir sämtlich als eine sonderbahre Wolthat erkennen, und mit anderweit bereiten Diensten schuldigst zu erwiedern befliessen seyn.

E. Hochgelahrt. Herrligk.
Dienstergebenste
Compagnie zu Suchstedt.

Hiermit reisete *Sigmund* ab, und versprach seinen Fleiß nicht zu sparen, daß er zum wenigsten, innerhalb acht biß zehen Wochen mit guter Verrichtung wieder zu kommen verhoffte, sie solten sich nur nit zu weit von dem Orte weg machen, daß er bey abgelegter *expedition* sie alsobald zur Hand hätte. Nun war dieselbe Gegend sehr lustig, daß man einen Früling daselbst wohl passiren kundte. Wie sie denn von einem Dorffe zu dem andern, von einem Flecken und Städgen zu dem andern zu reisen pflegten, und sich bald im Gebürge bald auff der Ebene eine neue Lustigkeit erweckten. Einsmahls kehrten sie in ein Wirthshaus ein, da *Gelanor* oben auff dem Gange die Melancholischen Grillen vertreiben und außspatziren wolte, unterdessen hatten die Diener mit dem Mahler unten im Hofe ein Gespräch, warumb mit der Heim-Reise so lang verzogen würde. Einer meinte diß, der ander was anders. Endlich als der Mahler vorgab, es wäre umb die drey grösten Narren zu thun, da fieng ein Diener an: Das sind Händel, hätten sie mich gefragt, ich wolte ihnen längst auß dem Traume geholffen haben. Der Mahler wolte gern was neues hören, und bat den Diener, er möchte ihm doch die sonderlichen Sachen vertrauen, dieser wolte nicht mit herauß, endlich ließ er sich überbitten, und sagte, es sind drey grosse Narren in der Welt. Der Thürmer oder der Haußmann bläst den Tag ab, und er kömmt von sich selber. Der Stundenrüffer bläst in ein kalt Loch, und er könte wohl in ein warmes blasen. Hier ließ er sein Messer fallen, und stellte sich, als müste er es wieder auffheben und abputzen. Da fragte der Mahler unterschiedene mahl, wer ist denn der Dritte? wer ist denn der Dritte. Da fuhr der Diener herauß: Der ist der Dritte, der darnach fragt. Also war der Mahler gefangen, und hatte keinen andern Trost, als daß er dachte, es würde ihm wohl ein ander wieder kommen, den er betriegen könte. Doch muste er sich ziemlich außlachen lassen. Der andere Diener hatte bißher stille geschwiegen. Nun sagte er, sein voriger Herr habe diß Sprichwort an sich gehabt: Ein jeglicher Mensch ist ein Narr, aber der wird ins gemein davor gehalten, der es mercken läst. Ja sagte der Mahler, der es mercken läst, der ist gar ein kleiner: aber der sich vor klug hält, der ist viel grösser, und wer an den beyden seine Freude hat, der ist der allergröste. Der erste Diener sagte: Es kan seyn, daß alle Leute Narren sind, wie ich mich besinne, daß ein vornehmer Mann gedachte, er hätte in seinem Kopffe sechs Stühle und im Bauche sieben Haasen, wenn er einen Becher Wein truncke, so stiege ein Haase hinauff und nehme einen Stuhl ein. Wenn er aber den siebenden Becher getruncken hätte, und der Letzte Haase keinen Sitz finden könte, so wolte er die andern herunter werffen, biß endlich so ein Rumor entstünde, daß er selbst nicht wüste, wo ihm der Kopff stünde. Hier fragte einer den Mahler, wieviel er Haasen im Leibe hätte? es wäre umb einen Orthsgülden zu thun, so nehme ein Wurmschneider die Müh auff sich, und suchte nach. Sie lachten darüber, und nach vielfältigen Gespötte sagte ein Diener: Sie möchten doch fragen lassen, wer der Klügste wäre, so könte man die Narren leicht dargegen halten. Der andere gab zur Antwort: Die Frage wäre leicht auffzulösen, ist sie doch neulich an des Türckischen Käysers Hofe vorgegangen. Der Mahler hatte seiner vorigen Vexirerey schon vergessen, und fragte inständig, was neues vorgegangen wäre? Der Diener gab ihm diesen Bericht: Der Römische Käyser solte zu dem Türkischen Käyser etliche Abgesandten schicken, so begehrte der Türcke, er solte ihm die drey klügsten Leute auß seinem Lande schicken, sonst sey er nicht willens einen anzunehmen. Hierauff fertigte der Römische Käyser einen Münch, einen Soldaten und eine alte Frau ab. Denn er sagte: Der Münch ist klug, ehe er am Freytage hunger litte und hätte keinen Fisch, ehe wirfft er eine

Bratwurst in das Wasser, und langte sie mit dem Fischhamen wieder herauß. Der Soldate ist klug, ehe er ungesaltzen Fleisch isset, ehe saltzet er mit Pulver und wirfft dem Feinde die Patron-Tasche ins Gesichte. Hier zog er sein Schnuptuch herauß, und verstreute etwas Geld, das suchte er langsam wieder zusammen. Unterdessen stund der Mahler in voller *Curios*ität, und fragte stets: Ey wie war es denn mit der alten Frau. Endlich stellte sich der Diener gar ungedultig, und sagte: Die solstu sonst wo lecken, daß sie wieder jung wird, damit war der Haase wieder gefangen, nach dem Sprichwort, die Haasen sind nirgend lieber, als wo sie gehetzet worden. Hierauff gieng *Gelanor* zur Mahlzeit, und fragte den Mahler, was er vor vertrauliche *discurse* mit dem Diener geführet. Dieser dachte er wolte einen von der *Compagnie* fangen, und erzehlte seine Klugheit von seinen drey Narren, nemlich von dem Thürmer und von dem Stundenrüffer, als er aber lauschte, ob niemand fragen wolte, sagte *Eurylas:* Und ich höre die Mahler sind die Dritten, die mahlen die Narren in papiernen Krausen, und könten mit eben den Unkosten Daffente mahlen. Damit saß der Mahler wieder, also daß ihn *Gelanor* ermahnte, er wäre nun so weit gereißt, er solte doch klüger werden. Sonst gienge es ihm wie jenem Schweitzer, der fünf und zwantzig Jahr zu Pariß gedienet, und doch nicht Frantzösisch reden gelernet hatte. Und als er gefraget worden, warumb er so nachlässig gewesen, hatte er geantwortet: was könte man in so kurtzer Zeit lernen; Doch hätte es noch sollen ein halb Jahr währen, so hätte er die Sprache wollen weg haben. *Eurylas* sagte hierauff: Ach last ihn gehn, er ist klug genug, aber er schont die Klugheit, daß er sie spanfunckelneu mit nach Hause bringen kan. *Florindo* sagte: Was soll er sie schonen, schont er doch sein Geld nicht. Es ist ihm gangen wie jenem kleinstädtischen Bürgemeister, dem begegneten etliche im harten Winter, und sagten: Eure Weißheit ist treflich erfroren. Der Bürgemeister dachte, das wäre seyn Ehren-Titul, und gab zur Antwort: Ach ja, ich bin trefflich erfroren. Der Mahler konte nicht länger zuhören, und gieng zur Thür hinauß. Da sagte der Wirth, Ihr Herren, morgen ist der erste April, der Mensch solte sich der Jahr-Zeit zu Ehren brauchen lassen. *Florindo* stimmte bald mit ein, und bot sich an, er wolte ihn mit einem Korb voll Steine wohin schicken, doch *Gelanor* verwieß ihm solches. Denn, sagte er, das April-schicken ist darumb erdacht worden, daß man hat vorwitzige Leute wollen klug machen. So mißbrauchen es etliche Narren, die geben ihren Knechten und Mägden wunderliche *commissiones* auff, die sie nicht freywillig, sondern gezwungen verrichten müssen, der Kerl ist leichtgläubig gnung darzu, er wird bald ins Netz gehen. Man schwatze ihm nur was *curieuses* vor, ehe er davon bliebe, ehe lieffe er auff den Sturtzeln fort, wenn er keine Beine hätte. Hierauff geriethen sie auff unterschiedene April-Possen. *Eurylas referi*rte dieses: An einem bekandten Orte war ein Kauffman, der hielt fleissige *Correspondent*z, und so bald er eine Zeitung im Briefe gesehn, lieff er nach Hofe, und wuste sich viel damit. Am ersten April bekam er ein Schreiben; Umb Wittenberg stellten sich die Qvacker häuffig ein, und wäre allbereit der Oberste Knepner wider sie auß commandiret worden. Der laß die erschreckliche *novelle* nicht bedachtsam, sondern eilte brühheiß damit nach Hofe. Da merckten die Hoffleute, daß unter den Quackern die Frösche verstanden würden, weil der Klapperstorch an etlichen Orten Knepner hiesse, und muste sich der gute unzeitige Quacker wohl damit leiden. *Gelanor* erzehlte folgendes: Als ich zu Leyden in Holland studierte, berathschlagten unser etliche, wie wir einem stoltzen auffgeblasenen Kerl in unserer *Compagnie* möchten die Brille auffsetzen. Nun hatten wir geheime Nachricht, daß sein Vater, der bey einem Fürsten Ammtmann war, solte abgesetzet werden. Drumb kleideten wir einen unbekandten Mann vor einen Boten auß, der muste die Zeitung bringen, sein Vater wäre Hoff-Rath und über etliche Aempter Hauptmann worden. Auff diese Zeitung ward der gute Mensch so *courage,* daß er denselben Tag einen Schmauß spendirte, der ihn über sechzig Thaler zu stehen kam. Aber in wenig Tagen kriegte er sein *miserere* hinten nach, daß er das krauen im Nacken davon bekam. Der Wirth sagte: Ihr Herren, mir fällt ein possierlicher Handel ein. Es sind itzt gleich sechs Jahr, da hatte ich unterschiedene Gäste, denen erzehlte ich, wie damahls vor etlichen Jahren ein Reuter von der Brücke in das Wasser gefallen. Solches hörte ein Junger Außfliegling, und meynte nicht anders, als wäre es diesen Tag geschehen, lieff derowegen Spornstreichs nach dem Wasser zu, und fragte, wo der Kerl wäre, den man unter der Brücke gefunden hätte. Die Fischer hörten es bald, daß der junge Geelschnabel wolte vexiret seyn, und schickten ihn fast eine halbe Meile den Strohm hinauff. Als die andern fort wollen, wissen sie nicht, wo ihr *Compagni*önichen hinkommen, schicken auff allen Strassen nach ihm auß. Endlich kam er wieder und brauste vor Lauffen, als ein Hamster. Die andern scholten auff ihn loß: Doch kam er vor zu mir, und klagte, er hätte den ersoffenen Kerl nicht finden können. Und da kan ich nicht beschreiben, was vor ein Gelächter bey den andern entstund, daß sich dieser wunderliche Mensch selbst zum April geschickt hatte. Andere erzehlten etwas anders. Den folgenden Tag, als sie zur Mahlzeit kamen, war der Mahler nicht da. Sie fragten nach ihme, doch es wolte ihn niemand in viel Stunden gesehen haben. Zuletzt sagte der Wirth, das ist ein lustiger April, darüber man das Essen versäumt. Erzehlte hierauff, er hätte ihn früh sehen im Hause stehen, da habe er der Wirth gleich iemand bey sich gehabt, zu dem er gesagt Sieht der Herr heute den Fürstlichen Einzug? Er wird sehr prächtig werden. Nun hielte er davor, er würde auff den Einzug warten, daß er ihn in Lebens-Grösse auff einen Teller abmahlen könne. Und hierinn hatte der Wirth nicht gefehlt, denn der Mahler hatte sich von einem Thore lassen zum andern schicken, biß er von einem ehrlichen Manne vernommen, was vor einem Heiligen zu Ehren dieser Einzug geschehen solle. Da schliech er nach Hause, und stellte sich gantz truncken, als wenn er an einem andern Orte so sehr gesoffen hätte. Doch die Sache war verrathen, und muste der arme Schächer wohl herhalten. Aber es schien als wär er in einem unglücklichen Monden, denn als sie in etlichen Tagen anderswohin reiseten, war in der Stube hinter dem Ofen ein Knecht mit der Magd angemahlt, die hatten alle beyde Narren-Schellen, und stund darüber geschrieben: Unser sind drey. Der gute Mahler, der allenthalben nach *raren Inventionen* trachtete, tratt davor, und spintesirte lang darüber, wo denn der dritte wär. Endlich gab ihm *Eurylas* den Bericht, der dritte ist der Narr, der sich neulich ließ zum April schicken, damit war er wieder klüger.

CAP. XLVIII.

Ich sehe wohl, sagte *Gelanor*, das Reisen hilfft nicht wider die Thorheit. Es mag einer in Franckreich und Italien gewesen seyn, so heist es doch mit ihm: fleucht eine Ganß hinüber, kömmt eine Ganß wieder herüber. Ich dachte unser Mahler würde ins künfftige zu etwas höhers gebraucht werden. Allein es wird ihm gehen wie ienen Manne, zu dem sagte die Frau: Mann, wenn ihr so ein Narr seyd, so werdet ihr kein Rathsherr. Im übrigen gebrauchten sie sich allerhand Ergötzligkeit, welche die schöne Frühlings-Zeit mit sich brachte, und indem sie der Narren *inquisition* müde waren, hatten sie grössere Lust mit klugen Leuten zu *conversi*ren.

Endlich kam *Sigmund* wieder und brachte folgende *resolution* mit, welche alsobald in der *Compagnie* deutlich verlesen ward.

  Großgünstige, etc.

Derselben freundliches Schreiben ist uns durch *Mons. Sigmund* wohl übergeben worden. Ersehen darauß, welcher Gestalt einiger Zweiffel in einer Philosophischen Frage entstanden, dessen Erörterung sie uns wollen günstig anheim gestellet haben. Ob wir nun wohl nicht zweiffeln, es würden dieselben ihrer beywohnenden Geschicklichkeit nach, solches vor sich selbst am besten beylegen können: Dennoch weil ihnen beliebet hat, dergleichen Müh uns auffzutragen: Als haben wir so wohl auß Erforderung unsers Ammtes, als vornehmlich auß sonderbahrer Begierde demselben auffwärtig zu erscheinen, folgende Sätze kürtzlich zusammen bringen, und dadurch dero abgelassene Frage, wo nicht gäntzlich abthun, doch zum wenigsten erklären sollen. Befehlen uns hiermit in deroselben günstiges Urtheil, und verbleiben der Hochlöblichen *Compagnie*
  Dienstwillige

N.N.

Erörterung
Der Frage
Welcher der gröste Narr sey?

I.

Die Thorheit ist nichts anders, als ein Mangel der Klugheit. Darumb wer die Klugheit erkennet, kan auß dem Wiederspiel leicht abnehmen, was ein Narr sey.

II. Es bestehet aber die Klugheit vornehmlich in Erwehlung des Guten und vermeidung des Bösen, also daß der jenige vor den Klügsten gehalten wird, der sich am besten vor der instehenden Gefahr hüten, und seinen Nutzen in allen Stücken befördern kan.

III. Und hierauß folget, daß derjenige ein Narr sey, der entweder das Böse dem Guten vorsetzt, oder doch die Sachen, welche an sich selbst gut genug sind, nicht recht unterscheiden kan.

IV. Zwar die Natur hat einen jedweden so klug gemacht, daß niemand mit Wissen und Willen etwas verlangen oder erwehlen wird, welches er vor Böß hielte. Dannenhero wenn Leute gefunden werden, die sich selbst den Tod anthun, geschicht solches, weil sie den Tod vor gut und angenehm halten, als dadurch sie ihrer Gefahr und anderer Widerwärtigkeit entsetzet würden.

V. Unterdessen ist diß zu beklagen, daß etliche Sachen zwar recht und in der Warheit gut befunden werden: Etliche aber an ihm selbst grundböse sind, und aber einen äusserlichen Schein des Guten bey sich führen. Wie ein überzuckerter Gifft, so lang er in dem Munde und in der Kehle ist, sehr süsse schmeckt, und einen sonderlichen Schein des guten hat: doch endlich im Bauche sich also verhält, daß man die böse Natur mehr als zu viel erkennen muß.

VI. Derhalben ist diß der endliche Unterscheid zwischen klugen und thörichten Leuten. Ein Kluger erwehlet das Gute, welches in der That und in der Warheit gut ist. Ein Narr lässet sich den äusserlichen Schein bethören, daß er, wie des *Esopi* Hund, das warhafftige Stück Fleisch auß dem Munde fallen läst, und nach dem Schatten schnappt.

VII. Solche närrische Leute aber werden in dreyerley Sorten abgetheilet. Etliche ziehen das Böse dem Guten für, auß Einfalt und Unwissenheit. Wie ein Kind sich den schönen Glantz des Feuers betriegen läst, daß es hinein greifft und sich die Finger verbrennt. Oder wie ein unerfahrner Knabe sich durch den Schein der Freundschafft in Gefahr verleiten läst. Denn solche Leute wissen es nicht besser, und weil sie durch die Erfahrung nicht geübt sind, können sie es nicht besser wissen.

VIII. Die andere Sorte begeht die Thorheit auß geschwinden und übereileten *Affecten*. Wie ein zorniger Mensch auß unbedachtsamer Begierde zur Rache, darinn er sich einige Süssigkeit einbildet, den andern beleidiget: welches er nicht thäte, wann er dem Verstande Raum liesse, und bedächte, was er selbst vor Straffe und Unglück darauff zu gewarten hätte.

IX. Die letzte Sorte erkennet das Gute und das Böse gar wohl, doch fält es wissentlich in die Thorheit, daß ein kleines und scheinbares Gut, das gegenwärtig ist, trotz allen künfftigen und bevorstehenden Straffen und Belohnungen, dem warhafftigen und wesentlichen Gute vorgezogen wird. Und da entschuldigt keine angemaßete Unwissenheit. Sondern alle Thorheit wird wissentlich begangen, da man es hätte sollen und können besser wissen.

X. Denn gleich wie ein Koch, der Schlangen vor Aal speiset, sich mit der Unwissenheit nicht entschuldigen kan. Weil er als ein Koch krafft seiner *Profession* diß hat wissen sollen: Also hilfft es nicht, wenn einer sprechen wolte, ich habe es nicht gewust, daß im Kriege so böse Leben ist, sonst wäre ich nit hinein gezogen, denn er hätte es können wissen, hätte er nur den Vermahnungen statt gegeben. Ja er hätte es sollen wissen, weil ihm die Vernunfft leicht eingegeben, daß, wo Rauben, Brennen, Todschlagen ein tägliches Handwerck ist, kein gutes Leben erfolgen könne. Und daß man nicht allein von dar hin schiest, sondern auch von dort wieder her schiest.

XI. Mit der ersten Gattung hat man billig Mitleiden. Die andere wird etlicher Massen, doch nicht allerdings, entschuldiget. Die dritte steht gleichsam auf der höchsten Spitze der Thorheit, und wer den grösten Narren finden will, der muß ihn hier suchen.

XII. Nun sind in dieser letzten Classe die Narren auch unterschiedlich, nach dem die Güter sind, welche man in die Schantze zu schlagen, und andern nichtswürdigen Diengen nachzusetzen pfleget.

XIII. Das höchste Gut ist ohne Zweiffel GOTT, oder weil sich GOTT dadurch will geniessen lassen, hier der Glaube, dort die Seligkeit; Denn weil GOtt alles schöne Frauen-Zimmer, alle helle Sterne, Gold und Silber, alle niedliche Speisen, alle annehmliche Music, in Summa was hier schön und erfreulich ist, geschaffen hat: So muß freylich folgen, daß der Ursprung solcher Treffligkeiten viel schöner und annehmlicher seyn muß.

XIV. Nach diesem Gute folgen die zeitlichen Gaben, welche uns GOtt, dem mühseligen Leben zu Trost überlassen hat. Und da sind zwey Sachen, welche einander gleiche Wage halten. Auf einer Seite Leib, Leben und Gesundheit; Auf der andern Ehre, Ruhm und redlicher Namen.

XV. Zuletzt kommen die anderen Ergötzligkeiten, als Geld, Freunde, Lust, und dergleichen.

XVI. Nun ist zwar dieser ein rechtschaffener Narr, der seine Lust in dem Spielen sucht, und dadurch viel Geld verlieret, oder der eine Heimligkeit verräth, und seines Freundes dadurch verlustig wird: Oder der umb Essen und Trincken willen sich umb seine

Freyheit und gleichsam in Frembde Dienstbarkeit bringt. Doch weil man bey diesen allen gesund, ehrlich, und Gottesfürchtig bleiben kan, so ist hierdurch die höchste Narrheit noch nicht erfüllet.

XVII. Diese sind ohne Zweifel ärger, welche zum Exempel den Wein nicht lassen, ungeacht sie das *Podagra*, trieffende Augen und andere Ungelegenheit davon haben, oder welche auß Geitz Hunger leiden, und schwindsüchtig darüber werden, oder welche eiteler *revenge* wegen sich in Leib- und Lebens-Gefahr setzen, und was vor Leute mehr sind, die auf ihre Gesundheit hinein stürmen, als hätten sie das Gedienge, daß ihnen nichts schaden solte.

XVIII. Eben so verhalten sich die Andern, welche ihre Ehre und Redligkeit entweder an den Nagel hencken oder unter die Banck stellen. Etliche fragen nichts nach Ehr und *Respect*, wie die jungen Leute, welche Müssiggangs halber unwissend und ungeschickt verbleiben. Etliche rennen gar in den bürgerlichen Tod hinein, und stehlen, lügen, huren und buben so lang, biß sie dem Hencker in die Fäuste gerathen, oder mit dem Schelmen zum Thor hinauß lauffen.

XIX. Ob nun wohl solche Leute, welche die heilige Schrifft selbst Narren heisset, im Grunde Gottes Verächter sind: dennoch sind noch die letzten dahinden, welche auf eine Wag-Schaale die ewige Seligkeit, auf die andere zeitliche Ehre, Reichthum und andere Eitelkeiten legen. Und ob sie gleich den Außschlag auf Seiten der Seligkeit sehen, gleichwohl sich mit den Hertzen so fest an die Eitelkeit anhencken, biß der Himmel von der Erde überwogen wird.

XX. Nun ist leicht die Rechnung zu machen, wer der gröste Narr sey: Nemlich derselbe, der umb zeitliches Kothes willen den Himmel verschertzt. Nechst diesem, der umb lüderlicher Ursachen willen entweder die Gesundheit und das Leben, oder Ehre und guten Namen in Gefahr setzet.

CAP. XLIX.

Sie waren sämptlich über diesem Bericht gar wohl vergnüget, und erfreuten sich, daß sie eine rechte Elle gefunden, damit sie alle ihre Narren nach der Länge und nach der Breite messen könten. Machten derowegen eifrige Anstallt mit ehester Gelegenheit nach Hause zu kommen, da sie denn alles in gutem Zustand antraffen, und die leeren Felder in dem Anfangs erwehnten Saale also außputzen liessen. Oben über ward mit grossen Buchstaben geschrieben:

DIOGENES
AMOVE LATERNAM
HOMINES HIC SUNT NON HOMINES.

Das mittelste Feld war etwas höher, da stund ein Mensch, der umbfieng eine Jungfrau, welche von hinten zu lauter Feuerflammen außspie, mit der Uberschrifft:

STULTE
DUM MUNDUM COLIS
INFERNUM AMPLECTERIS.

Auf einem Seiten-Felde war ein Mensch, der küste eine Jungfrau, welche vorn lieblich bekleidet, hinten als ein Todengerippe war, mit beygefügten Worten:

STULTE
DUM VANITATES DEPERIS
MORTEM AMPLECTERIS.

Auf dem andern Seiten-Felde stund ein Mensch, der liebte eine Jungfrau, welche hinten als eine Bettelmagd außsah, mit der Uberschrifft:

> STULTE
> DUM DULCEDINEM SECTARIS,
> INFAMIAM AMPLECTERIS.

Unten stund eine kleine Taffel, darauf diese Worte zu lesen waren:

> FELIX
> QVIA STULTORUM PERICULIS
> CAUTIOR FACTUS
> INEPTORUM MAGISTRORUM
> PRUDENS DISCEDIT
> DISCIPULUS.
> APERTA EST SCHOLA
> STULTORUM OMNIA PLENA.

CAP. L.

Hierauff nahm *Florindo* die völlige Besitzung seiner Herrschafft ein, belohnte alle Gefährten nach Verdienst, und bat vornehmlich seinen wohlverdienten *Gelanor,* er möchte ins künfftige ihm allezeit mit ersprießlichem Rath behülflich seyn. *Eurylas* tratt wieder in sein Verwalter-Ampt. *Sigmund* solte so lange auf *promotion* warten, biß die außländischen Narren wären beschrieben worden. Der Mahler blieb zu Hofe, und mahlte Narren, und war selbst ein Narr. Niemand aber war vergnügter, als *Florindo,* daß er nunmehr in den Armen seiner angenehmsten *Sylvie* sich entschuldigen könte, warumb er so lang aussen blieben. Wer dergleichen Süssigkeit empfunden hat, wird desto eher des *Florindo* Glückseligkeit errathen, die andern mögen zusehen, daß sie nicht zu Narren werden, ehe sie darzukommen, wir beschliessen mit dem nachdenklichen Spruche:

> Wenn ein Narr außgelacht wird, und sich darüber erzürnt, so ist er ein gedoppelter, und das ist das Lied vom

ENDE.